FOREVER JACE

UNA NOVELA DE LAURA SANZ

UNA NOVELA DE

LAURA SANZ

SERIE FOREVER
LIBRO 2

FOREVER JACE

LIBRO 2 SERIE FOREVER

ISBN: 978-84-09-83336-8

DEPÓSITO LEGAL: M-6125-2026

Inscrito en el registro territorial de la propiedad de Madrid con el título FOREVER CASSIE y número de asiento registral 16/2025/5170, de fecha 04 de septiembre de 2025

Portada y maquetación: Laura Sanz

Ilustración interior Daniel Vásquez @dan.artista

La bilogía completa está dedicada a mi madre, a la que he aprendido a querer demasiado tarde. Ahora lo hago con intensidad, disfrutando de cada momento que pasamos juntas.

Contenido

Dan
Vasquez

Capítulo 1

JACE

El color naranja de su mono de prisión era chillón y contrastaba con la ropa oscura de los asistentes. Le quedaba un poco grande porque había perdido algunas libras de peso en los últimos meses. No era extraño con la bazofia que servían en la prisión del condado.

Las voces se elevaron cuando hizo su aparición en el tribunal. Pese a que no era más que una audiencia preliminar, había muchas personas en la sala.

El alguacil que le guiaba hasta la mesa de la defensa caminaba despacio y le obligaba a dar pasos muy cortos, no obstante, lo hacía muy erguido para que su familia, sentada en el primer banco, no notara su angustia. Brenda, Caleb y su padre le saludaron con gestos de ánimo. Agradeció que solo estuvieran ellos tres y que sus primos no hubiesen acudido.

«Pobres», pensó, al ver sus caras de agotamiento. Se sentía culpable por todos los problemas que les estaba ocasionando.

El alguacil le quitó las esposas y, al verse libre de ellas, se frotó las muñecas para buscar cierto alivio. Después, tomó asiento junto a Norman Wheeler, su abogado, un tipo con cara de ratón y escasez de pelo que le recibió con una inclinación de cabeza.

A su espalda pudo escuchar un par de comentarios hirientes de alguien del público, pero se limitó a apretar los labios y no mostro reacción alguna. Se limitó a estirarse para parecer grande y fornido, a sabiendas de que lo único que podían ver los curiosos que se habían acercado hasta el juzgado en esa fría mañana invernal eran las letras negras que adornaban la parte trasera de su mono: *D.O.C.*[1]

Apenas había tenido tiempo de recorrer la sala con la vista, pero no había visto a Cassie y eso le tranquilizó mucho. No quería que ella le viera así, vestido con esa ropa y esposado. Tampoco creía poder soportar su mirada. Los ojos de Cassie le convertían en alguien vulnerable y eso era lo último que necesitaba. Necesitaba ser fuerte.

—¿Estás bien? —La voz de su padre llegó desde atrás.

Giró un poco la cabeza y asintió.

Brenda le posó la mano en el hombro y Caleb levantó el pulgar en señal de victoria.

Tragó saliva para no ablandarse ante esas muestras de cariño. Gracias a Dios, tenía una familia maravillosa que nunca le abandonaría, como había hecho su madre.

1. *Department of Corrections* (Departamento correccional)

El pensamiento le llenó de amargura y trató de distraerse contemplado la sala. La pared del fondo estaba cubierta por un mural que representaba a la diosa de la justicia, con una venda sobre los ojos y una balanza en la mano. En el extremo derecho, en soportes de bronce, dos banderas: la azul y blanca del estado de Oklahoma, y la tricolor del país flanqueaban una puerta.

El estrado de madera oscura se elevaba sobre un podio del mismo color, dominando el entorno. Un portátil de última generación descansaba sobre la superficie. Parecía fuera de lugar en esa sala donde todo era antiguo: las columnas, los bancos, las sillas y las pesadas mesas. Hasta la secretaria parecía antigua con su pelo blanco pulcramente recogido en un moño, las gafas de montura de carey y el vestido largo de color berenjena abotonado hasta el cuello.

Por el rabillo del ojo, observó a la fiscal, una mujer afroamericana bastante joven, que, ensimismada, leía unos papeles. De vez en cuando, se inclinaba hacia su ayudante, un tipo alto de piel clara, y le hacía algún comentario. Se mostraba calmada y bastante confiada, como si el caso fuera sencillo.

A Jace no le extrañaba que estuviera tan serena, a fin de cuentas, no iba a tener que hacer nada.

En ese instante, se abrió la puerta que había tras el estrado y la sombra de una toga negra apareció por ella.

—¡Todos en pie! —pronunció con voz estentórea el alguacil que estaba erguido junto a la pared—. El estado de Oklahoma contra Jace Lee King. Preside el honorable juez Abraham Preston.

El ruido de sillas y pies deslizándose por el suelo rompió el silencio.

Jace apretó la mandíbula con disgusto al ver a Preston.

No era la primera vez que coincidían, solo que en circunstancias muy distintas. Tal y como Jace recordaba, seguía ostentando la misma barriga y su piel era blancuzca y deslucida. Pese a no tener más de cincuenta años, aparentaba bastantes más por su pelo completamente blanco. Llevaba una carpeta marrón en una mano y una taza en la otra.

—Siéntense —ordenó.

Tras dar la orden, tomó asiento y se ajustó las gafas. Abrió la carpeta y estudió los papeles que había dentro con mucho interés. Hizo algunas anotaciones mientras daba un par de sorbos a su taza, como si tuviera todo el tiempo del mundo.

Wheeler comenzó a mover la pierna con nerviosismo, e incluso la fiscal —hasta ese momento, la serenidad en persona— tamborileó con los dedos sobre la superficie de su mesa.

Jace los observó a ambos y su inquietud le contagió. Le hizo un gesto a su abogado, pero este le ignoró y fingió colocar los papeles que había esparcidos sobre la mesa.

No era un abogado de mucho prestigio ni tenía demasiada experiencia, pero su familia no había podido permitirse a otro. Desde el mismo instante en que aceptó el caso, quiso llegar a un acuerdo con la fiscal para no ir a juicio. Le había repetido a Jace en muchas ocasiones que un mal acuerdo era mejor que un buen juicio.

Por fin, el honorable Abraham Preston levantó la vista y barrió la sala con ella. Parecía satisfecho de tener tanto público.

—En la acusación formal su cliente se declaró no culpable —se dirigió al abogado defensor—. ¿Desea cambiar su declaración?

—Así es, señoría —respondió este, poniéndose en pie.

—Con la venia —intervino la fiscal, levantándose también—. ¿Podemos acercarnos?

—Los letrados pueden acercarse.

Ambos se encaminaron hacia el estrado.

Jace los siguió con la vista, muy consciente de las grandes diferencias entre los dos... Ella llevaba un traje de chaqueta azul marino que le sentaba como un guante y rezumaba clase. Por el contrario, el bajo de los pantalones de saldo de Wheeler arrastraba por el suelo y las mangas de su americana le quedaban largas.

Hablaron con el juez en voz baja. Este se quitó las gafas y asintió, circunspecto, mientras tapaba con la mano el largo micrófono que tenía a su lado, para que nadie pudiera oír la conversación.

Tras unos minutos, el público comenzó a impacientarse y a cuchichear.

La luz que entraba por el enorme ventanal incidía sobre las sillas vacías en las que solía sentarse el jurado y eso distrajo a Jace, que extravió la mirada en el exterior. Una capa de nieve cubría el pavimento, señal de que había nevado durante la noche. Su celda carecía de ventanas y por eso no había podido ver la nieve hasta ese momento.

Wheeler y la fiscal regresaron sonriendo.

—Que el imputado se ponga en pie —pidió el juez con voz profunda.

Jace se incorporó.

—Los letrados han presentado un acuerdo de admisión de culpabilidad. ¿Tiene el acusado conocimiento del acuerdo?

—Sí, señoría —respondió con firmeza.

—¿Desea declararse culpable?

Hubo una pausa en la que sintió la mirada de su abogado sobre él, como animándole a responder.

—Sí, señoría —contestó finalmente.

La gente empezó a agitarse en sus asientos. Era evidente que estaban sorprendidos.

—Su declaración queda cambiada a una de culpabilidad. A cambio de su declaración, el Estado le ofrece cuatro años de prisión y cincuenta mil dólares de multa. ¿Tiene conocimiento de esta oferta?

Las voces, hasta ese instante moderadas, se convirtieron en acaloradas protestas y exclamaciones disgustadas, y el juez se vio en la obligación de utilizar el mazo y golpear la base de madera mientras exhortaba a los presentes a guardar silencio.

—Sí, señoría —respondió Jace cuando se restableció la calma.

Preston anotó algo en sus papeles, luego tapó la pluma y se echó hacia atrás en el sillón de cuero negro. Se quitó las gafas y las sostuvo entre las manos durante unos segundos antes de dejarlas sobre la mesa.

—Al imponer una sentencia, este tribunal debe tener en cuenta varios factores. No solo el crimen en sí, también el móvil, las intenciones, las condiciones previas o los antecedentes. —Era obvio que le gustaba hablar y escucharse a sí mismo. Se acomodó, adoptando la típica postura de un orador dispuesto a dar una larga conferencia, y su mirada se perdió en algún punto de la pared—. No puedo ignorar que el acusado, la noche de los hechos, todavía no había cumplido los dieciocho años, aunque hoy ya es un adulto ante la ley. Tampoco puedo dejar de valorar que este es su primer delito grave.

Jace respiró hondo. No sonaba mal lo que decía, no obstante, intuyó que a esa aseveración le iba a seguir un pero.

—Es una lástima que un joven con un futuro prometedor tomase una decisión irresponsable que le va a cambiar la vida —continuó el magistrado en voz muy baja, como hablando para sí mismo. Luego chasqueó la lengua—. Sin embargo, también hay otros escenarios a tener en cuenta —prosiguió, mirando a Jace con un brillo duro en los ojos y una mueca severa en los labios—: El hecho de que ya hubiese amenazado a la víctima con anterioridad, que tenga un historial de comportamientos violentos y que la fatídica noche usase un arma que llevó él mismo —enumeró— hablan en su contra. Pese a que en su declaración jurada el acusado expresara que fue un desgraciado accidente y que solo lo hizo para evitar una agresión, la violencia empleada da mucho qué pensar. Hay que tener en cuenta que la víctima era una persona pacífica y que estaba impedida físicamente, y la autopsia ha probado que fueron varios golpes —añadió—. Si bien no fueron mortales, demuestran que hubo ensañamiento.

Jace bajó la cabeza y cerró los ojos. Esa versión de los hechos distaba bastante de lo que verdaderamente ocurrió.

—No voy a profundizar demasiado en las virtudes de la víctima, bien conocidas por los aquí presentes. Era una persona muy querida y admirada, que será recordada con cariño. Un ciudadano ejemplar. Su pérdida es muy dolorosa y deja un gran vacío en la comunidad a la que pertenecía. —Guardó silencio y carraspeó—. Que una acción tan ruin como la cometida por el señor King le haya arrebatado la vida a una buena persona es simplemente deleznable.

Su tono cambió, mostrando matices de ira, y la gente comenzó a susurrar alterada.

Que alguien pudiera describir al padre de Cassie de esa manera tan benévola cuando era un verdadero cabrón le retorció las tripas a Jace. Apretó los puños con fuerza por debajo de la mesa y tuvo que tragar saliva. Los latidos de su corazón se dispararon. Tenía un mal presentimiento.

—Por el cargo de homicidio en primer grado condeno al acusado, Jace Lee King, a doce años de prisión en la penitenciaría del estado de Oklahoma. Si es un presidiario modelo y trata las reglas de la prisión con respeto, podrá optar a la condicional dentro de diez años —sentenció Preston con aspereza—. Alguacil, llévese al prisionero. —Dejó caer el mazo sobre el pie de madera con un golpe seco.

El clamor del público se elevó hasta convertirse en una cacofonía de sonidos. Algunos aplaudieron y otros gritaron de júbilo.

Jace se quedó inmóvil, petrificado, intentando procesar lo que acababa de ocurrir. Apenas fue consciente de que el magistrado se ponía de pie y le lanzaba una última mirada cargada de satisfacción antes de abandonar el estrado.

—¡Todos en pie! —exclamó el alguacil que custodiaba la puerta por la que desapareció el juez.

La fiscal y el abogado parecían atónitos.

Jace se inclinó hacia Wheeler con los ojos muy abiertos.

—¿Y... el acuerdo? —balbuceó.

—El juez no tiene por qué aceptarlo —respondió este, al tiempo que recogía sus papeles—. Apelaremos.

Jace, todavía en shock, consiguió girarse hacia su familia. Todos le miraban consternados. Brenda tenía lágrimas en los ojos y su padre y Caleb parecían igual de confundidos que él mismo. Fred se adelantó y le rodeó con los brazos.

—Esto no va a quedar así, hijo. Vamos a apelar. No te preocupes

No quería que su familia le viera desmoronarse, así que asintió, aunque le hubiera gustado gritar de frustración. No entendía nada. Creía que todo estaba claro.

El alguacil llegó junto a ellos y los separó con brusquedad. Le esposó las manos a la espalda y le empujó, obligándole a caminar.

No se resistió.

Notaba que un sudor frío le cubría la frente y que las piernas le temblaban, pero se forzó a mantenerse erguido.

Su vista recorrió la sala por espacio de unos segundos. La mayoría de los presentes se mostraban eufóricos, se abrazaban y se felicitaban los unos a los otros, como si ellos mismos hubieran dictado sentencia. Sin duda, la decisión del *honorable* Abraham Preston les había encantado. Reconoció a muchos de ellos; siempre le habían tratado bien y habían admirado sus logros en los rodeos.

La bilis le subió a la garganta.

Estaba a punto de alcanzar la puerta por la que había entrado, cuando una figura femenina sentada en un banco del fondo llamó su atención.

«No, por favor, que no sea ella», suplicó en silencio.

Pero lo era.

Era Cassie.

Iba tapada con un gorro y una bufanda, pero sus preciosos ojos verdes eran inconfundibles.

Estaba llorando.

Quiso detenerse un segundo para poder verla mejor, maldiciendo para sus adentros que ella estuviese allí, pero recibió un fuerte empujón que le obligó a seguir adelante.

Un intenso dolor le partió el pecho por la mitad.

Capítulo 2

Cassie

La vista preliminar había terminado.

Abandonó la sala antes de que pudieran verla. Salió protegida por el gorro y la bufanda, con los ojos arrasados en lágrimas, que se cubrió con unas gafas de sol. Esquivó a la gente del pueblo que había estado presente durante la vista y se reunía en corrillos frente al edificio. Alcanzó a escuchar un par de palabras que le revolvieron el estómago: *Jace* y *asesino*. Quiso darse la vuelta y gritar que no tenían ni idea, que Jace no era eso que decían, pero sabía que era una tontería.

Llevaba meses defendiendo su inocencia y contando su versión de los hechos a quien quisiera escucharla, pero no había servido de nada. Todo el mundo en el pueblo pensaba que Jace era culpable.

Había aparcado el coche a varias calles de distancia porque no quería que alguien de Waterford lo reconociera, y el Volvo, con la carrocería de dos colores, era bastante llamativo.

Le costó meter la llave en la cerradura de la puerta, pero lo consiguió y se sentó dentro. No arrancó y tampoco se quitó el gorro ni la bufanda. Estaba helada y no era por la gélida temperatura exterior; era un frío que procedía de dentro de su cuerpo, de sus huesos y su carne.

El entumecimiento la había inundado al escuchar la sentencia.

Por el cargo de homicidio en primer grado condeno al acusado a doce años de prisión. Si es un presidiario modelo y trata las reglas de la prisión con respeto, podrá optar a la condicional dentro de diez años.

¿Doce años?

Meneó la cabeza con violencia y terminó por apoyar la frente en el volante.

Tenía que haberlo sabido al enterarse de quién era el juez al que le habían asignado el caso. Abraham Preston conocía a su padre, incluso había estado en su casa jugando a las cartas con él una vez, que ella recordara. Que juzgase a Jace no era correcto porque tenía un interés personal en el caso. Cassie se lo dijo al abogado defensor, y este presentó una solicitud de recusación, explicando los hechos, pero fue rechazada.

¡No lo entendía!

¿Tantos amigos tenía su padre en las altas esferas de la judicatura?

Aquello era de locos.

¡Dios!

Jace iba a tener que pasar un mínimo de diez años en la penitenciaría estatal. En una prisión de máxima seguridad, donde se recluía a lo peor de la sociedad y los condenados a muerte. Solo había un ala para presos comunes. No era el lugar al que tendría que haber ido Jace. ¡Y diez años! Eso era toda una vida. No saldría de la cárcel hasta los veintiocho años y su sueño de llegar a ser alguien en el mundo del rodeo se había hecho pedazos a la vez que su reputación.

Y Cassie se sentía responsable de todo lo que estaba sucediendo.

¡Era ella quien debía de haber estado en el lugar de Jace!

Estaba tan segura de que el abogado apelaría la sentencia, como convencida de que no serviría de mucho. Wheeler tenía buenas intenciones, pero no era un gran abogado y Jace lo tenía todo en contra. Si los King no hubiesen perdido el rancho en el tornado y no estuvieran endeudados hasta las cejas, quizá podrían haber contratado a un letrado con más experiencia.

Si solo la madre de Jace no le hubiera dado la espalda...

Fred había volado a Florida para hablar con ella y explicárselo todo, pero regresó hundido y con las manos vacías. Charles y Samantha no querían tener nada que ver con un delincuente, así se habían referido a Jace. De nada sirvió que Fred suplicara y les contase que fue un desgraciado accidente. Se mantuvieron impasibles y adujeron que sus hijos, Colin y la pequeña Stephanie que acababa de nacer, no podían criarse sabiendo que tenían un hermano así.

¿Cómo podía una madre abandonar a su hijo en un momento semejante? Cassie la odiaba con toda su alma.

Sollozó de nuevo y cerró los ojos que le dolían de tanto llorar.

Cuando vio entrar a Jace en la sala, esposado, con ese horrible mono naranja y arrastrando los pies, se le rompió el corazón en trocitos muy pequeños. Había cambiado mucho en ocho meses. Muchísimo. Estaba más alto y mucho más delgado y llevaba el pelo rapado lo que le marcaba más las facciones. Una expresión hostil y una mirada sin brillo presidían un rostro demasiado anguloso, cuya boca se había transformado en una fina línea de amargura.

¿Dónde estaba su Jace? ¿Qué le habían hecho?

Las manos le ardieron por la necesidad de abrazarle y darle consuelo. De buena gana habría corrido hacia él y se habría aferrado a su cuello. Pero solo pudo apretar los puños y la mandíbula mientras su alma gritaba en silencio.

El timbre de su móvil la sobresaltó. Estaba tan angustiada que quiso ignorarlo y dejar que la llamada se desviara al buzón de voz, pero terminó por sacarlo de su bolso.

Era Kali.

Había hablado con ella el día anterior y sabía que la llamaba para preguntarle por Jace.

—Hola.

—¿Ya? ¿Habéis salido? —preguntó ansiosa.

Cassie tragó saliva.

—Sí. Ya ha terminado.

—¿Y?

—El juez Preston le ha sentenciado a... doce años —balbuceó.

Hubo un silencio pesado al otro lado de la línea.

—¡¿Cómo?! —gritó al fin.

Cassie volvió a apoyar la frente en el volante, desmadejada.

—No ha aceptado el acuerdo al que habían llegado los abogados.

—¿Eso es legal? ¿Puede hacerlo?

—Supongo que sí. No tengo ni idea. Luego hablaré con Fred. Tendrías que haberle visto la cara. Y la de Brenda y Caleb. —Hizo una pausa al notar que se le quebraba la voz—. Y la de Jace… No parecía él. Ha sido horrible.

—Joder, Cassie… ¿Les dijiste que ibas?

—No. Me he sentado en la última fila y no me ha visto nadie. No quería que todo el mundo estuviera pendiente de mí.

Kali soltó una maldición velada.

—Ahora mismo llamo a Rita y le digo que venga a buscarme. Quedamos en tu casa a la hora de comer.

—No podéis perder clases —protestó.

—Es viernes. Tampoco vamos a morirnos por perder un día. Nos vemos en tu casa.

No hubo más conversación porque la llamada se cortó.

Cassie dejó el móvil en el asiento del pasajero con un suspiro fatigado.

Sí que necesitaba que su amiga regresase.

Kali, tras graduarse, había conseguido una plaza en una academia de peluquería y maquillaje en Oklahoma City. Como Rita ya vivía en la capital desde hacía un año, se habían mudado juntas a un pequeño apartamento cerca de la universidad. No obstante, los fines de semana regresaba a Waterford.

Durante los ocho meses que había pasado sin ver a Jace mientras este permaneció en la cárcel del condado, tanto Kali como su pareja fueron un apoyo imprescindible para ella. Ron también, pero cuando llegó agosto se marchó a Boston, al Instituto Tecnológico de Massachussets, el prestigioso MIT, y ya solo tenían contacto telefónico.

Tendría que llamarle también para informarle, se dijo.

Si no hubiera sido por sus amigos, no habría podido seguir adelante después de lo ocurrido. La familia King estaba demasiado devastada para poder preocuparse por ella, aunque Fred y Brenda la habían visitado en varias ocasiones y habían llorado juntos. Fueron Kali y su madre las que se ocuparon de que no le faltara de nada. Le hacían la compra, cocinaban para ella, dormían en su casa para que no se sintiese sola, y fueron ellas también las que la animaron a no dejar el instituto. A duras penas, logró graduarse.

La gente del pueblo le daba el pésame y la miraba con lástima. No paraban de decirle lo mucho que sentían que una persona tan excelente como Will Myers hubiera encontrado ese final tan terrible. La compadecían y la trataban como a una pobrecita niña huérfana, hasta que ella comenzó a contar su versión de la historia y a defender a Jace, aliándose con la familia King. Poco a poco, los habitantes de Waterford empezaron a hacerle el vacío. Incluso la señora Holden, que tanto afecto le había profesado siempre, la miraba por encima del hombro.

En un primer momento le dolió que esa gente que la conocía desde niña dejase de hablarla, pero se hizo fuerte y se creció ante aquella desgracia, decidida a marcharse del pueblo en cuanto pudiera para dejarlo todo atrás. Solo estaba esperando hasta la vista, para saber a qué lugar mandarían a Jace. Ahora que ya sabía que iba a pasar unos años en la penitenciaría del estado, en McAlester, se mudaría allí y buscaría un trabajo para poder estar cerca de él.

No iba a dejarle solo. Ni hablar.

Nadie sabía que había resuelto hacer eso. No quiso decírselo a Kali, tampoco a los King porque estaba segura de que tratarían de disuadirla y de convencerla de que siguiera adelante con sus planes de ir a la escuela de baile. Mas eso no tenía ningún sentido para ella. Ya no tenía motivación alguna. No podía dedicarse a cumplir sus sueños mientras que los de Jace se iban al traste.

Su padre le había dejado unos cuantos miles de dólares en herencia y también la casa donde vivían. Con ese dinero podría mantenerse a flote durante un tiempo y vender la propiedad si era necesario.

Tenía que esperar a Jace.

Daba igual el tiempo que pasara.

Regresó a casa conduciendo con cuidado; las carreteras tenían tramos de hielo y era peligroso transitar por ellas. Atravesó el pueblo y pudo sentir las miradas sobre su coche, pero mantuvo la cabeza la alta y el rostro inexpresivo, mirando al frente, hasta que llegó a su propiedad.

Lo primero que hizo fue llamar a Ron, pero tenía el móvil apagado y supuso que estaría en alguna clase. Después, se encaminó al armario del pasillo y sacó una maleta y una bolsa de viaje. Las llevó a su dormitorio y empezó a llenarlas con su ropa y sus objetos personales.

Su teléfono sonó.

Era Fred.

—Hola —respondió.

—Hola, Cassie.

Después de eso se quedó callado como si no supiera qué decir.

—Ya sé lo que ha pasado. Estaba allí —dijo ella para allanarle el camino.

—No te hemos visto.

—Estaba sentada en la última fila —murmuró.

—Tenías que haber estado con nosotros.

Apretó los dientes y negó con la cabeza, a sabiendas de que Fred no podía verlo. Su presencia junto a la familia King hubiese sido más perjudicial que beneficiosa.

—¿Habéis podido verle? —Cambió de tema.

—No. Acabamos de dejar a Wheeler que iba a hablar con él. Pero a nosotros no nos han dejado entrar.

—¿Qué va a pasar ahora?

—Wheeler va a apelar. Pero no tenemos mucha fe, la verdad —expuso—. No sé si un abogado de oficio hubiera sido mejor, aunque teniendo a Preston allí, ni el mejor abogado hubiese podido hacer nada. Al menos, él no estará en el tribunal de apelación y espero que tengamos una oportunidad.

—Ojalá.

—Sí. Doce años son muchos. Diez también. No sé cómo lo va a poder soportar. Tenemos que sacarle de ahí como sea.

Ella no dijo nada. Se le había cerrado la garganta y tenía la boca seca.

—¿Quieres venir a casa a cenar? —propuso él.

No era la primera vez que se lo ofrecía, pero Cassie solía rechazar sus invitaciones con mucho tacto. Había una parte de ella que se avergonzaba profundamente y sentía que no merecía que los King la trataran bien. A fin de cuentas, ella era responsable de que Jace estuviera en la cárcel.

—No. Estoy esperando a Kali. Rita y ella vienen a pasar el día conmigo.

—Oh, bien. Ven mañana o el domingo, entonces, y hablamos.

—Fred, tengo algo que decirte...

—Dime.

Carraspeó antes de empezar a hablar.

—Me voy del pueblo.

—Oh, vaya... ¿Te has decidido por fin a ir a la academia de baile?

—No. Me voy a McAlester.

Se escuchó una suave exclamación al otro lado de la línea.

—No lo hagas. No tires por tierra tu futuro —murmuró él con voz cansada.

—¿Y el futuro de Jace? —soltó con rapidez sin demasiada acritud. El pobre Fred no tenía culpa alguna—. No hay nada que puedas decirme que me haga cambiar de opinión. Ya está decidido.

Hubo un largo silencio.

—Ah, Cassie, cuánto siento todo esto... Tendríamos que haber hecho algo con tu padre mucho antes...

Ella estuvo a punto de emitir una queja, pero se lo tragó. Ya era tarde para lamentaciones.

—Por favor, avísame sobre las visitas a la cárcel. Quiero verle y no soy miembro de la familia... Él tiene que autorizarlo.

—Claro. ¿Cuándo te vas?

—Mañana o pasado. Pasaré por el rancho a despedirme.

Decir la palabra rancho dolía porque ya no lo era. Ya no había casa ni ganado. Habían tenido que vender todas las cabezas que sobrevivieron para conseguir dinero y poder hacer frente a las deudas más urgentes. Ahora, sus únicos ingresos consistían en lo que podían sacar por alquilar los establos y los caballos que, gracias a Dios, habían sobrevivido. A eso le sumaban el sueldo de Sheila y lo que ganaban con el almacén del pueblo. Habían pasado de ser una de las familias más adineradas de la zona a tener graves dificultades para mantenerse a flote.

Eso enfurecía a Cassie, pero cuando trató de devolverle a Brenda todo el dinero que había invertido en ella a lo largo de los años, esta se negó rotundamente, incluso se molestó. No insistió, pero todavía no había tirado la toalla, ya se inventaría algo para echarles una mano.

—Te esperamos.

—Adiós, Fred. Dales un beso a todos de mi parte.

Cuando dejó el teléfono a un lado, estaba más triste que antes. Después de respirar hondo, continuó haciendo su equipaje hasta que tuvo la maleta y la bolsa de viaje llenas. Las sacó al pasillo y echó una mirada a la puerta cerrada del dormitorio principal.

Llevaba evitando entrar desde la muerte de su padre. El ambiente le parecía opresivo e intimidante. No se había molestado en limpiar ni en deshacerse de ninguna de sus pertenencias. No quería ni tocarlas.

Por otro lado, sabía que tenía que revisar la estancia antes de irse. Quizá hubiese pasado algo por alto cuando estuvo allí después de que su madre se fuera. Quizá todavía hubiera algún recuerdo suyo.

Abrió la puerta con ímpetu, como si supiera que, si no lo hacía así, no lo haría nunca. La cortina blanca de la ventana estaba echada, pero era translúcida y multitud de motitas de polvo en suspensión la recibieron. En la cama, cubierta por una colcha oscura, reposaban el sombrero y el bastón de su padre. Mary Rogers se había encargado de recogerlo todo y dejarlo impoluto hacía meses. Solo el frasco de colonia y la caja donde Will guardaba sus relojes y sus gemelos seguían sobre la cómoda, cogiendo polvo.

No había mucho más: las mesillas, las lamparitas, una silla y el armario empotrado.

Todo aséptico y muy diferente a cuando su madre vivía allí, que tenía fotos en las paredes, un pequeño tocador con maquillaje y potingues varios y sus colgantes y pendientes por todas partes, además de colchas de flores o cuadros y almohadones de colores.

Con el estómago encogido, se dirigió al armario y lo abrió. El olor de su padre la asaltó con fuerza y le hizo dar un paso atrás, disgustada. Era como si él hubiese regresado de la nada.

—Mierda...

Le costó sobreponerse.

No le interesaba la ropa, así que la apartó y buscó por si hubiera algún vestido de su madre, pero no había nada. Todo había desaparecido. Después, inspeccionó las mesillas, pero solo encontró medicinas, tabaco de liar y una petaca plateada. Terminó delante de la cómoda y abrió los cajones, revisando el contenido con rapidez, aunque solo encontró prendas de hombre, ropa interior, camisetas, pantalones deportivos..., hasta que llegó al último cajón y sus dedos chocaron con algo duro. Era un grueso álbum de fotos.

Lo conocía. Era el álbum familiar.

Hacía un siglo que no echaba un vistazo a las fotos. Decidió sacar las de su madre y llevárselas.

Se sentó en la cama y se le encogió la garganta al abrirlo y ver algunas de las imágenes: la boda de sus padres —estaban guapísimos y se mostraban contentos—, el día de su nacimiento en el hospital, Moira con ella en brazos, sonriendo a la cámara el primer día de colegio. Algunas fotos en la nieve y otras en un parque, en verano. Su madre estaba radiante, su padre sonreía y ella aparentaba ser una niña feliz. Eran escenas de una familia normal y corriente. Las últimas fotos mostraban la fiesta de su octavo cumpleaños y a ella apagando las velas de una tarta. Después de ese día no había más, solo páginas en blanco.

¿Fue después de eso cuando se torció todo? No lo recordaba.

Una hoja doblada en cuatro que debía de estar entre las páginas finales se cayó al suelo. Se agachó para cogerla y la abrió con curiosidad.

Solo dos segundos más tarde, era el álbum el que resbalaba de su regazo y caía con un ruido sordo.

Ante sus ojos, tenía el certificado de defunción de Moira Myers, de soltera Fallon. La fecha del fallecimiento era de octubre de dos mil seis, en Dallas, y la causa de la muerte, neumonía.

Cassie tuvo que leerlo varias veces para comprender el significado.

Llevaba cuatro años esperando a su madre. Los mismos años que llevaba muerta.

Y su padre lo sabía.

¡Sabía que Moira había fallecido!

Un calor sofocante se esparció por su cuerpo, quemándola por dentro. Notó que el corazón le palpitaba muy rápido y que le costaba coger aire. Empezó a temblar con violencia y dejó caer el papel porque sus manos se crisparon y no fueron capaces de sostener nada.

Un lamento gutural se coló en sus oídos, sorprendiéndola, hasta que se dio cuenta de que era ella misma gimiendo como un animal herido.

Capítulo 3

JACE

Doscientas cuarenta millas separaban Hobart de McAlester, donde estaba situada la penitenciaría del estado de Oklahoma. Casi cinco horas de trayecto en el traqueteante autobús del departamento correccional.

Además de los guardias, armados hasta los dientes, solo cinco prisioneros más viajaban con él y todos le sacaban al menos quince años. Había dos afroamericanos de aspecto imponente, uno tenía el cuello grueso como un toro y llevaba la cabeza afeitada; el otro no era tan grande, pero parecía más fiero por la cicatriz que le atravesaba una mejilla. De los otros, dos eran latinos, y el último tenía pinta de mafioso, como Marlon Brando en *El Padrino*.

No se saludaron. El tiempo pasado en la cárcel del condado le había enseñado que uno no hablaba si no se dirigían a él directamente y que era mejor no mirar a nadie a los ojos.

Vista baja y silencio.

Cuestión de supervivencia.

Además, todavía seguía en shock después de escuchar el veredicto de Preston, aunque no debería haberle sorprendido, teniendo en cuenta que el capullo no se había recusado.

Cuatro años hubiera podido soportarlos. Habría salido libre con veintidós, todavía en plena flor de la juventud, para poder seguir participando en rodeos. Y lo más importante, habría podido ayudar a su familia en la reconstrucción del rancho.

Pero ¿doce años?

Cuando saliera de la cárcel tendría treinta años y sería demasiado viejo para volver a montar broncos o toros. Y ese era el motivo principal que le había ayudado a no desfallecer durante los ocho meses que pasó en la cárcel del condado: pensar que todavía había algo ahí fuera para él, esperándole.

«Está Cassie».

Cerró los ojos y acalló la voz de su cabeza al tiempo que apretaba los puños y tiraba de los brazos. Las esposas que llevaba en torno a las muñecas se le clavaron en la carne.

Era una locura imaginar que una chica tan maravillosa como ella le esperaría doce años. No tenía sentido.

Los ojos le escocían y pestañeó, ahuyentándola de sus pensamientos. Cassie era su debilidad, lo que le hacía vulnerable y le rompía el corazón, haciéndole añicos por dentro.

Y él necesitaba ser fuerte y frío para lo que estaba por llegar.

El tiempo en la prisión le había enseñado que un chico de dieciocho años de buena familia era una víctima fácil para los demás presos. Era muy joven y no tenía ningún apoyo ni experiencia. Estaba aterrado. El primer día se le había quedado grabado a fuego en la mente para siempre. La humillación de tener que desnudarse para que le inspeccionaran con minuciosidad le dejó tocado. Se sintió sucio y miserable, como un trozo de carne.

En cuanto entró a la celda, su compañero le examinó de arriba abajo y bufó con desdén. Era un hombre maduro, con el pelo negro y canas en las sienes que debía de rondar los cincuenta años. No parecía demasiado interesado en él y ni siquiera le saludó. Jace pasó la primera noche en vela, sin atreverse a dormir y sobresaltándose ante cada pequeño ruido.

Solo dos días más tarde comprobó de primera mano que era carne fresca para algunos tipos. Su padre le había ingresado dinero en la cuenta de la prisión para que pudiese llamar por teléfono y comprarse algunas cosas básicas que no les daban a los presos, como champú y desodorante.

Le robaron todo, incluso la horrible pastilla de jabón reglamentaria.

Cuatro días más tarde acabó en la enfermería con una buena brecha en la cabeza, solo porque se resistió cuando intentaron quitarle las zapatillas.

Trataba de pasar desapercibido, pero era imposible. Parecía atraer a los cabrones como si fuera un oasis en medio del desierto. En las duchas, más de uno le había susurrado que en cuanto pudiera le iba a pillar desprevenido y le iba a meter la polla hasta que se le saliera por la boca.

Se lo dijo a su abogado, pero este le comentó que no se podía hacer mucho porque no había testigos ni había pasado nada grave. Le preguntó si quería poner una denuncia, pero Jace prefirió no hacerlo. No quería ser un chivato y atraer el odio de otros presos.

Llevaba ya un mes en ese agujero cuando su compañero de celda le habló por primera vez. Nunca supo muy bien qué fue lo que le animó a dirigirse a él. Quizá que le escuchó sollozar una noche o que vio cómo alguien le hacía tropezar en el comedor provocando que su bandeja con comida cayera al suelo.

—A partir de ahora, no te despegues de mí —le dijo con voz ronca cuando las luces del bloque ya se habían apagado.

Jace, que ocupaba la litera de arriba, se quedó quieto, sin poder creer que se dirigiera a él.

—¿Hablas conmigo?

—¿Hay alguien más en la celda, niñito?

Guardó silencio sin saber qué decir. Solo un minuto después escuchó los potentes ronquidos que llegaban desde abajo.

Desde ese instante, su situación mejoró notablemente. Se corrió la voz de que era un protegido de Gordon, así se llamaba su compañero, y le dejaron en paz. Gordon Sullivan estaba a la espera de juicio por haberse cargado a los dos tipos que violaron a su mujer y tenía fama de violento.

Fue gracias a él que sobrevivió aquellos meses de mierda. No hablaban demasiado y no se convirtieron en amigos, pero de vez en cuando, Gordon le contaba historias de la cárcel y de lo que podía esperar para que no fuera tan ignorante.

Para alguien como él, criado entre algodones, la prisión era un infierno, y sabía que iba camino de otro mucho peor donde no tendría a Gordon para echarle un cable: la penitenciaría del estado, *Big Mac* la llamaban, la prisión más vieja de todo Oklahoma, también la más grande, con más de mil quinientos acres de terreno. Estaba superpoblada y tenía mala fama.

Era una instalación de máxima seguridad, donde estaban encerrados algunos de los peores delincuentes de los últimos años, unos cuantos en el corredor de la muerte.

Aquel no tenía que haber sido su destino, no siendo su primer delito y habiendo atenuantes, pero Preston no era imparcial. Wheeler le había hablado de que apelaría, pero no confiaba una mierda en él, era un inepto y le estaba costando demasiado dinero a su familia, incluso siendo uno de los abogados más baratos que pudieron encontrar. Jace se había planteado despedirle y solicitar uno de oficio para su apelación, pero eso solo lo retrasaría todo.

Su vista se extravió en el cielo, de un triste y sucio color gris. Y su mente traidora regresó a esa mañana y a Cassie.

Cuando entró en la sala del tribunal y la descubrió en la última fila, tapada con el gorro y la bufanda para que nadie supiera de su presencia, se le revolvieron las tripas. ¿A quién pretendía engañar? La hubiera reconocido en cualquier parte, incluso en lo más profundo de una oscura caverna. Su forma de mover la cabeza o de inclinarse hacia delante eran tan ella... ¿Cómo podían los demás ser tan imbéciles para no saber quién era la chica que estaba allí sentada? Disimuló su sorpresa y maldijo para sus adentros. Su padre le había dicho que ella no iba a estar presente y él lo agradeció. No quería que le viera así, con ese mono horrible, la cabeza rapada y tan desmejorado.

No quería.

Deseaba que le recordara como el Jace campeón de rodeo, el Jace divertido y sonriente que estaba colado por ella desde que era un crío. El Jace con el que se había bañado en el lago, con el que había visto películas y había sido su apoyo incondicional. El Jace con el que había hecho el amor por primera vez y que la había querido por encima de todas las cosas.

Ese Jace.

Su padre le había dicho que no se había presentado a las pruebas de la academia de baile. Y él se odiaba por ello. ¿No bastaba con que uno de los dos no pudiera cumplir sus sueños? Ella no debía sacrificarse. Ya había sufrido demasiado.

Comenzó a llover. Era una lluvia de gotas gruesas que pronto diluyó la escasa nieve que todavía quedaba en los márgenes de la carretera. Jace apoyó la frente en la ventana y contempló el exterior a través de la cortina de agua que descendía por el cristal. No sabía cuánto tiempo faltaba para llegar, pero el viaje se le estaba haciendo eterno.

Cuando abandonaron la interestatal cuarenta y se internaron en la comarcal trescientos setenta y cinco, el estado del asfalto empeoró muchísimo y el viejo autobús comenzó a rebotar en cada bache y grieta del camino.

—¡Eh, jefe! —gritó uno de los latinos—. Baja la velocidad que me estoy haciendo polvo el culo. Se me van a salir otra vez las almorranas. ¡Joder!

Solo recibió por respuesta una mirada indiferente de uno de los guardias a través de la rejilla que separaba la cabina de la parte trasera del vehículo.

—No te preocupes, Alonzo —contestó el otro guardia con una sonrisa burlona—. Si se te salen, seguro que te las vuelven a meter con una buena polla.

El tal Alonzo soltó una carcajada estentórea.

—Es un buen chiste. Cuando esté follándome a tu madre, me acordaré seguro y me entrará la risa.

No hubo reacción y nadie más volvió a quejarse.

Jace se mantuvo a lo suyo, con la vista clavada en el borde del asiento que tenía delante. No quería buscarse problemas.

Unos veinte minutos más tarde, justo cuando dejaba de llover, llegaron a su destino. La entrada principal de la penitenciaria estaba presidida por un arco blanco con letras negras, al lado se erguía una estatua de madera de un jinete cabalgando sobre un toro. Eso le llamó la atención. Sabía que hasta el año anterior, la prisión había organizado rodeos, pero la falta de financiación y los altos costes de mantenimientos de las instalaciones habían terminado con los espectáculos.

«Si te hubieran encerrado un año antes habrías podido participar», se dijo con una chispa de humor negro.

El autobús dejó atrás esa entrada y continuó bordeando el perímetro vallado. Todas las edificaciones por las que pasaban y la torre de vigía eran de color blanco sucio, como si el viento, el agua y los años se hubieran comido la pintura. Pararon frente a una ancha puerta de reja metálica que se abrió chirriante y el vehículo accedió a un amplio patio de cemento, completamente desierto. Se detuvo delante de un edificio de una planta, cuyo acceso estaba custodiado por otros dos guardias armados.

No era fácil andar con grilletes en los tobillos, pero Jace había terminado por acostumbrarse. Pasitos cortos y no muy rápidos.

El área de recepción era similar al de la cárcel del condado. Tuvo que verse sometido al mismo procedimiento vergonzoso de que le inspeccionaran a conciencia —lo soportó rechinando los dientes y tratando de no pensar— antes de pasar por el mostrador donde le entregaron su nuevo uniforme, sus mudas, toalla, zapatillas, cepillo de dientes, papel higiénico y una pastilla de jabón. Escoltado por otros dos guardias diferentes, se puso en marcha. Los cuatro convictos que habían viajado con él fueron en dirección contraria, a otro módulo, aparentemente.

Salieron a un pasillo de césped seco y amarillento, bordeado por una alambrada antes de llegar a otro edificio, uno redondo con el suelo de cemento y una claraboya en el alto techo, con una jaula circular en el centro, en cuyo interior se sentaba una mujer con uniforme que manejaba las puertas automáticas. Toda la zona, pese a estar limpia, tenía un aspecto viejo y descuidado, como si desde la construcción de la cárcel no se hubieran hecho reformas.

Los guardias le obligaron a seguir una línea amarilla pintada en el suelo hasta la entrada de un corredor sobre el que se podía leer BLOQUE F. Atravesaron una puerta de gruesos barrotes horizontales que se abrió con lentitud y luego se cerró tras ellos con un chasquido desagradable.

No tardaron en alcanzar otro pasillo con paredes de color beige y suelo de linóleo ajedrezado verde y blanco. Las celdas se disponían a derecha e izquierda y algunos de sus ocupantes se asomaron a las rejas para observar al recién llegado. Se escuchó un silbido, risas y algunas voces, pero Jace estaba demasiado ensimismado para discernir lo que decían.

Su celda se situaba al fondo. Era pequeña, pero tenía dos camas, una encima de la otra —si a aquellas construcciones de cemento de la pared se les podía llamar así—. También disponía de una mesa diminuta, una banqueta, un retrete y un lavabo. Al fondo, una ventana con gruesas láminas de metal superpuestas permitía la entrada de luz, pero no dejaba ver el exterior. La estancia mediría unos nueve pies de ancho por catorce de largo.

Era opresiva y asfixiante.

Dejó sus cosas sobre la cama inferior.

—Tienes suerte —le dijo uno de los guardias—. Por ahora vas a estar tú solo, pero no te acostumbres que eso puede cambiar en cualquier momento. Estamos esperando una nueva hornada de chicos malos.

El otro guardia, un tipo alto, fornido y rubio, le explicó las reglas de la prisión, que eran bastante similares a las de la cárcel del condado. Le habló de horarios, de comportamientos no permitidos y de normas de conducta, mientras le quitaba los grilletes y las esposas.

Al marcharse, cerraron la puerta con fuerza y el sonido se le incrustó a Jace en los tímpanos.

Una vez solo, se dejó caer sobre el camastro de abajo, con cuidado de no golpearse la cabeza con el de arriba. Apoyó los codos en las rodillas y hundió la cara en las manos.

Estaba cansado y nervioso.

—Eh, tú, el nuevo, ¿por qué estás aquí?

Escuchó una voz que gritaba desde lejos.

—¿Cuántos años tienes? —preguntó otro—. Pareces un crío.

—Si tienes miedo, yo puedo protegerte —propuso alguien—. Por un módico precio. Me conformo con una mamadita de vez en cuando en las duchas.

Hubo carcajadas.

Jace rechinó los dientes. Ya había pasado por algo semejante hacía meses y consiguió salir airoso, aunque fue gracias a Gordon. Ojalá hubiera un Gordon en esa penitenciaría, porque si no lo había, no lo iba a tener fácil.

El lunes a primera hora iba a reunirse con Wheeler para preparar la apelación. Esperaba que el abogado le consiguiera una reducción de condena o que le trasladaran a otra prisión —una de seguridad media—, aunque su fe en él era bastante limitada.

Se tumbó y apretó las palmas de las manos sobre sus ojos. Le ardían. Tenía ganas de llorar como un niño pequeño. Echaba de menos a su padre, a sus tíos y a Cassie.

Capítulo 4

CASSIE

Fue la peor Navidad de su vida. Rota por el dolor desde que descubrió lo de su madre y sin noticias de Jace, pasó los días festivos sola en la casita que había alquilado en McAlester, a tres millas de la penitenciaría. Ni la visita de Ron ni la cena que organizó Kali para animarla en Año Nuevo sirvieron de nada. Estaba sumida en una tristeza profunda y apabullante.

Si antes de encontrar el certificado de defunción ya odiaba a su padre, después de hacerlo, el odio se había convertido en un asco profundo. Mucho más tras descubrir que no había querido hacerse cargo del cuerpo de Moira, y que este había terminado en la universidad de Dallas para que los estudiantes de medicina hicieran prácticas. Eso lo averiguó tras pasarse horas al teléfono hablando con el Ayuntamiento y la funeraria.

Si su mundo no hubiese estado ya destrozado, habría estallado en mil pedazos.

Lloró tanto que tuvo un dolor de cabeza horrible como nunca antes. Incluso se quedó afónica. Y para hacerlo todo más difícil, Fred la llamó a finales de enero y le comunicó que el Tribunal de Apelación había rechazado la solicitud de Jace. El abogado planeaba ahora recurrir la decisión frente al Consejo de Revisión.

Dinero, dinero y dinero que Cassie sabía que los King no tenían.

Trató de convencer a Fred para que aceptara parte de su herencia, pero este era tan cabezota como Brenda, y no aceptó.

Era desesperante.

Mientras aguardaba a recibir autorización para poder visitar a Jace —había que esperar un mínimo de ocho semanas después de presentar el formulario requerido—, encontró un trabajo en una cafetería-restaurante, en el turno de mañana. No era lo que había soñado y el sueldo no le suponía gran cosa, pero por el momento serviría. Estaba dispuesta a soportar lo que fuera necesario con tal de estar cerca de Jace.

El Angel's Diner era el típico local que ofrecía desde desayunos a cenas, y también comida para llevar. La decoración imitaba a la de los años cincuenta, con fotos de Elvis, James Dean y Marilyn Monroe en las paredes y la música era también de la época. Era un lugar exótico donde paraban muchos turistas atraídos por el ambiente.

Estaba limpiando una de las mesas del fondo cuando el móvil le vibró en el bolsillo del uniforme y, a sabiendas de que no estaba bien visto contestar llamadas personales durante el turno, le hizo una seña a su compañera para indicarle que iba al baño.

Una vez allí vio que se trataba de Fred.

—¿Sí? —respondió con ansiedad.

—Hola Cassie. Ya ha llegado la autorización y puedes ir a ver a Jace. Las visitas son los sábados de diez de la mañana a cuatro de la tarde. Te voy a enviar por correo electrónico las instrucciones para visitantes y el documento con la lista de ropa que está permitida.

Cassie asintió. Ya sabía lo estricta que era la penitenciaría y no le sorprendía lo que le estaba diciendo Fred. Ella misma había investigado un poco en internet y había leído lo complicado que era acceder a las instalaciones. Aunque Jace no estuviera en una unidad tan protegida, no podía olvidar que era una prisión de máxima seguridad.

—Yo voy a ir a visitarle este sábado para hablar sobre los pasos a seguir en su caso. ¿Te parece bien si tú vas al siguiente?

Le hubiera gustado ir ya porque le echaba tanto de menos que dolía, pero comprendía que su padre fuera primero. Solo libraba los domingos, ya que la cafetería cerraba ese día, pero ya se las apañaría para cambiarle el turno a alguien.

—Me parece bien.

El silencio se expandió entre ellos.

—¿No estás muy sola en McAlester? —preguntó él con voz cansada

—No tengo tiempo de estar sola. No te preocupes por mí, de verdad.

—Claro que me preocupo por ti, Cassie. Eres como una hija para mí.

A ella se le empañaron los ojos, pero tragó saliva con fuerza y trató de recomponerse.

—Eh, ¿cómo van las obras del rancho? —Cambió de tema.

—Lentas. Muy lentas. Todavía estamos esperando las ayudas que prometió el gobernador. Mientras no lleguen, seguimos sin poder terminar la casa. Los hermanos de Caleb han venido a echarnos una mano desde Montana, con nuevas cabezas de ganado. Si no hubiera sido por ellos...

Muchos habitantes de Waterford habían dejado de ir a los almacenes de la familia y preferían conducir hasta Altus para hacer sus compras. Los King sobrevivían de los turistas y de algunos buenos vecinos de otros ranchos.

—No quiero entretenerte más. Vuelve al trabajo —carraspeó.

—Sí. Dales recuerdos a todos.

—Lo haré. Te llamaré la semana que viene.

Se despidió de él y se guardó el móvil en el bolsillo.

No tuvo mucho tiempo para pensar en la conversación porque unos golpes en la puerta del aseo la avisaron de que llevaba demasiado tiempo allí.

Salió y se encontró con Daisy. Tenía solo cuatro años más que ella, pero llevaba trabajando en el Angel's Diner desde los dieciséis, así que se la podía considerar una veterana. Era amigable y le había enseñado cómo desenvolverse con los clientes.

—Han entrado tres mesas nuevas y no puedo sola.

—Sí, perdóname. Ya me encargo.

Los clientes y el trabajo la absorbieron hasta la hora del cambio de turno y no pudo hablar con su compañera, pero cuando salieron a la calle, después de la agotadora jornada laboral, la detuvo antes de que se marchara.

—Daisy, ¿puedo hablar contigo un momento?

—Claro.

—Es que necesito cambiar mi turno dentro de dos sábados. No puedo venir. ¿Se lo digo al encargado?

La otra chica la miró con afecto. Era alta y un poco rolliza, con el pelo rubio y los labios gruesos que siempre llevaba pintados de rojo.

—No le digas nada. Eddie es un imbécil. Mejor lo arreglamos entre nosotras. Yo puedo hacerte el turno del sábado si tú me haces el del lunes por la tarde.

Eso significaría para ella trabajar catorce horas seguidas, pero lo haría. Cualquier cosa por Jace.

—Me parece bien. Muchas gracias.

—Y lo que necesites, me lo dices a mí, a Anne o a Sue. Eddie no se entera de los turnos. Mientras haya dos personas sirviendo mesas, a él le da igual.

—Vale.

—Adiós. Te veo mañana temprano —se despidió y echó a andar, pero solo había dado dos pasos cuando se dio la vuelta—. ¿Quieres venir al cine conmigo y con las chicas este sábado por la noche? Luego nos tomamos una copas por ahí.

Lo último en lo que pensaba Cassie era en salir a divertirse, pero le sonrió y negó con la cabeza.

—Este sábado no puedo. Vienen unas amigas a pasar el fin de semana —mintió.

—Cuando quieras me lo dices. Siempre estamos organizando salidas.

—Gracias, Daisy.

Se encaminó hacia su coche con cuidado de no resbalarse en el hielo que se había formado en el pavimento. Hacía muchísimo frío y se esperaba que las temperaturas bajaran todavía más en los próximos días.

Estaba deseando que llegara la primavera. No le gustaba el invierno.

El Volvo estaba congelado por dentro y tardó en calentarse, pese a que puso la calefacción a tope. Mientras esperaba, contó los días que le restaban para ver a Jace. Era miércoles y no le vería hasta dentro de dos sábados.

Diez días.

Diez días no eran nada cuando llevaba más de diez meses sin hablar con él y sin poder ver sus ojos color chocolate. El rato que le vio en el tribunal apenas fue un suspiro y casi todo el tiempo le dio la espalda.

Había leído en internet que la visita solo podía durar una hora y que sería a través de un cristal, pero eso era mejor que nada. Al menos podría escuchar su voz y mirarle de frente. Se moría de ganas de abrazarle, pero se conformaría por el momento. Jace tenía que pasar un mínimo de ciento ochenta días en prisión y mantener un buen expediente disciplinario para conseguir visitas de contacto.

Esperaría.

No había mentido a Fred cuando le dijo que no tenía tiempo de sentirse sola en McAlester. Entre el trabajo y las horas que pasaba tratando de convertir la vieja casita en una especie de hogar confortable —cuando la alquiló, el techo del baño estaba lleno de moho y las paredes eran de un color vómito asqueroso—, no tenía mucho tiempo libre. El poco del que disponía lo pasaba escuchando música o yendo a la biblioteca municipal para utilizar los ordenadores a disposición de los socios.

Quizá por eso los diez días pasaron rápido. Muy rápido.

Esa mañana de sábado, en la que iba a ver a Jace por primera vez, se levantó tan temprano que todavía era de noche y la calefacción de la casita tardaba mucho en arrancar, así que se enfundó varias prendas de abrigo y se preparó un café caliente mientras estudiaba la lista con la vestimenta apropiada para ir a la prisión.

Llevaría un pantalón negro holgado —no estaba permitida ninguna prenda que fuese demasiado estrecha—, zapatillas deportivas y un grueso jersey sin dibujos, además del abrigo verde. Nada que tuviera metal. Había preparado también su pasaporte y su permiso de conducir, por si acaso.

Tenía el corazón encogido por la ansiedad.

Mucho antes de lo acordado, llegó a la penitenciaría. No era la primera vez que iba desde que vivía en McAlester. Había conducido hasta allí en varias ocasiones y contemplado el recinto que constaba de varios edificios viejos y grisáceos detrás de las alambradas, a sabiendas de que solo unas yardas la separaban de Jace.

Mostró su pasaporte en la garita y tras esperar unos segundos, la barrera se elevó para que pudiera entrar. Siguió las indicaciones hasta el aparcamiento para visitantes y estacionó en una de las plazas donde solo había tres coches más. Permaneció dentro del Volvo, revisando la cartera, el móvil y las llaves, que iba a dejar en el coche, solo llevaría consigo la llave del vehículo y los documentos identificativos. Se miró una última vez en el espejo retrovisor y vio que estaba pálida y que sus pecas resaltaban muchísimo. El destello de la C que llevaba en su colgante la distrajo momentáneamente.

No se había quitado esa gargantilla desde que Jace se la regaló, pero quizá la obligaran a hacerlo, así que, con algo de renuencia, se la desabrochó y la dejó dentro de la guantera. No quería que pusieran ninguna pega a su atuendo que pudiese retrasar el ver a Jace.

Bajó del coche, subiéndose el cuello del abrigo. La mañana era gélida, aunque brillaba el sol. Había pequeños montículos de nieve frente a la entrada, los últimos vestigios de la nevada de hacía días. Subió las escaleras que llevaban a administración y accedió al interior.

No era la primera en llegar. Ya había dos personas esperando, una mujer de mediana edad y un hombre joven. La saludaron. Ambos parecían relajados, como si estuvieran acostumbrados a seguir las instrucciones de los guardias, el hombre bromeó con uno de ellos y le llamó por su nombre. Cassie mostró su identificación cuando se la pidieron y una mujer uniformada y con cara de aburrimiento le pasó un detector de metales por el cuerpo.

Dos guardias abrieron la marcha y los condujeron a una sala de espera con sillas de plástico. Tres altas ventanas con rejas dejaban pasar la luz del exterior. Al lado, una puerta conducía a los aseos, y al fondo había dos máquinas junto a la pared, en una se vendían botellas de agua, en la otra, snacks.

Estaba tiritando. Toda aquella parafernalia le imponía muchísimo.

La señora debió de darse cuenta de su agitación porque le dedicó una sonrisa tranquilizadora.

—¿Es tu primera vez?

Cassie asintió.

—No es tan terrible como parece, cariño. Yo llevo ya diez años viniendo y los que me quedan. Mi marido está cumpliendo cadena perpetua. ¿A quién vienes a ver tú?

—A... mi novio.

—Vaya. ¿Cuánto le ha caído?

—Doce años.

La mujer la miró con una expresión de profunda lástima.

En ese momento, se abrió la puerta por la que habían llegado y unos cuantos visitantes más acompañados por los mismos guardias accedieron a la sala. Hubo un intercambio de saludos casi inaudible.

—Eres muy joven —le habló la señora, sentándose junto a ella—. No sé lo que habrá hecho tu novio, pero piénsate bien lo de esperar a que salga. Haz caso a una vieja. Doce años son muchos años y tú tienes toda la vida por delante.

Cassie la miró con un destello de rebeldía.

—Usted no lo entiende. Jace es... mi vida.

—Todos lo son, cariño.

La voz potente de uno de los guardias, conminándolos a ponerse en movimiento, cortó la conversación.

A Cassie le temblaban las piernas mientras seguía a los demás, un total de ocho personas. Abandonaron la sala de espera y se internaron en un pasillo que acababa en una gruesa puerta de rejas que se abrió con un chasquido. Giraron a la derecha y atravesaron otra puerta similar. Después, entraron en una larga y estrecha sala. El suelo era de cuadros blancos y grises y las paredes de un tono amarillento. Había sillas dispuestas frente a ventanas de cristal que tenían una rejilla metálica en el centro.

La condujeron hasta el final de la sala y se sentó en la silla que le correspondía. Al otro lado del cristal solo había una banqueta de madera y metal. Se retorció las manos en el regazo y echó un vistazo a su alrededor, comprobando que casi todos los visitantes estaban igual de nerviosos que ella.

De una de las paredes colgaba un reloj. Eran las diez en punto cuando la puerta que había al otro lado de las vidrieras, en un lateral, se abrió y los convictos entraron en fila. Todos llevaban el mismo uniforme de color naranja, similar al que Jace lució en la vista en Hobart.

Le reconoció rápidamente, aunque el cambio producido en él era sustancial. Ya le había resultado extremo su aspecto hacía dos meses, pero ahora... Al menos había perdido veinte libras y estaba muy pálido. El pelo le había crecido, pero todavía era corto y ponía de manifiesto los marcados ángulos de sus facciones. Y tenía un moratón debajo del ojo derecho.

Sus miradas se cruzaron justo un segundo antes de que él tomara asiento.

Lo que vio en sus ojos le partió el corazón.

Capítulo 5

JACE

Accedió a ver a Cassie porque quería hablar con ella y contemplar su preciosa cara una última vez, pero cuando vio la angustia reflejada en sus ojos verdes y la preocupación que arrugaba sus labios, casi se arrepintió de haberla incluido en la lista de visitantes.

Estaba muy alterado cuando tomó asiento en la incómoda banqueta. Trató de conservar el aplomo y la frialdad que había aprendido a lucir en el rostro para ocultar sus emociones.

—Jace... —susurró ella, llevando una de las manos a la mampara de cristal.

Él apretó la mandíbula y no se dejó enternecer por el gesto, pese a que nada deseaba más que ese cristal fuese invisible y poder agarrar su mano y sentirla y olerla. Estaba hermosa con el cabello suelto sobre los hombros, pese a que había perdido peso. No le gustaba su aspecto demacrado.

—Hola, Cassie.

Ella le miró con los ojos cargados de lágrimas.

—¿Cómo... cómo estás?

—Estoy todo lo bien que se puede estar —contestó en voz baja, con incomodidad. No podía decirle la verdad.

—¿Te han... pegado? —Señaló su pómulo amoratado.

—Me he caído —murmuró.

Era la respuesta que le daba a todo el mundo, pero no era cierta. Por supuesto que le habían pegado. Fue uno de los guardias que le empujó con mucho entusiasmo contra la pared, sin motivo alguno. Y lo de la cara no era nada en comparación con el moratón gigantesco que tenía en las costillas.

—¿Por qué estás así conmigo? —Ella se aproximó al cristal—. Siento muchísimo que estés pasando por todo esto. Sé que es culpa mía...

—Nada es culpa tuya —la interrumpió en un siseo—. No digas eso.

—Si no hubieses intervenido aquella noche, no estarías aquí. Claro que es mi culpa.

—Calla.

—¿Por qué me tratas con tanta frialdad? Llevo casi un año sin verte, echándote de menos cada segundo. No lo entiendo.

Él dejó caer la cabeza hacia delante al escucharla. Le dolía el alma, pero no podía mostrarlo. Con disimulo, miró a derecha e izquierda para ver si sus compañeros estaban pendientes de él. No podía dejar que le vieran romperse. No podía mostrarse frágil ni vulnerable o lo pagaría más tarde. Ya le llamaban «niño bonito».

—Yo también te he echado de menos, créeme —dijo entre dientes—, pero las cosas son complicadas.

Ella guardó silencio un largo rato y terminó limpiándose una lágrima que se había deslizado por su mejilla. Carraspeó y se irguió en la silla, paseando la mirada por la sala.

—Entiendo —dijo con serenidad al cabo de unos segundos. Y le dirigió una trémula sonrisa, como si supiera lo que estaba pensando.

Se miraron. Los iris de ella, pulidos como el cristal, expresaban un amor profundo y fuerte, y él tuvo que desviar la vista para no sucumbir a sus propias emociones que amenazaban con derramarse también por sus ojos.

Se había preparado para esa visita durante días, pero ahora que la tenía delante, toda su preparación se iba al carajo y solo quería gritar, llorar y romper la mampara a golpes para poder abrazarla.

—Mi padre me ha dicho que te has mudado a McAlester —dijo al fin.

—Sí. Y tengo un trabajo en una cafetería.

—Me apena que no vayas a ir a la academia de baile.

Odiaba que trabajase de camarera y que hubiera tirado sus sueños por la borda.

Ella alzó los hombros con apatía.

—Hay que sentar prioridades.

Aquella frase fue como un puñetazo en el estómago.

—Yo no debería ser tu prioridad, Cassie.

—Tú siempre vas a ser mi prioridad —dijo con contundencia, zanjando el tema.

Después de eso, se quedaron callados durante un breve lapso de tiempo, que él aprovechó para examinarla con minuciosidad. Estaba tan pálida que sus pecas parecían más oscuras.

—Cuando recogía mis cosas encontré algo entre las pertenencias de mi padre... —comenzó ella.

Jace la miró con fijeza. Le temblaba la voz de un modo que no le gustó nada. Inclinó la cabeza a un lado con curiosidad.

—Encontré el... certificado de defunción de mi madre. Mi padre lo tenía guardado en un cajón. Falleció poco después de marcharse de Waterford, de una neumonía.

—¡¿Cómo?!

No daba crédito. ¿Will le había ocultado a su hija que su madre había muerto? ¿Había dejado que creyera que iba a volver?

—Mi padre ni siquiera reclamó el cuerpo —susurró ella—. Y fue a parar a la facultad de medicina de Dallas para... que los estudiantes practicaran...

Jace apenas pudo escuchar las últimas palabras porque ella había hablado con voz rota. Una ira pujante le embargó y provocó que le ardieran las venas y que la sangre corriera rauda por ellas. ¡Will Myers era un hijo de puta! En momentos como ese no se arrepentía ni un ápice de que estuviera muerto. El mundo era un lugar mejor sin él.

—Oh, Cassie... Lo siento mucho...

Esas palabras se quedaban cortas para aliviar el dolor que tenía que haberle provocado a Cassie enterarse así de la muerte de su madre, una mujer a la que había adorado y admirado con todo su ser. Jace maldijo en silencio la puta mampara que los mantenía separados. Cerró las manos en puños y se clavó las uñas en las palmas. El sonido de las conversaciones de los otros convictos los privaba de toda intimidad, impidiendo que él pudiera consolarla como hubiese querido.

Ella se sorbió la nariz y asintió compungida.

—Fue horrible —admitió—, pero estoy en vías de superarlo. Bueno, al menos no rompo a llorar cada vez que lo recuerdo —dijo con una sonrisa fingida.

¡Mierda! Sonaba tan vulnerable y perdida...

Se sentía impotente. Estaba allí dentro y no podía hacer nada por ella. Nada.

—Jace —musitó ella, cortando el hilo de sus pensamientos—. Cuéntame cómo estás de verdad.

Él suspiró. No podía hacerlo. No quería que ella sufriera por su situación.

—Este agujero es una mierda, pero por el momento me toca aguantar —repuso con entereza impostada.

—Tu padre me dijo que Wheeler va a presentar un escrito al Consejo de Revisión.

Jace sonrió con cinismo.

—No lo va a hacer.

—¿Por qué?

—Porque voy a despedirle. Prefiero contar con un abogado de oficio. Mi familia está hasta el cuello de deudas. No puedo consentir que sigan pagando al cretino de Wheeler. No sirve para nada.

—Pero un abogado de oficio...

—Cualquier cosa será mejor que Wheeler, créeme.

—Yo... puedo vender mi casa...

—¡Ni lo menciones! —repuso furioso—. Bastante has perdido ya por mi culpa. Jamás voy a aceptar tu dinero.

Ella apretó los labios.

—Creía que éramos un equipo.

—Fuera de aquí éramos un equipo, Cassie. Pero ahora solo podemos tomar caminos separados —dijo con pesar.

—No quiero eso, Jace. Quiero apoyarte y estar a tu lado.

Él dejó escapar una risa triste.

—¿Doce años? ¿Vas a estar esperándome doce años?

—Lo haré —contestó escueta.

—Pues yo no quiero que lo hagas.

Ella se acercó a la mampara.

—Me da igual lo que digas, Jace Lee King —siseó con tozudez—. ¿Por qué narices crees que me he mudado a McAlester? Y si mañana te trasladan a otro condado o a otro estado o a otro puñetero país, me mudaré de nuevo y te seguiré allá donde vayas.

Aquello le conmovió sobremanera y sintió cómo el pecho se le encogía al ver el fuego en los ojos verdes, pero rechinó los dientes y se irguió. Le dolían los hombros y el cuello de lo tenso que estaba.

—No.

—¿No? ¿Qué significa ese no?

—Significa que no quiero que me esperes. Que quiero que vivas tu vida sin mí.

—Estás loco si crees que voy a hacer eso —murmuró ella cabeceando.

—Cassie —dijo con calma—, no sé cuándo narices voy a salir de aquí. Quizá salga antes de cumplir la condena completa o quizá no. Solo sé que no quiero que te sacrifiques por mí.

—No es un sacrificio.

—¡Por supuesto que lo es! ¿Qué vas a hacer? ¿Vivir en este pueblo y trabajar de camarera con un sueldo miserable mientras esperas a poder verme una o dos veces al mes tras una puta mampara de cristal?

—En cuatro meses podrás tener visitas con contacto —protestó.

Él rio con amargura y se frotó la frente.

—Sí, claro. Contacto. Un abrazo al llegar y otro al marcharte —escupió con sarcasmo—. Y nada más. Y así durante años. No. No es eso lo que quiero para ti.

—Creo que la decisión la tengo que tomar yo —dijo furiosa.

Jace cogió aire. No era fácil lo que tenía que decirle, pero era necesario.

—No quiero que vuelvas.

—¡¿Qué?!

—No quiero verte aquí, rodeada de toda esta... gente —dijo en voz queda—. Te amo demasiado —concluyó.

Ella abrió la boca anonadada y meneó la cabeza con violencia.

Después de llevar dos meses en esa cárcel, ya sabía quiénes eran los que mandaban en su unidad y lo que había que hacer para sobrevivir. Uno podía tratar de pasar desapercibido y no buscarse problemas, pero los problemas acudían solos y había que enfrentarse a ellos. Jace todavía no había tomado una decisión, pero sabía que tendría que tomarla más tarde o más temprano: ser el cazador o ser la presa. Ninguna de las dos opciones era buena. Y ninguno de los dos Jace que saldrían de aquella decisión sería adecuado para Cassie.

Ella se merecía algo mejor.

—No me apartes, Jace.

—Tengo que hacerlo.

—No lo hagas —protestó—. Seguiré viniendo, te guste o no.

—Voy a eliminarte de la lista de visitantes autorizados.

Ella soltó una exclamación desesperada que se le clavó en el centro del pecho. Se mordió los labios con tanta fuerza que sintió el sabor metálico de la sangre sobre la lengua.

—No seas así, Jace. Solo quiero estar contigo y apoyarte —susurró—. Sabes que te amo y no quiero vivir sin ti.

—Lo siento, Cassie. A lo mejor ahora no te das cuenta, pero es lo mejor.

Ella se llevó las manos a los oídos, como si fuera una niña pequeña.

—No te escucho. No te escucho. ¡No te escucho!

Él cerró la boca y esperó. Notaba que se estaba partiendo en pedazos por dentro, pero tenía que ser firme. Lo había hablado con su padre el sábado anterior y este lo había comprendido y aprobado su decisión.

Vio que los preciosos ojos verdes le disparaban ráfagas de enfado.

—Si no quieres verme, te escribiré —sollozó.

—Te devolveré las cartas sin abrir —espetó.

Le costó decirlo. Sabía que la estaba hiriendo, pero era por su bien.

—Eres cruel —farfulló, abrazándose a sí misma, aunque no tardó en elevar la cara y añadir—: No. No lo eres. Eres la mejor persona que conozco en el mundo y sé por qué haces esto. Me estás protegiendo, como siempre. Igual que me protegiste de Travis, de mi padre, de todos... No quiero que estés solo, Jace. Tú me necesitas.

Ahora fue él quien se echó hacia delante y apoyó la mano en el cristal.

—Cassie, necesito ser fuerte y no sé si podría serlo sabiendo que estás ahí fuera, esperándome —habló con premura.

Ella alargó el brazo y posó la mano sobre la de él, de modo que sus palmas se enfrentaron a ambos lados de la mampara. La mano de Cassie era delgada, de dedos finos, blanca, cubierta de algunas pecas y mucho más pequeña que la de él, que era mucho más grande, de dedos más largos y gruesos, llena de callosidades y morena.

La voz de uno de los guardias se escuchó por encima de las conversaciones.

—Cinco minutos.

Cassie comenzó a retorcerse en la silla muy alterada y apartó la mano.

—¡No puedo creer que estos sean nuestros últimos cinco minutos juntos! No puede ser. ¡Tengo muchas cosas que contarte! Déjame que vuelva una vez más —suplicó.

Él meneó la cabeza.

Había tomado una decisión y no podía flaquear.

Ella pateó el suelo.

—¡Dime que me quieres! —le exigió furiosa.

—Te quiero.

—¡Dime que no puedes vivir sin mí!

—No puedo vivir sin ti.

—¡Dime que soy la mujer de tu vida! —La voz había comenzado a fallarle y solo era un murmullo balbuceante.

—Eres la mujer de mi vida, Cassie. Ahora y siempre —dijo con aspereza. Notaba las lágrimas burbujeando en la parte trasera de su garganta y se las tragó a duras penas.

—Aunque no quieras, te voy a esperar, Jace. Me da igual cuánto tiempo pase. ¡Te voy a esperar!

La creyó. Sabía que ella no iba a dar su brazo a torcer tan fácilmente. La conocía muy bien. Solo esperaba que el tiempo consiguiese que le olvidara y pudiese rehacer su vida de algún modo.

Cerró los ojos y, por un momento, se permitió imaginar que cuando saliera de prisión sería el mismo Jace de siempre y que Cassie estaría esperándole, tal y como había prometido, y que juntos empezarían una vida nueva y construirían una familia y serían felices para siempre.

Qué bonito sería...

Un sueño imposible porque ni él ni ella serían los mismos.

—Un minuto. Vayan despidiéndose. —La voz del guardia resonó con fuerza contra las paredes.

Jace elevó los párpados. Cassie le observaba sin decir nada, con expresión neutral y las pestañas empapadas.

Los demás visitantes comenzaron a levantarse, deslizando las sillas por el suelo. Se escuchó algún sollozo suave, palabras de aliento, un beso...

Sus miradas se trabaron, conectando como siempre lo hacían. El hilo invisible que los unía no se había roto de ninguna manera y los dos eran conscientes de ello.

—Lo nuestro es para siempre —murmuró ella.

Él no reaccionó, al menos no lo hizo físicamente, aunque en su cabeza repetía las palabras como en una letanía.

Para siempre. Para siempre. Para siempre.

Los dos se incorporaron.

Jace siguió a sus compañeros hacia la puerta por la que habían entrado antes.

Cassie también caminó hacia la salida.

Durante unos segundos avanzaron en paralelo, lanzándose miradas cada vez que pasaban por delante de una de las mamparas.

Y llegaron al final de la estrecha y larga sala.

Él alargó el cuello con insistencia para poder ver su cara una última vez.

Su bella y adorada Cassie.

Entonces, ella desapareció de su campo visual y Jace se sintió la persona más sola y desamparada del universo.

Capítulo 6

CASSIE

Era la cuarta carta que recibía sin abrir de la penitenciaría, con un sello rojo en el que ponía DENEGADA, en letras mayúsculas bien grandes, como si en la prisión quisieran estar seguros de que lo entendía.

Guardó la carta con las otras en un cajón de la cocina y se detuvo en medio de la habitación con los dedos en las sienes. Necesitaba otra estrategia. Jace había cumplido su promesa y la había retirado de la lista de visitantes, tampoco leía sus cartas. ¡Qué testarudo!

Ese día iba a quemar su último cartucho. Era domingo y había invitado a comer a Fred, a sabiendas de que Jace le iba a llamar por teléfono. Quería estar presente durante la llamada e intentar hablar con él.

Sus dotes culinarias habían mejorado mucho desde que trabajaba en la cafetería. El cocinero, un texano que se llamaba Leo, le había cogido cariño y le pasaba algunas recetas, así que preparó albóndigas con una salsa especial, un pure de calabaza y remolacha y una ensalada de patata. Puso un mantel muy bonito en la mesa —el único que tenía— y sacó su mejor vajilla que consistía en platos de diferentes colores y tamaños que había comprado en un mercadillo de segunda mano.

La primavera se hallaba en su apogeo en McAlester, y en su diminuto jardín trasero habían asomado algunas flores silvestres, así que cogió unas cuantas y las colocó en un vaso que le servía de jarrón. Ella misma se vistió de un modo primaveral, aunque todavía no se había retirado el frío. Sobre el vestido de color malva se puso una fina chaqueta de lana blanca.

Fred llegó puntual. Una gran sonrisa iluminó su cara al verla.

—Cada vez que te veo estás más guapa —le dijo.

Se quitó el sombrero y le dio un beso en la mejilla. Luego se deshizo de su cazadora vaquera y le entregó una caja de cartón con el nombre de una pastelería en la tapa.

—Muchas gracias. Me salvas porque no había preparado postre —rio—. Yo a ti sí que te veo mucho mejor.

Fred tenía un aura de felicidad que no podía ocultar. Kali le había contado la gran noticia y ella se mordió los labios esperando a que fuera él quien sacase el tema.

—Huele muy bien —comentó el recién llegado, olfateando el aire.

—Espero que sepa mejor —bromeó.

Fred sabía por qué estaba allí. No se lo había ocultado, por el contrario, le había pedido que fuera a comer para poder hablar con Jace. Y él accedió.

Era curioso cómo la relación entre ellos había cambiado desde el año anterior. Antes, Fred King siempre la había mirado como a una niña, la amiga de su hijo, pero en los últimos meses, la trataba más y más como a una adulta. A Cassie le agradaba aquello. De un modo un poco surrealista se habían convertido en iguales, en amigos, pese a la diferencia de edad.

Se sentaron a la mesa y Cassie sirvió la comida. Fred prorrumpió en exclamaciones de deleite al probar las albóndigas y el puré.

—¡Esto está riquísimo!

Ella sonrió.

—Bueno, ¿qué se cuece por Waterford? —le preguntó con inocencia.

—Lo de siempre —murmuró él, clavando la mirada en su plato—. Las obras del rancho marchan y la gente se ha aburrido de ir a Altus a hacer sus compras, así que están volviendo al almacén. Sabía que era cuestión de tiempo. —Se encogió de hombros.

—Me alegro mucho. ¿Ya está? ¿Nada nuevo?

Él elevó la vista y la miró a los ojos.

—Lo sabes... —dijo con un suspiro.

—¿Cómo no lo voy a saber si Kali es mi mejor amiga? Hablamos casi a diario.

Fred se echó hacia atrás en la silla y sonrió.

Un pinchazo atravesó el pecho de Cassie. Se parecía tanto a su hijo... Tenían la misma sonrisa y su forma de elevar las cejas era igual.

—Pues sí. Le he pedido matrimonio a Mary —confesó—. Llevábamos ya un tiempo saliendo y ahora que todos sus hijos se han independizado y vive sola y yo también...

—Ah, ¿os vais a casar porque estáis solos? —le provocó.

Fred le lanzó una mirada ceñuda y terminó por reírse.

—Nos vamos a casar porque nos queremos.

Cassie aplaudió feliz.

—Cómo me alegro por los dos, Fred. Creo que hacéis una pareja soberbia.

Él se llevó la mano a la nuca y se la frotó con un poco de vergüenza.

—Ella es fabulosa, sin duda. Espero que este matrimonio me salga mejor que el primero —murmuró sombrío.

—¿Has sabido algo de la madre de Jace?

Fred se limitó a negar.

«Menuda cerda», pensó Cassie con furia contenida. No podía comprender que una madre se comportase así con su hijo.

—Bueno, ¿para cuándo es la boda? —Se apresuró a cambiar de tema.

—En verano y espero que asistas. Creo que Mary quiere que seas una de sus damas de honor.

—¡Claro que iré! —repuso con entusiasmo. No iba a perderse un evento así; era una de las pocas cosas bonitas que le pasaban en los últimos tiempos—. ¿Dónde vais a vivir?

—Todavía no lo hemos hablado. Ya veremos. Supongo que en su apartamento. Yo comparto la cabaña con Brenda, Caleb y Jim. Hasta que la casa grande no esté terminada siguen conmigo.

—¿Están todos bien?

—Sí. Mejor de lo esperado. Mi hermana es dura y su marido también y se están matando a trabajar. En unos años, el rancho marchará como antes.

—Me hace muy feliz escuchar eso.

Siguieron hablando y él le preguntó sobre su trabajo.

—¿Te gusta?

—No —rio—, pero paga las facturas. Trabajar de cara al público es un asco. Hay clientes adorables, pero otros... Tú lo sabes.

Fred asintió.

Poco después, ella fue a buscar la caja que él había traído. Eran unos bollos de canela que estaban deliciosos. Hablaron un poco de la gente de Waterford y del nuevo abogado de Jace. Era de oficio, pero parecía tomarse el caso con interés.

Y hablaron de Jace. Sobre todo, de Jace.

—Es muy testarudo —confirmó él cuando le comentó que le había devuelto otra carta—. Me temo que ya ha tomado su decisión y no sé si dará su brazo a torcer.

—Ya sé que es testarudo —observó ella—. Pero yo también lo soy.

—Deberías vender la casa de Waterford y matricularte en la academia de baile, como tenías previsto.

Ella bajó la mirada y la clavó en el borde de la mesa. Aquel pensamiento se le había pasado por la cabeza en un par de ocasiones desde el rechazo de Jace, pero lo había apartado de su mente.

—No quiero rendirme con él —dijo al fin.

—Eso no es rendirte, Cassie. Eso es pensar en ti y en tu futuro.

—¿Y él? —exclamó.

—Ahora mismo, el futuro de Jace es incierto. No puedes hacer depender el tuyo del suyo. No dejes pasar las oportunidades que se te presentan mientras esperas. Te arrepentirás.

No tuvo tiempo de darle ninguna respuesta porque el móvil que él había dejado sobre la mesa comenzó a sonar.

Un escalofrío le recorrió la espalda cuando Fred asintió. Era la llamada de la penitenciaría. Era Jace.

—Sí. Acepto —contestó. Tras unos segundos volvió a hablar—: Hola, Jace. Sí. Todo bien. Eh..., Jace, no estoy solo, estoy con Cassie. ¿Puedo poner el manos libres?

Cassie se mordió el labio inferior, nerviosa, mientras esperaba. Le zumbaban los oídos debido a la ansiedad.

Fred dejó el móvil sobre la mesa y pulsó el símbolo del altavoz.

—Cassie —dijo Jace con resignación.

—Jace...

—Esto es una encerrona. No me parece justo.

—Lo siento. No culpes a tu padre. He sido yo la que ha insistido.

—Lo supongo.

Fred se levantó y se alejó hacia la zona de la cocina, como si quisiera cederles un poco de privacidad.

—No soporto no saber nada de ti. No puedo verte y me devuelves las cartas... —murmuró ella.

—No me lo pongas más difícil. ¿Crees que para mí está siendo fácil no tenerte? Es un infierno, joder, pero no puedo preocuparme por ti ni pensar en ti porque estar aquí me consume. Necesito toda mi puta capacidad mental para sobrevivir, Cassie —escupió.

Ella contuvo el aliento. Nunca le había hablado con tanta dureza.

—Jace, yo solo quiero...

—Me da igual lo que quieras —la interrumpió—. Tengo que pensar en mí y solo en mí. Y perdóname si estoy siendo brusco, pero necesito que pares. Por favor —suplicó—. No me mandes cartas, no me envíes mensajes a través de mi tía ni de mi padre. No me esperes... Por favor...

Había tanta angustia en su tono que se le saltaron las lágrimas y se tapó la boca para ahogar un sollozo.

—Te quiero, Cassie, pero no vuelvas a contactar conmigo —dijo con sequedad.

Ella tragó saliva y se recompuso como pudo.

—Yo también te quiero —logró balbucear—. Te... Te paso a tu padre.

No hubo más palabras.

Cassie se levantó y fue hasta Fred para tenderle el aparato. Después, se encaminó a la puerta y salió de la casita con la mandíbula apretada para contener el llanto. Se detuvo en la acera mientras alzaba la mirada al cielo lleno de gruesas nubes blancas.

El vecino de enfrente alzó la mano para saludarla. Estaba sentado en el porche de su casa leyendo el periódico. Ella respondió con un gesto automático.

Necesito que pares. No me mandes cartas, no me envíes mensajes a través de mi tía ni de mi padre. No me esperes. Por favor.

Dolía. Dolía mucho escuchar al amor de tu vida diciendo algo semejante.

Caminó calle abajo con las manos en los bolsillos de la chaqueta. No vivía mucha gente en el vecindario y era la hora de comer, así que no se cruzó con alma alguna.

Su cerebro iba a toda máquina, analizando todas y cada una de las palabras que Jace había pronunciado. No eran solo las palabras, era el tono cargado de desesperación.

Se sentó en un murete bajo que separaba la carretera de un parque y enterró las manos en el regazo mientras sus ojos se posaban sobre el suelo de tierra.

Su tozudez y su insistencia en verle y en mantener el contacto no le estaban ayudando. Al contrario, parecían perjudicarle. Quizá él tenía toda la razón en querer apartarla de su lado. Quizá necesitaba estar solo y no pendiente de ella.

¿Crees que para mí está siendo fácil no tenerte? No puedo preocuparme por ti ni pensar en ti porque estar aquí me consume. Necesito toda mi puta capacidad mental para sobrevivir, Cassie.

Hundió la cabeza en los hombros, pero no lloró. De nada servían tantas lágrimas.

De algún modo, tenía que ser fuerte por él y respetar sus deseos. No era cuestión de tirar la toalla ni nada por el estilo, era cuestión de apoyarle como él necesitaba: desde la distancia.

—¡Cassie!

Alzó la cabeza y vio a Fred, que había salido de la casa.

Se puso de pie, y tras sacudirse la falda del vestido, echó a andar en su dirección. Él la abrazó con fuerza y le dio un beso en el pelo. Ella se dejó abrazar. Si cerraba los ojos podía imaginarse que eran los brazos de Jace.

—Lo siento mucho —musitó él.

—No lo sientas —dijo, apartándose—. Tiene razón.

—La cárcel está siendo horrible. No se lo tengas en cuenta.

Sus ojos chocolate despedían una muda súplica.

Ella asintió con vehemencia.

—¡Por supuesto que no! Sé que es muy difícil para él. ¿Qué te ha contado? ¿Está bien?

—Casi no habla y cada vez se vuelve más retraído. Creo que no quiere preocuparme y prefiere no ser muy específico, pero le conozco y sé que no está bien. Mañana llamaré a su nuevo abogado para que me cuente cómo va lo de la revisión de la apelación.

Entraron juntos en la casa y él se dirigió a la mesa para recoger los platos.

—No —le detuvo Cassie—. No hagas nada. Déjame a mí.

—Qué invitado más horrible sería si no te ayudase.

—Si quieres ayudarme, dime por qué la caldera no funciona bien.

—Eso está hecho —sonrió—. Voy al coche a buscar las herramientas.

Ella le indicó donde estaba la vieja caldera y volvió al salón para recoger la mesa y lavar los platos. Mientras lo hacía, la conversación que había tenido con Jace se repetía una y otra vez en su cabeza.

—Cassie.

La voz a su espalda le hizo dar un brinco.

Vio que Fred cerraba el grifo del fregadero que estaba a punto de desbordarse.

—Oh... —murmuró.

—Te he llamado varias veces. Estabas muy lejos de aquí.

—Sí. Perdona...

—Tu caldera ya funciona, al menos de momento. Había un manguito picado. Le he puesto cinta aislante. Espero que aguante. Si no lo hace, llama al casero.

—Muchas gracias, Fred.

—Para eso está la familia —le dijo y le acarició la mejilla con afecto—. Me voy a ir ya. Tengo cuatro horas de coche hasta Waterford.

—Mantenme informada si pasa algo, por favor.

—Claro.

Él se puso la cazadora y el sombrero. Cogió la caja de herramientas y se despidió, prometiendo llamarla en unos días.

A través del cristal de la ventana, le vio subir a su camioneta y ponerse en marcha. Solo unos segundos después, había desaparecido.

Seguía inmóvil con la vista clavada en el exterior cuando su móvil comenzó a sonar.

Era Kali.

—Escuchar tu voz es lo que más necesitaba en este momento —dijo nada más aceptar la llamada.

—¿Ha pasado algo nuevo, cariño? —preguntó su amiga.

—Sí. ¿Tienes tiempo? —suspiró.

—Para ti, siempre.

Capítulo 7

JACE

Cuando acabó la llamada con su padre, estaba empapado en sudor de intentar mantenerse en pie. Le dolía todo el cuerpo y sentía como si cientos de agujas le pincharan en la parte baja de la espalda y entre las piernas. Escuchar la voz de Cassie había terminado por hundirle del todo. Si ella supiera lo que sucedía... No quería ni pensarlo. Solo por un instinto de supervivencia logró mantener su aplomo.

Podía notar las inquisitivas miradas de los otros reos que aguardaban la cola para usar el teléfono y se alejó de allí. Se encaminó a su celda, escoltado. Uno de los guardias que le acompañaban le miró con sorna, como si supiera lo que le había sucedido esa mañana en las duchas.

Era probable.

Había unos cuantos guardias que parecían bastante decentes, pero la mayoría aceptaban sobornos de los presos para mirar hacia otro lado cuando se cometía alguna tropelía.

Una vez en su cubículo, que seguía ocupando él solo, le quitaron las esposas y cerraron la puerta. Hasta la cena faltaban unas horas en las que podía hacer lo que quisiera dentro de esas cuatro paredes.

Él solo quería llorar.

Se acostó en el camastro y se tapó la cabeza con la manta. Aun así, podía escuchar las conversaciones de los otros amplificadas por la estrechez del corredor; las risas y los gritos llegaba con nitidez hasta él y, entre ellos, le pareció distinguir la voz de Sawyer.

¡Maldito hijo de puta!

Tuvo que morder la almohada para ahogar un grito desgarrador.

Sawyer era un jodido supremacista blanco que llevaba días atormentándole y amenazándole cada vez que se cruzaban, diciéndole que quería desvirgar su culito flaco. Era un tipo alto y fornido que se pasaba el día entrenando en su celda. Llevaba la cabeza rapada con el número ochenta y ocho tatuado en un lateral y una esvástica en el cuello.

Un asco de persona.

Y sus amigos no le iban a la zaga. Se había rodeado de un grupito de neonazis similares a él, que le reían las gracias y hacían todo lo que él decía.

Unos desgraciados todos ellos.

—¡Niño bonito! ¿Estás pensando en mí?

Era Sawyer.

Jace se puso la almohada sobre la cabeza y se tapó los oídos.

Finalmente, su contención cedió y las lágrimas se desbordaron de sus ojos. Lloraba de dolor, de impotencia y rabia.

Se repetía a sí mismo una y otra vez que no podía consentir que lo de las duchas volviera a pasar. ¡No podía suceder de nuevo! Prefería morir.

Había sido horrible.

Un infierno.

Sawyer y su pandilla lo tenían todo preparado.

En un momento dado, el guardia que los vigilaba mientras se aseaban, desapareció. Jace se vio acorralado por aquel cabronazo y sus amigos que le empujaron contra la pared, impidiéndole moverse. Jace estaba seguro de que, si hubiera sido una pelea justa, uno contra uno, hubiese podido librarse de Sawyer. Era un tipo grande, pero él era rápido y no carecía de fuerza, acostumbrado a los rodeos.

Pero eran cuatro contra uno.

Los otros compañeros del turno de duchas se largaron a toda prisa para no meterse en problemas.

Él bramó, se revolvió como un salvaje y lanzó patadas, pero de nada sirvió. Nadie acudió a socorrerle y sucedió lo que tenía que suceder.

Todavía recordaba el horrible dolor lacerante que sintió cuando Sawyer se introdujo dentro de él con violencia. La sensación de que su cuerpo se estaba partiendo por la mitad fue insoportable. Aulló como un loco y, durante unos segundos, perdió el contacto con la realidad mientras era embestido contra la pared de azulejos y una voz ronca le susurraba frases asquerosas al oído.

Terminó tirado en el suelo, llorando como un bebé, con el agua de la ducha cayendo sobre él, llevándose la sangre que salía de entre sus piernas.

Era como si una máquina apisonadora le hubiera pasado por encima.

Y no era solo dolor físico lo que sentía.

Pensó en Cassie, cuando Travis la forzó. ¿Se había sentido igual que él se sentía en ese momento? ¡Dios! ¡Cómo la quería y la admiraba! Cuánta entereza demostró ella entonces.

No sabía cuánto tiempo había transcurrido cuando el guardia que antes había desaparecido se acercó y le dio un leve puntapié en la pierna.

—¿Estás vivo?

Alzó un poco la cabeza y se encontró con las relucientes botas negras.

—Sí —balbuceó casi sin voz.

—Sécate y vístete. Hoy no desayunas porque se te ha pasado la hora. Vamos al patio.

Se levantó con esfuerzo, tiritando, en parte debido al frío y en parte debido a la rabia. Se secó como pudo bajo la atenta mirada del funcionario de prisiones. La toalla que utilizó mostraba manchas rojas cuando la arrojó al cesto de la ropa sucia. Se puso su ropa interior y el mono naranja, intentando olvidar el punzante dolor.

Con las manos esposadas delante, abandonó el edificio y trató de componer una mueca impasible.

—¿Este por qué se ha saltado el desayuno? ¿Dónde cojones estaba? —preguntó otro de los guardias cuando pasaron por la rotonda.

—No se sentía bien y ha vomitado en las duchas.

—¿Tiene que ir a la enfermería?

—No hace falta, ¿verdad?

Jace negó con la cabeza sin mirar a ninguno de los dos.

Continuaron caminando hasta llegar a la puerta que conducía al exterior. Le quitaron las esposas y dejaron que se uniera a sus compañeros, que estaban diseminados por la zona vallada. Algunos daban paseos, otros jugaban con una pelota y otros se sentaban a disfrutar del sol, algo que solo podían hacer una hora al día.

Lo primero que vio fue la sonrisa de satisfacción de Sawyer al otro lado del patio y su saludo burlón con la mano. Estaba en uno de los bancos con su corte de chupaculos. Jace se alejó hacia el otro extremo, a la zona de entrenamiento. Un grupo de afroamericanos se ejercitaba allí. Se apoyó en la alambrada a unas pocas yardas —no quería ni pensar en sentarse—, y los observó mientras hacían músculo. Recibió unas cuantas miradas, pero ninguno se dirigió a él.

A través de las pestañas, su vista se posaba de vez en cuando sobre los cabrones de las duchas. Un odio visceral y profundo creció en su interior mezclado con una sensación de profunda amargura.

La excusa que había dado el guardia antes sobre que había vomitado estaba a punto de convertirse en realidad. Cada vez que escuchaba las risotadas de Sawyer se le revolvía el estómago.

Enredó los dedos en la alambrada que tenía a la espalda y cerró las manos con fuerza, haciéndose daño, aunque nada era comparable con el dolor que le habían infligido hacía solo media hora. Notaba un hilillo de humedad resbalándole por el muslo y sabía que estaba sangrando.

Tenía que vengarse, aunque no sabía cómo. Era el pez más pequeño de la cadena alimenticia de la prisión. Era un jodido crío para esa gente. Tenía que ascender en la escala de poder y ser más fuerte que ellos.

Tal y como había visto en las películas, los presos solían juntarse con los de su misma etnia. Los blancos por un lado, y los afroamericanos y los latinos, por otro. Había unos cuantos que iban por libre. Solían ser mayores, los que llevaban más tiempo allí. Ya no tenían que demostrar nada ni estar bajo la protección de nadie.

No era el caso de Jace. Era un recién llegado, joven e inocente, maleable. No tenía grupo. No podía ser un lobo solitario si quería sobrevivir, pero no deseaba unirse a los blancos hijos de puta. Tampoco los afroamericanos o los latinos le acogerían en sus filas.

Era un puto verso libre.

Había logrado pasar desapercibido casi tres meses, pero la suerte se le había terminado.

La llamada telefónica y el escuchar la voz de Cassie cuando se sentía tan vulnerable estuvo a punto de romperle del todo. Mientras hablaba con ella se sentía sucio y miserable. ¿Cómo podía hablar con una chica tan maravillosa como ella mientras seguía sintiendo la invasión de Sawyer en su cuerpo? Se sintió asqueado.

Esperaba que nunca se enterase de lo que le había pasado. Nunca.

Y también esperaba que no volviese a contactar con él.

Llevaba un rato con la cabeza oculta bajo la manta cuando las voces de los otros reclusos bajaron de volumen hasta casi extinguirse. A lo lejos escuchó el sonido de las botas de los guardias caminando por el corredor y, unos segundos después, las llaves en la cerradura de su puerta.

Se irguió a toda prisa sin darse cuenta de que su trasero estaba dolorido y ahogó un quejido lastimero.

¡Mierda!

Los mismos guardias que le habían trasladado a él a esa celda a finales de diciembre, hicieron entrar a un tipo con la piel negra como el carbón. Llevaba las manos y los pies esposados y cargaba con sus pertenencias.

—Te traemos un compañero, chico —dijo el guardia rubio—. Se acabó lo de estar solo. Es un viejo conocido de la prisión. Se llama Leslie y es un amor —rio—. Pórtate bien con el muchacho que es novato.

Jace se puso de pie y echó una rápida ojeada al recién llegado, cuyo nombre no encajaba en absoluto con él. Leslie sonaba tan femenino... Y aquel hombre era cualquier cosa, menos femenino. Era de su misma estatura y muy ancho de espaldas. Tenía el pelo muy corto lo que dejaba al descubierto una profunda cicatriz que empezaba en su ceja izquierda e iba a morir al cuero cabelludo, partiéndole la frente por la mitad. Su postura y su expresión facial eran de hastío. Debía de tener unos cuarenta o cuarenta y cinco años.

Su aspecto era amenazador.

Tenía la palabra *Problemas* escrita en la cara.

Los guardias le liberaron las manos y los pies y se largaron, cerrando la puerta con un golpe seco.

Se quedaron solos

El tipo recorrió a Jace de arriba abajo con desinterés. Luego se acercó a la litera inferior y dejó sus cosas encima.

—Yo duermo abajo —anunció con aspereza. Tenía la voz ronca como si llevase toda la vida fumando.

Jace odió el tono y la actitud y estuvo a punto de negarse, pero lo último que necesitaba en esos momentos era ganarse otro enemigo y, además, estaba hecho polvo y le dolía todo. ¿Qué iba a ganar enfrentándose a ese hombre?

Sin mediar palabra, con los labios apretados y ademanes bruscos, cogió su sábana, su almohada y su manta y las pasó a la litera superior. Después, se encaramó a ella y se tumbó, mirando la pared.

—Si quieres que nos llevemos bien, ni se te ocurra llamarme Leslie, ¿te enteras? No hace falta que me hables porque no somos amigos, pero si tienes que dirigirte a mí, me llamas Knight.

Jace no le respondió. Si podía prefería no llamarle nada.

—¡Knight! —Una voz resonó desde alguna parte del corredor—. ¿Cuánto esta vez?

—Doce años si me porto bien, así que supongo que serán quince —repuso su compañero de celda con una risotada.

—¡Eh, Knight! —Era Sawyer—. No te pases con el niñito que es mío.

Jace estuvo a punto de gritar iracundo, pero se controló y se mordió la lengua.

—No me jodas que el capullo de Sawyer también está aquí —masculló Knight—. ¡Qué ganas tengo de partirle la cara a ese puto nazi de mierda!

Después de eso, solo hubo silencio.

Jace no tenía ni idea del tipo de hombre que sería ese tal Knight, quizá de la peor calaña, pero al menos tenían algo en común: los dos odiaban a Sawyer.

Capítulo 8

JACE

Pasaron dos meses más antes de que tomara una decisión definitiva. Una decisión que quizá le perjudicara en vista a la condicional, pero no podía soportarlo más. El acoso de Sawyer y su pandilla iba cada vez a peor.

Era junio y, por primera vez, tenía derecho a una visita de contacto. Por fin podría abrazar a su padre, aunque estuvo a punto de llamarle y cancelarlo todo para que Fred no se asustara al verle. Tenía la nariz rota y los dos ojos morados.

Era el resultado de haberse librado por los pelos de una nueva violación en las duchas. Ese hijo de puta neonazi se la tenía jurada y, por ende, todos los del grupo supremacista también. Hacía días que solo comía lo que compraba en el economato porque los cabronazos le escupían en la comida cuando pasaban por su mesa. Dos de los guardias colaboraban con ellos y hacían la vista gorda. Cada vez que tenían turno, Jace sabía que ese día iba a ser una mierda.

Su compañero de celda, tras ver lo que sucedía, le hizo una oferta, pero era una oferta envenenada, como firmar un pacto con el diablo. Jace sabía que se iba a hipotecar la vida si aceptaba, pero era su única oportunidad de sobrevivir en esa prisión.

Su padre ya estaba en la sala de visitas cuando entró; al verle, se puso de pie con preocupación.

A Jace no le quitaron las esposas, y solo pudieron abrazarse con torpeza. Aspiró el olor a tierra, a césped, a campo y a rancho que impregnaba a su padre y tuvo que aguantar las lágrimas de nostalgia que se le formaron en la garganta.

Se separaron con rapidez para que los guardias no acudieran a amonestarlos.

—¿Qué te ha pasado? —Los ojos de Fred se ensombrecieron.

Jace se sentó en la silla naranja de plástico que había frente a él y se encogió de hombros.

—¿Me creerías si te digo que me he caído?

—No. Inténtalo otra vez, anda.

—Pues eso que estás pensando es lo que me ha pasado —murmuró sin muchas ganas.

Fred dejó escapar una maldición velada.

—¿Es el cabrón ese que me comentaste que iba a por ti? —preguntó en voz muy baja, mirando a su alrededor.

No había nadie de la pandilla de Sawyer por allí, pero Jace agradeció en silencio que su padre fuera cuidadoso. En aquel lugar las paredes tenían ojos y oídos.

—Sí.

—Tienes que denunciarlo.

Meneó la cabeza con brusquedad. ¿Denunciarlo? Entonces sí que sería hombre muerto.

—Las cosas aquí no funcionan así —respondió con cinismo.

Su padre se revolvió en la silla. No trató de insistir y Jace lo agradeció.

—Hablaré con tu abogado para que ponga en marcha la solicitud del traslado.

—Hazlo —aceptó.

Durante unos silenciosos segundos, Fred le estudió de arriba abajo, como si quisiera impregnarse de su imagen.

—No puedes tirar la toalla —dijo al fin, y acercó la mano a la suya, pero la retiró rápidamente. Las normas eran muy claras, nada de contacto físico durante la visita—. Tenemos que seguir luchando para sacarte de aquí.

Jace se tragó un resoplido de incredulidad para no defraudarle.

¿Luchar? ¿Cómo? ¿A través de un pobre abogado de oficio que hacía lo que podía y que tenía cientos de casos más? Quizá en un par de años consiguiera algo, cuando Jace ya se hubiese convertido en un despojo humano.

No pensaba rendirse, solo que no lucharía como deseaba su padre.

Le miró con los ojos entornados. Fred tenía el mismo aspecto de siempre, sincero, abierto y leal. Seguía creyendo en el sistema judicial, confiaba en la gente y continuaba teniendo esperanza.

Jace jamás le confesaría lo que le había sucedido. Era demasiado horrible y vergonzoso y no deseaba que su familia o amigos lo supieran jamás.

—Has crecido unas pulgadas y te noto más musculoso. ¿Haces ejercicio?

—Todo el que puedo —asintió.

No quería mezclarse con ningún grupo y la zona de entrenamiento del patio siempre estaba ocupada por alguien, así que utilizaba su celda como gimnasio particular. Hacía flexiones, sentadillas y dominadas, colgándose de su cama, mientras Knight le miraba con aburrimiento.

—Háblame del rancho —le pidió para cambiar de tema.

Lo hizo.

Se explayó y le contó que Adam había vuelto a casa hacía unas semanas con el título bajo el brazo para unirse a la reconstrucción de la casa grande, que estaba casi acabada. Carecía de la solidez de la antigua, era más pequeña y sencilla, pero suficiente para la familia al completo. Incluso Sheila había vuelto y aceptado un trabajo en Altus para ayudar con su sueldo. Ya se habían trasladado todos allí y Fred por fin tenía la cabaña para él solo.

Le habló de un nuevo proyecto que tenían entre manos. Querían empezar a cruzar caballos. Había un rancho muy interesado en una cría de Gus.

A Jace se le encogió el pecho al escuchar el nombre de su animal. Lo extrañaba muchísimo. No quiso preguntar por él para no entristecerse. No obstante, su padre continuó hablando sin saber el daño que le hacía.

—Gus está estupendo y te echa de menos. A veces, cuando Caleb lo saca, se acerca a la cabaña y olfatea el aire como si te buscara.

Jace se echó hacia atrás y elevó la vista al techo. ¡Mierda!

—Eh, ¿y la boda?

La expresión en el rostro de su padre se dulcificó. Parecía un quinceañero emocionado. Su sonrisa era tan luminosa que deslumbraba.

—Ya está casi todo preparado. Será a finales de julio en el rancho. Mary ya tiene el vestido de novia, pero no lo he visto. Dice que da mala suerte verlo antes del día de la boda. Yo me tendré que poner un traje —se lamentó, fingiendo que le incomodaba, aunque era evidente que si la novia hubiese querido vestirle de payaso, hubiese consentido—. Me he probado ya uno y me queda bien. Lo voy a alquilar porque luego no sé para qué voy a utilizarlo. Cuando tú te cases alquilaré otro y listo.

¿Casarse?

Solo había una persona en el mundo con la que hubiese querido dar ese paso, pero lo que había pasado lo hacía imposible.

¿Cómo iba a casarse Cassie con él? Un convicto con antecedentes penales que había cumplido condena por el homicidio de su padre.

Aquello no tenía ni pies ni cabeza.

Solo esperaba que ella pasara página cuanto antes y le olvidase. Que rehiciera su vida con alguien que pudiese darle todo lo que se merecía.

Ni siquiera sabía si todavía seguía en McAlester o si ya se había marchado del pueblo. Le hormigueaba la curiosidad, pero no iba a preguntar por ella. No iba a mencionar su nombre.

—¿Qué pasa, Jace? Tienes mala cara.

—No es nada —repuso, con un gesto brusco—. Me alegro mucho por Mary y por ti. Ya era hora de que encontrases a alguien.

—Es una gran mujer —contestó Fred, risueño.

Siguió hablando sobre Mary, contándole cosas que él ya sabía porque había estado en muchas ocasiones en casa de Kali, pero no le interrumpió porque parecía muy feliz.

Era conocedor de que Kali, Rita, Cassie y su prima Sheila iban a ser las damas de honor de la novia, porque se lo había dicho Brenda. Por el momento no lo había mencionado, pero sabía que lo haría de un momento a otro y se preparó internamente.

—¿Dónde vais a vivir? —le preguntó.

—En un principio íbamos a vivir en su piso porque nos viene mejor a los dos por nuestros trabajos, pero su hijo Rufus se ha separado de su mujer y ha vuelto al piso, así que hemos decidido mudarnos a la cabaña. Al menos allí tendremos intimidad.

—Espero que no la cagues —dijo en tono de broma.

—¿Cagarla?

—En tu noche de bodas. Como no lo haces desde que me fui a vivir contigo...

Fred le miró con las cejas elevadas.

—¿No me digas que metías mujeres en casa mientras yo estaba durmiendo en la otra habitación? —fingió escandalizarse.

—¡Eso jamás! —exclamó—. Íbamos a... otros sitios...

—¿Todas esas tardes que decías que ibas a tardar en llegar porque tenías mucho trabajo en el almacén, estabas por ahí... con mujeres?

Fred enrojeció.

A Jace le entró la risa, pero se contuvo en cuanto se dio cuenta de lo doloroso que le resultaba. Se llevó una mano a la nariz. ¡Puto Sawyer!

—¿Está rota?

—Estoy acostumbrado. No es mi primera vez.

Todavía recordaba la pelea con Travis hacía unos años y la pequeña muesca del puente de la nariz. Con suerte, esa nueva rotura arreglaría el desperfecto de la anterior, se dijo con sarcasmo.

—No me gusta nada verte así —dijo su padre—. Deberíamos hacer algo.

Jace agitó la cabeza.

—Ya has dicho que ibas a hablar con Marek para que presente la solicitud del traslado. Ya estamos haciendo algo.

John Marek era un polaco de tercera generación, nacido en Nueva York, que creía en la justicia, a pesar de llevar veinte años trabajando como abogado de oficio y haber visto de todo.

Jace sabía que no conseguiría nada.

—Pues algo más —murmuró Fred, meneando la cabeza con impotencia.

Jace le observó con afecto. Su padre era la mejor persona del mundo.

Una de las cosas que peor llevaba de haber entrado en la cárcel, era la vergüenza que eso supuso para los King en Waterford. Fred siempre se esforzaba por mostrarse positivo y animado cuando hablaban, y le ocultó la verdadera situación, pero Brenda le contó todo en una de sus visitas. Le habló de que los habitantes del pueblo les habían dado la espalda, de lo mal que iba el almacén y de los problemas económicos que tenían. Sabía que las cosas habían mejorado en los últimos meses, pero se sentía mal por su familia.

—Papá —susurró en voz baja, y se inclinó sobre la mesa—. Hay algunas cosas que no puedes solucionar por mí. Tengo que ocuparme yo.

—Es que para mí todavía eres ese muchacho al que fui a recoger al aeropuerto hace años, que me miraba asustado y confundido. Me duele tanto lo que ha pasado. Deberías estar viviendo tu sueño, cabalgando sobre Gus, participando en rodeos y siendo feliz.

—Eso sería fantástico, pero las cosas son como son —repuso estoico—. Volvería a hacer lo mismo una y mil veces en la misma situación.

—Lo sé. —Hizo una pausa—. Joder, Jace. Solo tienes dieciocho años...

—Diecinueve en cinco días —le corrigió tratando de distender el ambiente.

—Un anciano —resopló.

Los ojos de Jace se fueron hacia el reloj de la pared. No quedaba mucho tiempo para que su padre tuviera que marcharse. La hora se le había pasado volando y ya no tendría otra oportunidad de verle hasta la semana siguiente.

—Llámanos el jueves a la hora de siempre y estaremos todos reunidos para felicitarte.

—Lo haré.

—No me has preguntado por Cassie.

¡Mierda!

—No pensaba hacerlo.

Fred asintió con lentitud y guardó silencio.

Jace se estrujó las manos por debajo de la mesa. Ahora que su padre la había mencionado quería que siguiera hablando, quería saber más. Su tenaz determinación de no volver a hablar de ella se resquebrajaba.

—Vale, papá, dilo —se rindió al cabo de unos segundos—. ¿Cómo está?

—Está bien. Sigue aquí, en McAlester, trabajando en el mismo sitio. Va a ser una de las damas de honor en nuestra boda. No sé mucho más.

Jace apretó los labios y cabeceó.

Que siguiera en McAlester y continuara trabajando en un cafetería le parecía mal. Estaba desperdiciando todo su potencial. Debería convertirse en bailarina y brillar, tal y como había sido su deseo.

No dijo nada.

La voz del guardia que estaba de pie junto a la puerta los avisó de que quedaban cinco minutos.

Los aprovecharon hablando de la reunión que Fred iba a tener con su abogado en unos días.

El abrazo de despedida fue igual de reconfortante que el de bienvenida. De nuevo se dejó consolar por los brazos de su padre, al que ya le sacaba unas cuantas pulgadas y hundió la nariz en su cuello brevemente para llenarse de su olor. Después se separaron y Fred le sonrió con una mezcla de pesadumbre y cariño antes de dirigirse a la puerta de salida con los otros visitantes.

La fragancia terrosa de su padre todavía le hormigueaba en la nariz cuando entró en la celda y los guardias le quitaron las esposas y cerraron la reja tras él.

Knight estaba sentado en su cama ojeando una revista de coches. Ni siquiera levantó la cabeza cuando Jace se paró frente a él.

—Quiero aceptar tu oferta —dijo.

Transcurrieron varios segundos en los que Knight pasó tres páginas antes de elevar la mirada oscura y posarla en él.

—¿Estás seguro?

—Sí.

—Si lo haces, ya no hay marcha atrás.

—Lo sé.

Capítulo 9

CASSIE

No le gustaba la mirada del tipo de la última mesa. Desde que había entrado no le quitaba los ojos de encima, como si la estuviera desnudando con ellos. Recorría su cuerpo de arriba abajo taxativamente y, cuando fue a tomarle nota, se dirigió a ella con un tono acaramelado y pegajoso. Cassie odiaba a ese tipo de clientes.

—¿Sabes quién es? —le preguntó a Sue, con la que compartía turno esa mañana.

La morena miró en la dirección que indicaba.

—Ni idea, creo que es la primera vez que viene. No me suena su cara. ¿Por qué? ¿Te está molestando?

—No. Pero me mira todo el rato y me siento incómoda.

—Acostúmbrate. Yo tengo dos mirones oficiales. Mientras no pasen de ahí, me da igual.

Justo en ese momento, el tipo levantó la mano, llamándola.

¡Joder!

Cogió la cafetera y se acercó a la mesa.

—¿Sí? ¿Desea algo más? ¿Más café?

—¿Tienes cinco minutos para hablar conmigo? Me llamo Christopher Donovan —dijo, y le tendió la mano—. Soy...

Ella ignoró su mano y le interrumpió.

—Como verá, la cafetería está llena y no puedo perder el tiempo —comentó con una sonrisa fingida.

No era cierto. Solo había tres mesas ocupadas, la barra estaba libre y todo el mundo estaba atendido.

—No pretendo molestarte ni interrumpirte en tu jornada laboral. Si quieres, vuelvo cuando termines. Me gustaría ofrecerte un trabajo.

Cassie se irguió y le miró con frialdad.

—¿No ve que ya tengo un trabajo? Y otros clientes que atender. Si no desea nada más, me voy.

Él la despidió con la mano. No parecía ofendido por su tono severo.

Ella se encaminó de nuevo a la barra y dejó la cafetera en el hornillo. Sue la miró mientras rellenaba los botes de mostaza.

—¿Qué ha pasado? —le preguntó—. Pareces indignada.

—Lo estoy. Dice que quiere ofrecerme un trabajo.

—¿Un trabajo? Mucho cuidado, Cassie. Los tíos que vienen a una cafetería y ofrecen trabajo a las camareras no suelen querer nada bueno. ¿De qué es el trabajo?

—Ni idea. No le he dejado que hablara más. Me he ido.

—Bien hecho.

Una familia con tres niños pequeños accedió al local y tomo asiento en una de las mesas de Cassie, así que esta se dirigió hacia ellos con su mejor sonrisa y se olvidó del tipo del fondo.

Tenía mejores cosas en las que pensar, como que la boda Mary y Fred tendría lugar al día siguiente y ella iba a marcharse a Waterford en cuanto acabara su turno. Estaba ansiosa por que llegaran las dos y poder montarse en el coche. Ni siquiera tenía que pasar por casa ya que tenía el equipaje en el maletero y el vestido de dama de honor bien colocado en una bolsa especial. Kali y Rita la habían visitado el fin de semana anterior para llevárselo. Mary había insistido en hacer los vestidos de las damas ella misma y le quedaba como un guante. De color aguamarina, de tirantes y con una larga falda de vuelo. Encajaba con el tono de piel de las cuatro chicas y combinaba con el sencillo vestido de novia boho blanco que había elegido ella.

Su mirada iba hacia el reloj de la pared cada cinco minutos.

—El tío ese te está llamando otra vez —le comentó Sue al pasar por su lado.

Volteó los ojos hacia el techo y se dio la vuelta, cafetera en mano, para volver a la mesa.

—¿Más café?

El hombre debía de tener unos cuarenta años y vestía con traje y corbata, algo poco habitual en la zona, con el pegajoso calor de julio. Tenía el pelo castaño peinado hacia atrás con algún producto y los ojos oscuros. No era mal parecido, pero su mirada era demasiado descarada.

—¿No quieres saber de qué tipo de trabajo se trata?

Le sirvió café en la taza vacía y se dio media vuelta.

¡Menudo imbécil!

Notó una vibración en el bolsillo del uniforme y miró hacia todos lados para ver si Eddie estaba por allí antes de sacarse el móvil del bolsillo.

Era Fred.

—Feliz cumpleaños con dos días de retraso. Lo siento mucho —dijo él en cuanto ella aceptó la llamada.

Cassie sonrió para sus adentros. El pobre andaba despistado con lo de la boda. Era normal que se le hubiera olvidado.

—No pasa nada. Sé que estás muy ocupado. ¿Cómo van esos nervios?

—No me hables. Creo que he engordado y van a tener que ajustarme el traje.

Ella se echó a reír. Sonaba tan preocupado...

—Seguro que no. Todo va a salir perfecto. Mañana nos vemos. —Hizo una pausa antes de preguntar con otro tono más ronco—: ¿Qué... tal está Jace?

Él tardó en contestar.

—Esta semana no va a recibir visitas porque estamos todos aquí, pero ayer hablamos por teléfono y... le noté más animado —dijo—. Estamos esperando la resolución del tribunal a la solicitud de Marek. Ojalá le trasladen a otra prisión, una de mínima seguridad... —continuó hablando con prisas.

El nerviosismo en su voz no terminaba de convencer a Cassie, pero lo dejó pasar.

—Ojalá —repuso en un susurro.

—¿Cuándo llegas? —Cambió él de tema, como si supiese lo difícil que era todo eso para ella.

—Sobre las siete.

—¿Te vas a quedar en tu casa?

—No. Me quedo con Kali y Mary.

—Perfecto, así la tranquilizáis un poco. Cualquiera diría que es su primer matrimonio.

Cassie rio y se despidió de él.

No pensaba dormir en la casa de su padre después de todo lo que había sucedido allí. Cuando se marchó, cerró la puerta y fue como darle la espalda al pasado. No quería volver a traspasar ese umbral nunca más, si podía evitarlo.

Estaba ensimismada, cuando notó una presencia a su espalda y se giró. Era el tipo trajeado, el tal Christopher Donovan.

—Pese a que no has mostrado interés por mi oferta, te dejo mi tarjeta por si te interesa en un futuro.

Escribió algo en el reverso de la cartulina blanca y la dejó sobre la barra antes de despedirse y abandonar el restaurante.

Cassie cogió la tarjeta.

—K Model Management. Agencia de modelos. Christopher K. Donovan. CEO —leyó en voz alta. Debajo aparecía una dirección de Los Angeles y un número de teléfono.

Le dio la vuelta y vio que él había escrito otro teléfono diferente con prefijo de la zona y un nombre de mujer: Sophia.

Se quedó mirando el rectangulito con el ceño fruncido.

—Oh, ¿una agencia de modelos en Los Angeles? Asegúrate de que es de verdad antes de llamar. —Sue se había asomado por encima de su hombro y cotilleaba.

—No voy a llamar.

—Si es real, podrías salir de aquí y ser famosa.

Cassie rio.

—¿Acaso tengo pinta de modelo?

—Un poco. Eres alta, delgada y te mueves como si estuvieras en una pasarela.

—Eso es porque he pasado muchos años bailando, pero lo de ser modelo no me interesa. Además, quizá es una triquiñuela que usa ese tipo para ligar...

—Hoy en día todo está en internet. Búscalo —la animó Sue—. Así fue como descubrieron a Claudia Schiffer. Trabajaba en un bar y un agente la vio y la convirtió en una Top Model.

Cassie la miró con escepticismo.

—Claro —dijo con sarcasmo.

La puerta de la cafetería se abrió y Daisy entró por ella.

—Hola, chicas.

Su llegada anunciaba el cambio de turno, y Cassie se olvidó de la tarjeta y se encaminó a la parte trasera, a las taquillas. Estaba deseando marcharse.

Se puso unos vaqueros, una camiseta y las deportivas y cogió su bolso. Luego salió a despedirse de sus compañeras.

—Gracias por hacerme el día mañana —les dijo a ambas.

—Ya nos lo pagaras con creces —rio Daisy.

—¡Pásalo bien y coge el ramo! —exclamó Sue.

Cassie puso cara de asco, y las otras rieron.

Corrió hacia su coche, que había aparcado detrás de la cafetería, de muy buen humor. Solo dos minutos más tarde ya se había puesto en marcha.

No había mucho tráfico en la carretera comarcal, y bajó las ventanillas para dejar entrar la brisa cálida.

Poco después de coger el desvío de la interestatal cuarenta, puso la vieja radio que no sintonizaba más que emisoras locales. Tras escuchar tres o cuatro canciones muy antiguas, sonó una de Carrie Underwood de hacía unos años: *Inside your Heaven*. La letra era muy emotiva y la tarareó en voz baja.

Su visión no tardó en tornarse borrosa y un par de lágrimas rodaron por su cara. Se las limpió con el dorso de la mano, mas otras muchas comenzaron a brotar de sus ojos, obligándola a estacionar en el arcén mientras los sollozos agitaban su cuerpo incontrolablemente.

Jamás había escuchado esa canción con Jace y, sin embargo, las palabras habían atraído su recuerdo con una fuerza inusitada.

Jace...

Apoyó la frente en el volante y lloró con fuerza.

Ella también quería estar dentro de su cielo, como decía la canción. Quería que él la llevara al lugar donde nacía su llanto, donde la tormenta lo empujaba, para ser la tierra que lo sostuviera.

Y lo único que podía hacer por él era mantenerse a distancia y respetar sus deseos.

Se estaba volviendo loca.

Hacía meses desde la última vez que se vieron y había conseguido mantenerse entera, pero todo tenía un límite. Quizá porque regresaba a Waterford o porque Jace ni siquiera podría asistir a la boda de su padre. No lo sabía, pero le echaba tanto de menos que la sensación le provocaba dolor físico.

Apagó la radio, pero no se movió.

Las imágenes de tiempos pasados la desbordaron.

Jace en el festival viéndola bailar cuando eran unos críos.

Jace y ella cuidando a Hermione y a sus gatitos.

Jace montando a Gus con su sombrero de cowboy.

Jace peleando con Travis.

Jace aguantando sobre la grupa de un toro.

Jace y ella salpicándose agua en el lago.

Jace abrazándola bajo la luz de la luna.

Jace sonriendo.

Jace besándola con ternura infinita.

Ignorando todo lo que sucedía a su alrededor, siguió llorando un buen rato. Necesitaba sacarse toda aquella tristeza que la consumía.

No sabía cuánto tiempo llevaba allí cuando logró controlar el torrente de lágrimas y alzó la cara para mirarse en el espejo retrovisor. No tenía buen aspecto. No solo sus ojos estaban enrojecidos por el llanto, había perdido mucho peso y estaba demacrada por la ansiedad y la falta de descanso.

Estaba hecha un desastre.

Un pitido la avisó de la entrada de un mensaje y sacó el móvil del bolso.

Kali: Cuando llegas? Nosotras ya estamos aquí.

Se sorbió la nariz y se limpió la cara antes de contestar.

Cassie: Sobre las siete o siete y media.

Kali: Cenamos pizza?

Cassie: Por mí, bien.

No hubo más mensajes.

Se puso en camino y muchos pensamientos revolotearon por su cabeza mientras conducía hasta Waterford. Tenía que retomar las riendas de su vida y cuidar de sí misma. No podía seguir esperando a que Jace cambiara de opinión porque, ¿y si no lo hacía?

Cuando llegó al pueblo, la nostalgia la inundó, pero se negó a dejarse llevar por ella. Con los labios apretados, cogió el camino más largo para llegar hasta la casa de Kali, evitando pasar por la calle donde estaba su casa.

Fue recibida como si fuera una hija perdida hacía años. Mary la abrazó con fuerza y le dijo mil veces lo mucho que se alegraba de volver a verla.

—Has llorado —sentenció Kali, hablándole al oído.

—No. Ha sido el polvo del camino porque llevaba las ventanillas abiertas —mintió con un gesto vago.

Kali resopló incrédula.

—Ya hablaremos tú y yo.

Rita se acercó a darle un abrazo más moderado que el de las dos Rogers.

No tuvieron mucho tiempo para confidencias y a Cassie le vino bien porque no le apetecía hablar de su estallido de llanto en el coche. El piso era demasiado pequeño y Kali y ella no estuvieron solas en ningún momento.

Rufus ocupaba una de las habitaciones, Mary estaba en la otra y ellas tres compartían la última.

La noche fue una locura. Hubo pruebas de peluquería y maquillaje entre cajas de pizza y adornos para el pelo. Mary ensayó sus votos decenas de veces para poder pronunciarlos sin tener que leerlos. Y Rufus parecía desesperado porque no tenía corbata. Se solucionó llamando al rancho para que Fred le dejase una.

Con tanto ajetreo, a Cassie se le olvidó la tristeza.

Estaban tan cansadas cuando se acostaron que ni siquiera hubo intercambio de cotilleos, y se quedaron dormidas casi al instante.

Por la mañana, todo el mundo se levantó temprano. Había que ducharse, vestirse, peinarse y maquillarse.

Las damas de honor estaban guapísimas con sus vestidos aguamarina y sus sandalias. Especialmente Kali, con su piel de chocolate. Pero, sin duda, la que se llevaba la palma era Mary. Su hija la había peinado con un recogido, entretejiendo unas cuantas margaritas en los rizos. El vestido era sencillo y caía hasta el suelo en pliegues de gasa y encaje.

—¿Os podéis creer que estoy nerviosa? —decía una y otra vez.

Las chicas fueron al rancho en el coche de Rufus. Samuel, el primogénito de Mary, la llevaría a ella.

No había muchos invitados del pueblo. Eran escasos los habitantes que habían apoyado a los King cuando tuvo lugar la tragedia, así que la boda iba a ser íntima. Exceptuando los miembros más allegados de las familias de ambos y unos pocos amigos, no iba a acudir nadie más. En total serían unas treinta personas.

El rancho se había engalanado para la ocasión con guirnaldas y flores blancas por doquier, que colgaban de la fachada y el porche.

Cassie pudo ver por primera vez el aspecto de la nueva casa grande, mucho menos señorial e impresionante que la antigua. Oleadas de emoción le atenazaron la garganta cuando Rusty corrió hacia ella para saludarla. También estuvo a punto de perder la compostura cuando los primos y el tío de Jace la abrazaron con afecto.

Brenda no estaba por ninguna parte y se imaginó que andaría ayudando a Fred en la cabaña.

Habían colocado una pérgola de madera decorada con flores en el prado que había frente a la casa, y balas de paja cubiertas por cojines blancos para los asistentes. Era una decoración campestre muy original.

Kali la cogió de la mano y la alejó de la gente.

—¿Por qué lloraste ayer? —preguntó con seriedad.

—¿Me creerías si te digo que fue por una canción de Carrie Underwood?

—Prueba otra vez.

—¡Es verdad! Solo que la canción me trajo recuerdos de Jace. Eso es todo. Todavía estoy en proceso de aceptar la situación —admitió.

Kali le acarició la mejilla.

—Eres una de las personas a las que más quiero en este mundo, y me duele ver que lo estás pasando mal. Creía que estabas mejor. —Hizo una pausa—. Tienes que... avanzar.

Cassie apartó la mirada y la posó sobre la cabaña, de la que salía Brenda en ese momento.

—Sí. Lo voy a hacer.

Intercambiaron un abrazo apretado antes de que Kali la empujara.

—¡Nos arrugamos los vestidos!

Cassie rio.

—Anda, vamos.

Se encaminaron a saludar a Brenda, que estaba muy guapa con un traje azul marino y un sombrero de cowboy blanco. Hubo abrazos, besos y unas cuantas palabras emocionadas.

—Te hemos echado de menos, niña —le dijo con los ojos húmedos.

Y Cassie tuvo que tragar saliva para no llorar mientras se agarraba a la tía de Jace con fuerza.

Nunca había estado en una boda, pero esa le pareció hermosa. Si alguna vez decidía casarse con alguien —con Jace, por supuesto—, querría que fuera exactamente igual. Sencilla, entrañable e íntima. Solo con la familia y unos pocos amigos, y en ese mismo lugar, en el rancho King.

A Mary no se le olvidaron sus votos, y a Fred tampoco.

El padre de Jace estaba impresionante con un traje tostado, camisa blanca, una corbata de bolo con cierre ornamental y herrajes de plata y un sombrero negro.

Así se había imaginado Cassie que vestiría Jace si algún día llegaba al altar. Estuvo a punto de romper en llanto cuando, una vez terminada la ceremonia, se acercó a los novios para abrazarlos y vio que el cierre de la corbata de Fred tenía las iniciales JLK grabadas.

El ramo lo atrapó Sheila y todo el mundo gritó entusiasmado. Ella se puso roja y se lo arrojó a Darryl que lo volvió a lanzar a los brazos de Kali. Hubo muchas risas.

La comida estaba deliciosa y había música en vivo: dos amigos de Sheila, que tocaban el violín y la guitarra.

Cassie bailó con todo el mundo, hasta con Alan, que parecía más amistoso de lo que había sido en toda su vida.

Fue un día maravilloso, empañado solo por la ausencia de Jace.

Eran las dos de la mañana cuando regresaron a casa. Condujo Cassie que era la que menos alcohol había consumido. La novia se había quedado en la cabaña, en el que iba a ser su nuevo hogar, y Rufus se largó con sus hermanos a continuar la fiesta a Hobart.

Acabaron las tres tiradas en los sofás del salón, bebiendo refrescos y comiéndose las sobras de la pizza de la noche anterior. Los peinados estaban deshechos y el maquillaje arruinado, pero ninguna tenía ganas de ir al baño a lavarse la cara.

—Qué guapa estaba tu madre, y Fred también —comentó Rita.

—¿Os habéis fijado en su corbata? —preguntó Cassie con los ojos cerrados.

—Sí —respondieron las otras dos al unísono.

Después de eso, hubo un pequeño silencio.

—¡Qué pena que Ron no haya podido venir! —se quejó Kali.

—No todo el mundo puede conseguir unas prácticas en una empresa tecnológica de tanto prestigio después de llevar solo un año en la universidad —dijo Cassie—. Cuando sea un magnate, nos resolverá la vida —rio, y las otras la secundaron—. A propósito, tengo algo que contaros. Ayer vino un tipo a la cafetería y me ofreció trabajo como modelo.

Kali y Rita se incorporaron y la miraron con interés.

—Desarrolla eso —pidió su amiga.

Y Cassie les contó lo que había sucedido el día anterior. Lo hizo con desenfado e ironía. A decir verdad, no terminaba de creerse que ese tipo fuera real. Quizá iba repartiendo tarjetas por ahí y la empresa no existía.

—Eso lo comprobamos ahora mismo —dijo Rita.

Se levantó y abandonó el salón, regresando un minuto más tarde con su portátil.

—Si es una empresa grande tiene web, seguro. —Se sentó entre ellas—. ¿Cómo se llama?

—K Model Management. Está en Los Angeles.

Rita encendió el ordenador y puso el nombre en el buscador. En unos segundos, apareció la web de la agencia.

—Joder, qué buena pinta tiene —murmuró Kali.

Cassie miró las fotos de las modelos desapasionadamente. Eran todas mujeres con estilo y clase. No se parecía en nada a ellas.

—Mira, aquí está el equipo de la agencia y hay fotos. El fundador y actual CEO es un tal Christopher K. Donovan —dijo Rita.

—Es el de la cafetería —murmuró Cassie.

Así que estaba diciendo la verdad.

—Y tiene sucursales por todo el país —apuntó Kali—. Tiene oficinas en Tulsa. A lo mejor por eso estaba en McAlester. —Súbitamente, se puso de pie como impulsada por un resorte, y se plantó frente a ella—. ¡Tienes que llamar! Una oportunidad así no se le presenta a cualquiera. Además, cuando seas modelo famosa, yo seré tu estilista —canturreó dando saltos.

Rita soltó una carcajada.

—Pero, mírame, ¿qué tengo yo que ver con todas esas chicas increíbles? —rio Cassie, y negó con la cabeza.

—¡Por Dios! ¡Tú eres veinte mil veces más guapa!

Cassie resopló con sarcasmo. Su amiga era tan objetiva como una mama con su bebé recién nacido.

—Tampoco pierdes nada por intentarlo —se inmiscuyó Rita.

—¿Tú también? Creía que tú eras la sensata de la pareja.

Kali se tiró encima de las dos y le dio un beso en la boca a Rita. Luego la miró a ella.

—Era sensata hasta que me conoció, señora Heidi Klum.

—¡Qué boba eres! —se carcajeó Cassie.

—En serio. Imagina que te eligen. En unos años puedes ser rica y famosa y ocupar el lugar de Heidi Klum presentando *Project runway*.

—Claro y saldré con famosos como Robert Pattinson —se mofó.

—Oye, ¿por qué no?

—¡Calla! —exclamo y le estampó un cojín en la cara.

Kali gritó histérica y terminaron las tres arrojándose cojines y prendas de ropa.

Pero aquella conversación que mantuvo con Rita y Kali esa noche, plantó una semillita en su interior, y durante el viaje de regreso a McAlester, pensó mucho en ello.

No quería seguir trabajando en la cafetería ni vivir en esa ciudad, no tenía sentido si no podía ver a Jace.

No tenía ningún plan de futuro inmediato.

No pensaba que ella encajara en ese mundo, pero quizá podía intentarlo, como decía Rita. A fin de cuentas, tampoco perdía nada.

Lo primero que hizo el lunes después de su turno de trabajo, fue coger la tarjeta de visita de su taquilla y llamar al número que aparecía en el reverso. Tras unos cuantos tonos, alguien aceptó la llamada.

—Soy Sophia de K Model Management, ¿con quién hablo?

Capítulo 10

JACE

La privacidad era inexistente en la penitenciaría. Uno tenía que hacerlo todo en público: comer, dormir, ducharse, pensar, cagar y hasta cascarse una paja. Aunque eso último le afectaba bien poco cuando la angustia de ser la víctima de cualquier matón —Sawyer, en su caso— le acechaba desde que llegó.

Sin embargo, todo cambió en cuanto decidió unirse a Knight.

Era un tipo peculiar que nunca perdía los estribos y se movía como pez en el agua en la cárcel. Llamaba por su nombre de pila a los guardias y el resto de los reclusos le respetaban; hasta Sawyer y su grupo se apartaban de su camino.

En cuanto se corrió la voz de que Jace trabajaba para él, dejaron de molestarle, y el grupo de afroamericanos que siempre estaba en la zona de ejercicio del patio comenzó a saludarle como si fuera uno más, incluso le ofrecieron entrenar con ellos. También en la zona de duchas obtuvo algo similar a la intimidad. Todos se apartaban y le daban su espacio, manteniéndose a distancia. El hijo de puta de Sawyer le observaba con odio, pero no se acercaba.

Jace tenía sentimientos encontrados. Por un lado, estaba feliz de que ya nadie le acosara; por otro lado, sabía que tendría que pagar un precio por la protección de Knight, pero este todavía no le había dicho cuál. Apenas hablaban. Casi todos los días, tras el almuerzo, Knight llamaba a los guardias para que le sacaran a dar una vueltecilla por ahí. A inspeccionar su reino, explicaba con socarronería.

—Dicen por ahí que eras campeón de rodeo —le comentó una calurosa tarde de agosto.

Estaban en la celda. Knight sentado en su litera leyendo una revista y Jace, frente al bloque de hormigón que servía de escritorio, escribiéndole una carta a Ron.

—Sí. Juvenil.

—¿Cómo es eso de montar un toro?

—Duro.

Knight soltó un risa sibilante. No se reía con frecuencia, así que el sonido fue desconcertante.

—Dicen que te cargaste al padre de tu chica.

Jace apretó los dientes y no respondió. Siguió escribiendo, aunque había perdido el hilo de lo que le estaba contando a Ron.

—Vas a hacer algo por mí.

La voz a su espalda había cambiado, ya no era jovial ni curiosa, sino fría y rotunda.

Jace sabía que ese momento tenía que llegar, pero incluso así, le pilló por sorpresa. Se giró y miro a su compañero a los ojos.

Knight tenía una expresión de pura indiferencia mientras seguía pasando páginas de la revista.

—Tengo que darle una lección a alguien. Y se la vas a dar tú en mi nombre.

A Jace le subió un escalofrío por la espalda y tragó saliva, si bien se mantuvo impertérrito.

—¿Qué tengo que hacer? —preguntó.

Knight no dijo nada. Se limitó a escrutarle con intensidad como si estuviera intentando leer sus pensamientos.

—Poca cosa. Mañana lo sabrás.

Apenas pudo dormir aquella noche. Toda clase de ideas revolotearon por su cabeza impidiéndole conciliar el sueño, pero ninguna era tan descabellada como la realidad.

Poca cosa, había dicho Knight.

No lo fue. Fue algo grande, muy grande, tan importante que podía suponer que la condena de Jace se viera aumentada en unos cuantos años si le descubrían.

Después de las duchas y el desayuno, justo cuando abandonaban el comedor, alguien le susurró al oído un nombre y le dio un objeto punzante. A Jace se le erizaron los pelos de la nuca y el corazón estuvo a punto de salírsele por la boca. Ni siquiera tuvo tiempo de averiguar quién fue, porque cuando se dio la vuelta había demasiados reclusos y guardias a su alrededor.

Mientras todos los habitantes del bloque F caminaban en fila hacia el exterior, palpó lo que llevaba en la mano, medio escondido en la manga de su camiseta —ahora entendía por qué Knight le había dicho que usara manga larga, pese al calor—. Era un cepillo de dientes cuyo extremo estaba limado hasta convertirlo en un punzón.

Carson Doyle.

Ese era el nombre que le habían dicho.

Lo primero que hizo en cuanto salió al patio fue buscar a su compañero de celda con la mirada. Estaba sentado en un banco, fumando, y le hizo un gesto de asentimiento que Jace comprendió inmediatamente.

No le hizo falta más información de la que tenía.

Tenía que darle una lección a Doyle, eso le había quedado claro. Clavarle el punzón y hacerle saber de parte de quién llegaba el golpe.

Y sin que le descubrieran.

¿Cómo narices iba a hacer algo así?

Doyle era un tipo alto y delgado, con cara de mala leche y el pelo rubio rapado en los lados. Solía moverse en el grupo de Sawyer, pero no era uno de sus satélites habituales. No tardó en localizarle. Estaba cerca de la alambrada, fumando y hablando con uno de los presos que llevaban allí toda la vida y ya no sabían cómo arreglárselas en el mundo real.

Pese a que le temblaban las manos, Jace intentó calmarse y trazar un plan. Solo tenía una hora. Sesenta minutos de tiempo.

Dio unas vueltas en círculo mientras su cerebro iba a mil por hora. Pasó por delante de Knight en dos ocasiones y también frente a Doyle, con la cabeza baja, sin mirar a nadie en particular. El vigía que había en la torre principal le echó una ojeada aburrida y no se preocupó por él. Jamás había dado problemas desde su ingreso y todo el mundo le consideraba inofensivo.

¿Iba a ser capaz de asestarle una puñalada a alguien?

¿Podía hacerle eso a otro ser humano?

Knight debía de pensar que sí porque cumplía condena por homicidio, pero lo de Myers fue solo un desgraciado accidente.

Aferró el cepillo de dientes con fuerza con la camiseta, para no dejar huellas.

No iba a poder hacerlo.

Pero recordó la escena de las duchas y lo que Sawyer le había hecho, y su instinto de supervivencia despertó.

Fallarle a Knight significaría volver a estar solo y ser de nuevo una presa fácil.

El tiempo avanzaba inexorablemente y Jace seguía vacilando cuando se le presentó una oportunidad única. Más que una oportunidad, fue una jodida casualidad.

Doyle se separó de la alambrada y echó a andar hacia Sawyer y su gente. Para llegar hasta ellos tenía que atravesar la pista de baloncesto, ocupada por unos latinos que se entretenían tirando canastas. Quizá fue la arrogancia de Doyle o que los latinos estaban hasta los cojones de él, pero comenzaron a increparse mutuamente, y lo que parecía una simple discusión escaló con rapidez y hubo algunos empujones. El grupito de los supremacistas blancos se puso de pie y se acercó. Otros latinos se aproximaron también.

De pronto, más de veinte personas se apiñaban bajo la canasta y se lanzaban amenazas a gritos.

Jace fue rápido. Antes de que los guardias se percatasen del revuelo, se coló entre todos y le clavó el punzón a Doyle en un costado.

—De parte de Knight —siseó.

Arrojó el cepillo de dientes al suelo y, salió del grupo casi a gatas, arrastrando la mano por la tierra para limpiarse la sangre, justo en el momento en que llegaban dos guardias.

Pensaba que nadie se había fijado en él.

Se alejó trastabillando, respirando con dificultad, y con una pesadez extraña en la boca del estómago. Había tenido que hacer mucha fuerza para atravesar la piel y la carne de Doyle y la sensación le resultó repugnante. Una arcada le acudió a la garganta y le llenó la boca de bilis.

Uno de los guardias que vigilaban desde arriba tocó el silbato, y todos los presos que no habían intervenido en la refriega se pegaron a la pared con la frente apoyada en ella y las manos a la espalda.

Tras ellos se escuchaban gritos y maldiciones, otro silbato y ruidos de pisadas corriendo. Alguien daba órdenes con tono alterado.

—Has tenido suerte, muchacho —bisbiseó Knight, a su lado.

—Lo sé —jadeó.

—Pero no ha estado mal para ser tu primera vez. Ya lo harás mejor. ¿Le has dicho de parte de quién ibas?

—Sí.

—Bien —repuso con frialdad.

Jace cerró los ojos. Notaba un profundo zumbido en los oídos y tenía ganas de vomitar. Empezó a sudar y la ropa se le pego al cuerpo. Cogió aire por la nariz y lo expulsó por la boca.

Pero no ha estado mal para ser tu primera vez. Ya lo harás mejor.

Esas frases le taladraron el cerebro.

Ya lo harás mejor.

Ya lo harás mejor.

Le echó una mirada a Knight. Este tenía cara de no haber roto un plato en su vida, incluso la expresión de su rostro —pese a su horrenda cicatriz— era angelical. Sonreía como si no tuviese ningún problema en el mundo y parecía un hombre feliz.

Jace cerró los ojos cuando le escuchó silbar una melodía alegre.

Aquello era demencial.

Esperaba no tener que hacer algo semejante nunca más. Nunca.

Pero estaba equivocado y aquella vez fue solo la primera de muchas otras.

Capítulo 11

CASSIE

De McAlester a Tulsa había unas noventa millas, que Cassie recorría casi a diario, desde que firmó el contrato con la agencia de modelos hacía tres meses.

Sophia le había sugerido que buscara un apartamento en la ciudad, más cerca de la agencia, pero algo en su interior se rebelaba a marcharse del pueblo donde estaba internado Jace. Irse lejos significaría romper el último lazo que los unía.

Y no sabía si estaba preparada para eso.

Su vida había cambiado tanto en los últimos meses que todavía no terminaba de creerlo. Ella misma había cambiado tanto, que no se reconocía cuando se miraba al espejo.

—Tienes un aspecto muy provinciano, pero tienes potencial.

Fue lo primero que le dijo Sophia en cuanto la vio.

Cassie no se sintió ofendida por el comentario. Era muy consciente de su aspecto y sabía que no encajaba en ese mundo, pero a Sophia le gustó su manera de moverse. Decía que lo hacía con mucha elegancia y soltura, como si flotara, solo había que pulirla un poquito.

Pulir, esa era la palabra favorita de su agente.

Porque Sophia Alistair se convirtió en su agente en cuanto firmó el contrato con K Model Management. Un contrato de cuatro años muy generoso para una novata inexperta como ella. Rita y su tutor lo revisaron de arriba abajo y se cercioraron de que todo estuviera en orden.

Solo una semana después de regresar de la boda de Mary y Fred, dejó la cafetería y empezó a trabajar para la agencia, aunque esa no era la palabra adecuada, porque durante los dos primeros meses, Sophia se dedicó a *pulirla*.

Había comenzado a odiar esa palabra.

Le cortaron el pelo y le dieron un baño de color para acentuar su tono pelirrojo. Le depilaron las cejas y el bigote —solo tenía una leve pelusilla, pero eso era imperdonable en una modelo, aparentemente—. Le hicieron la cera por todo el cuerpo, la manicura, la pedicura, limpiezas de cutis y exfoliaciones corporales.

La obligaban a ir a un gimnasio con un entrenador personal porque, si bien era flexible, andaba escasa de fuerza.

Aprendió a peinarse, a maquillarse, a combinar colores, a moverse y a posar para las fotos en jornadas agotadoras e interminables.

Siempre pensó que la vida de las modelos era glamurosa.

Ahora sabía que era extenuante.

Al tercer mes, consiguió su primer trabajo con una famosa marca de pintalabios.

La primera vez que vio su imagen en una revista, no podía creerlo.

La chica que la observaba desde la hoja de papel cuché con labios muy rojos no era ella. No se reconocía.

Kali la llamó muy excitada.

—¡Eres famosa!

Cassie se rio. Estaba tumbada en el sofá, en pijama, viendo la tele.

—¿La has visto?

—¡Claro! Hemos comprado la revista. Estás increíble.

—No me reconozco —murmuró.

—Estás muy cambiada, pero preciosa. Me la tienes que firmar.

—Ja, ja, ja. Mira que eres tonta.

—Cuando seas tan famosa como Adriana Lima o Giselle Bündchen venderé tu autógrafo y me sacaré una pasta. Por cierto, el peinado te queda de muerte. Espero poder peinarte yo en un futuro —suspiró.

—Por supuesto, cuando sea muy famosa, te contrataré como mi estilista personal.

Las dos rieron.

—¿Te han ofrecido más trabajos? —preguntó Kali al fin.

—Tengo una cita mañana por la mañana con Sophia. Quiere hablar conmigo, así que, puede ser. No sé. Con lo que me han pagado por esta campaña puedo ir tirando. Es lo mismo que habría ganado en la cafetería en cuatro meses.

—No está mal para ser lo primero que haces. Llámame mañana y cuéntame qué te dice tu agente.

—Prometido. Vosotras, ¿qué tal?

Kali se explayó hablando de ella y de Rita y de la escapada a Las Vegas que iban a hacer en un par de semanas. También le contó que su madre y Fred ya habían regresado de la luna de miel a las cataratas del Niágara y estaban felices.

Cassie sintió el peso de la culpa sobre sus hombros. Hacía tiempo que no hablaba con el padre de Jace. Se decía a sí misma que era porque estaba muy ocupada, pero la realidad era otra. No estaba segura de si quería saber algo de Jace. El simple hecho de escuchar su nombre dolía.

Se despidió de su amiga y volvió a subir el volumen de la tele. No le interesaba demasiado el programa de cocina que estaba viendo, pero al menos así se mantenía entretenida ese domingo por la tarde, y sus pensamientos no iban en ninguna dirección que pudiera entristecerla.

La agencia ocupaba dos plantas de un alto edificio en el centro de Tulsa. El piso veinte albergaba el despacho de Sophia; era grande y muy luminoso. Tenía un gran ventanal por el que se podía divisar el río Arkansas a lo lejos.

Cuando entró, la dueña de la oficina hablaba por teléfono, y le hizo un gesto para que esperase.

Cassie se sentó en el sofá que había pegado a la pared y aguardó con paciencia. Sus ojos fueron hacia el exterior. El cielo presentaba un color grisáceo deprimente, típico de finales de noviembre.

—Eres todo un éxito —dijo Sophia, sobresaltándola.

Era una mujer de unos cuarenta años, que aparentaba treinta y se vestía de modo muy elegante, siempre con trajes de chaqueta de colores sobrios. Tenía el pelo rubio platino que llevaba muy corto y los ojos azules más penetrantes que Cassie había visto en su vida. Todavía se sentía intimidada por ella, pese a que la conocía desde hacía un tiempo.

—Eh, gracias.

Sophia se sentó a su lado en el sofá y la miró muy sonriente durante unos segundos.

—Los de arriba quieren conocerte.

—Vaya —dijo. No se le ocurrió nada mejor que decir.

—A Christopher ya le conoces, pero sus dos socios quieren verte en persona. Les ha gustado muchísimo la campaña del pintalabios.

Cassie asintió con modestia. No estaba muy acostumbrada a los cumplidos.

—Así que te vas a Los Angeles —concluyó Sophia, con una palmadita entusiasmada.

—¿Cómo?

—A la sede principal de K Model Management. Deberías estar feliz porque no es algo que les suceda a muchas chicas, ¿sabes? ¿Solo una campaña y los jefes te quieren allí para las grandes marcas? Eso pasa pocas veces.

Cassie se mordió el labio inferior, abrumada por la información.

—Pero ¿tendría que mudarme?

Su agente la miró con una ceja arqueada.

—¿Sabes la oportunidad que te están ofreciendo? ¿De verdad quieres pasarte la vida en un pueblucho donde solo hay vacas y poco más, Cassandra?

Todavía se le antojaba raro escuchar su nombre completo en labios de la gente. Desde que tenía uso de razón, todo el mundo la llamaba Cassie, pero cuando firmó el contrato con la agencia, decidieron que su nombre comercial sería Cassandra. Como apellido eligió Fallon, que era el de soltera de su madre. No quería volver a usar el de su padre nunca más.

Mudarse a Los Angeles.

Al otro extremo del país.

Era una decisión muy importante.

Estaría muy lejos de todo lo que conocía, de Kali y la familia de Jace.

De Jace.

—¿Puedo pensármelo?

Sophia asintió.

—Claro, pero mañana tienes que darme una respuesta.

¿Solo tenía veinticuatro horas?

—Si digo que no, ¿qué pasaría?

—Que estarías incumpliendo el contrato.

Pese a que lo dijo con suavidad, Cassie pudo escuchar el acero helado en sus palabras.

Lo cierto era que no tenía mucho que pensar. En McAlester no la ataba nada, no tenía amigos ni conocidos que le importaran —y Jace ni siquiera quería verla—, a Waterford no pensaba regresar, porque el pueblo solo le traía recuerdos malos. Echaría de menos a los King, eso sí.

Quizá Los Angeles fuera su oportunidad para empezar de cero.

—Este es un tren que pasa solo una vez en la vida, Cassandra. No deberías dejarlo escapar.

—¿Puedo ir al baño?

—Claro.

Se puso de pie y abandonó el despacho. Los aseos estaban en el otro extremo del corredor y entró en el de mujeres, cerrando la puerta con pestillo.

Su primer impulso fue llamar a Kali, pero se había dejado el bolso con el móvil en el despacho de Sophia.

Sus ojos se clavaron en la chica que la miraba desde el espejo.

Cassandra Fallon nada tenía que ver con Cassie Myers.

Alta, delgada, con el pelo ondulado y brillante que le caía sobre los hombros y un maquillaje cuidado que disimulaba sus pronunciadas pecas. Llevaba un vestido marrón ajustado en la cintura, con falda de vuelo, medias negras y unos zapatos de tacón.

—Los Angeles —murmuró, llevándose las manos a las mejillas.

Admitía que escuchar el nombre de una ciudad tan grande le asustaba un poco. Jamás había vivido en un sitio que tuviera más de mil habitantes.

Este es un tren que pasa solo una vez en la vida, Cassandra. No deberías dejarlo escapar.

Tenía razón. Quizá nunca más se le presentase una oportunidad igual.

Pensativa, regresó al despacho. Sophia seguía sentada en el sofá, mirando el móvil. Cuando la vio entrar, se puso de pie.

—¿Cuándo tendría que irme? —le preguntó.

La agente dejó escapar una exclamación de deleite y se acercó a ella deprisa para estrecharla entre sus brazos.

—Has tomado la mejor decisión.

Capítulo 12

JACE

Habían pasado dos años desde el traslado de todos los reclusos del bloque F al bloque A, mucho más moderno. Desde entonces, ocupaba una celda individual. No obstante, seguía trabajando para Knight. Desde el día en que pasó lo de Doyle, hacía ya cuatro años, Jace se había convertido en su mano derecha.

Los otros presos le respetaban y le temían a partes iguales.

Y no solo por ser el protegido de Knight, él mismo se había labrado una reputación de hombre duro y despiadado. Su mirada hosca le precedía allá donde fuera. Había experimentado un cambio notable y ya nada quedaba del muchacho de dieciocho años que entró en prisión. Había crecido hasta alcanzar los seis pies y treinta pulgadas y había ensanchado mucho de ejercitarse a diario. Se afeitaba la cabeza y los tatuajes de su cuerpo hablaban de lo peligroso que era: cuatro puñales en el pecho significaban que había agredido al menos a cuatro personas.

Desde hacía tres años nadie iba a verle. Fue una decisión que le costó tomar, pero después de ver las caras perturbadas de Brenda y Fred cuando estuvieron allí la última vez, Jace decidió restringir las visitas. Era mejor que nadie viera en lo que se estaba convirtiendo.

No lo entenderían.

Todas las semanas hablaba con su familia para que supieran que estaba bien, y escribía cartas de vez en cuando a Ron, a su prima Sheila y a Kali.

Nunca a Cassie.

Y ella tampoco trató de ponerse en contacto con él.

Era lo que había deseado, que se olvidara de él, que viviera su propia vida y no le esperase.

Kali le había contado en una de sus cartas, que se había mudado a Los Angeles y trabajaba para una agencia de modelos, que tenía éxito y era feliz. Saber que Cassie había logrado pasar página le parecía excelente y se alegraba por ella porque se lo merecía.

Pese a eso, una pequeña parte de su ser se entristecía. Él no la había olvidado y dudaba de poder hacerlo jamás. Todavía soñaba con ella algunas noches y se despertaba con el corazón dolorido.

Pero era mejor así.

El año anterior, el tribunal de apelaciones había vuelto a denegarle la revisión del juicio, y su abogado tampoco había conseguido que le trasladaran a otra prisión. Aunque no le pilló por sorpresa. No era un preso modelo —le habían encerrado dos veces en el agujero por comenzar peleas—, por lo que contaba con cumplir los doce años de condena, de los que habían pasado cinco.

Si se tenían los amigos adecuados en prisión no se estaba tan mal, se decía una y otra vez, aunque sabía que se engañaba a sí mismo.

No le gustaba nada el hombre que era. Se despreciaba profundamente y le costaba mirarse al pequeño espejo que tenía para poder afeitarse. El reflejo le devolvía la imagen de todo lo que había jurado no ser en la vida.

Era un matón.

Era un jodido Will Myers.

Lo peor de todo fue la facilidad con la que se acostumbró a ello.

Jace descubrió que cumplir las órdenes de Knight sin cuestionarlas era menos complicado que dejarse mangonear por todos y ser un donnadie. Se convirtió en *alguien*. Y obtuvo privilegios inimaginables: mejor comida, mejores prendas de ropa, una televisión más grande y tiempo en la biblioteca de la prisión, lo que le permitió aprobar el GED y obtener su diploma de bachillerato. En un primer momento no quería estudiar y le pareció una pérdida de tiempo, pero terminó haciendo caso a su padre. Tendría mayores oportunidades de conseguir trabajo cuando saliese si tenía ese puñetero título.

Después de lo de Doyle, al que perforó el hígado y estuvo a punto de palmarla, Knight insistió en que se tatuara el primer puñal para infundir respeto en los demás y que le mirasen con otros ojos.

Surtió efecto.

Hacerse tatuajes en prisión estaba prohibido, pero los guardias hacían la vista gorda. El tatuador se llamaba Joe y se había construido su propia máquina con el motor de un *discman* y algunas piezas más, y utilizaba tinta de bolígrafo —y cuando no disponía de ella, hollín mezclado con champú o plástico derretido— para poder tatuar.

Al primer tatuaje siguió otro cuando le pegó una paliza a un latino que no había pagado una comisión a Knight cuando introdujo en la prisión unas bolsitas de heroína.

Knight era el dueño y señor del trapicheo de todo lo que entraba de manera ilegal en la penitenciaría, ya fueran drogas, cigarrillos, comida, móviles, ropa o cualquier otra cosa. Si alguien decidía introducir algo por su cuenta, tenía que pagarle una comisión del cincuenta por ciento.

Eduardo Rodríguez no había pagado, por eso tenía que recibir una lección.

Tal y como le dijo Knight, la segunda vez que Jace hirió a alguien fue más fácil que la primera. Y la tercera mucho más.

La cuarta, incluso la disfrutó, porque se trató de Sawyer.

Desde el horrible incidente de las duchas, Jace sentía un odio visceral hacia él y se la tenía jurada. A veces le preguntaba a Knight si no tenía ningún problema con él para poder vengarse, y este siempre le decía que esperase, que su momento llegaría. Que Sawyer no se iba a ir de rositas.

Y no se fue.

Jace todavía recordaba el día con placer, pese a que había pasado más de un año.

Era agosto y hacía mucho calor. Tanto, que casi todos los presos se habían despojado de las camisetas en el patio, y sus torsos lucían húmedos por el sudor. La temperatura era tan alta que nadie entrenaba o jugaba a la pelota en la pista. Todos trataban de buscar la escasa sombra que proporcionaban los edificios.

Jace y Knight fumaban sentados en una esquina.

—Wells tiene algo para ti —le susurró Knight.

Los pelillos de la nuca de Jace se erizaron. Wells era quien suministraba las armas caseras a Knight. Trabajaba en el almacén y era capaz de hacerse con casi cualquier instrumento que se pudiera afilar.

—Al entrar, procura ponerte detrás de Sawyer —continuó—. Cuando paséis por la celda cuarenta y tres, empújale dentro y cierra la puerta. Tienes tres minutos. No le digas que vas de mi parte porque es todo tuyo.

La respiración de Jace se aceleró y el corazón le latió furioso en el pecho. De reojo, echó un vistazo al grupo de blancos que estaba en el otro extremo del patio. Sawyer se reía a mandíbula batiente.

—¿Los guardias? —preguntó. Su tono vibraba de excitación.

—Son Madison y Perkins. Son de los nuestros. Mirarán para otro lado.

—¿Por qué ahora y no antes?

—Es posible que le trasladen en unas semanas —contestó su mentor—. No quiero que dejes pasar la oportunidad.

Jace no sabía cómo era posible que Knight lo supiera todo de todos en aquella prisión, pero así era. Muchas veces le decía que tener información le convertía en una de las personas más poderosas de la penitenciaría.

Jace no era el único que trabajaba para Knight. Tenía toda una cadena de gente en nómina, incluyendo a algunos guardias. Le había preguntado en un par de ocasiones por el motivo para elegirle a él para que formara parte de su grupo, y siempre recibía la misma respuesta.

—Eres buena persona. Y yo necesito buena gente en este nido de víboras. Además, eres joven, listo y disciplinado. No me cuestionas, y sé que no vas a traicionarme. Se me da bien leer a la gente.

Jamás traicionaría a Knight, eso era cierto. Pero no se sentía como una buena persona después de todo lo que había hecho durante esos años; no fueron solo las palizas y los enfrentamientos físicos con hijos de puta que se lo merecían, hubo también amenazas a algunos pobres desgraciados que acababan de llegar y que solo tenían miedo.

En todo el tiempo que llevaba a la sombra de Knight, solo una vez actuó por libre. Fue cuando se enteró de que un tal Sánchez había violado a un chico recién llegado en las duchas, tal y como Sawyer había hecho con él.

Una ira cegadora le invadió y decidió tomarse la justicia por su cuenta. Fue a por él en el patio, sin importarle que los guardias le vieran. Antes de que pudieran detenerle, ya le había dejado inconsciente, tirado en la arena, con la mandíbula y la nariz rotas de sendos puñetazos.

Un mes en el agujero fue su recompensa.

Y una bronca por parte de su mentor cuando salió.

—No tienes que perder los nervios así, Jace. No conocías a ese chico de nada y por vengarle has ido al agujero. Eres un imbécil.

—Ese chico era yo —gruñó.

Y Knight no le dijo nada más.

El chico se llamaba Ennis y ahora pululaba constantemente a su alrededor, pese a que le había dicho en incontables ocasiones que no se acercase y le dejara en paz.

Se encendió otro cigarrillo mientras esperaba impaciente a que se acabara la hora que podían pasar en el patio. De tanto en tanto, miraba a Sawyer y se preguntaba qué arma le daría Wells y dónde podría emplearla mejor. Quería dejarle un recuerdo que no olvidara jamás.

Más de cuatro años había esperado para rendir cuentas.

De pronto, se sentía como un perro al que le hubieran quitado el bozal y la correa y le hubiesen dicho que atacase. Notaba la adrenalina recorriendo su cuerpo.

Cuando el guardia que custodiaba la puerta del bloque hizo un gesto con la mano, fue el primero en ponerse de pie.

Tal y como le había dicho Knight, se las arregló para situarse detrás de Sawyer, que ni siquiera se dio cuenta de la maniobra porque miraba al frente. Notó una mano rozando su cadera y supo, instintivamente, que se trataba de Wells.

Echó el brazo hacia atrás y cogió lo que este le daba. Se apresuró a guardarlo en la cinturilla del pantalón, pero al tacto notó que era un destornillador con la punta afilada.

La excitación le recorría las venas según avanzaban y subían las escaleras de su bloque. Atravesaron la gruesa puerta que los llevaba al corredor y siguieron caminando.

Jace tenía los nervios a flor de piel y la vista fija sobre la celda cuarenta y tres, que se hallaba cerca de la entrada. Pudo alcanzar a ver a Madison, el guardia, que andaba más despacio de lo habitual.

Fue todo ridículamente fácil.

Empujó a Sawyer justo cuando pasaban por delante de la celda y entró tras él, después, cerró la puerta con violencia. Las voces se elevaron en el pasillo, pero los guardias mantuvieron el orden.

—¿Qué cojones...? —farfulló su archienemigo, dándose la vuelta, pero se interrumpió al verle.

Jace no perdió el tiempo. Le acorraló contra la pared y le propinó un brutal puñetazo en la sien que le hizo caer sentado sobre la litera.

Sawyer intentó incorporarse para defenderse, pero el golpe le había dejado mareado y no acertó a alcanzar a Jace. Su puño solo golpeó el aire.

—Ya no soy el crío de entonces, cabrón de mierda —siseó Jace con furia.

Le volvió a golpear con tanta fuerza en la mandíbula, que la cabeza rebotó en la pared y se quedó tumbado sobre el colchón, con medio cuerpo arrastrando por el suelo. Los ojos azules le miraron aturdidos, antes de voltearse hacia arriba y cerrarse.

Sawyer había perdido el conocimiento.

—¡Puto mierda! Qué fácil me lo pones —rugió.

Sin desperdiciar ni un segundo, se sacó el destornillador de la cinturilla y le bajó el pantalón para descubrir su vientre. Lo había visto en una película antes de entrar en prisión. Una chica que había sido violada se vengaba de su violador marcándole para siempre.

Él iba a hacer lo mismo.

Con mano firme, rasguñó su piel con la afilada punta, escribiendo una palabra encima de su vello púbico. Mientras la sangre manaba de las heridas y le caía por los costados, la satisfacción dentro de él iba creciendo.

Una vez hubo terminado, contempló su obra. SODOMITA ponía en grandes letras sanguinolentas.

No le pareció suficiente.

Tenía que marcarle de algún modo que todo el mundo viera lo que era y que le provocara asco mirarse al espejo.

Sabía que no tenía mucho tiempo, así que se inclinó sobre su cara y le grabó la palabra CHUPAPOLLAS sobre la frente. La sangre le rodó por las sienes y la cabeza.

Limpió sus huellas del mango del destornillador y lo tiró al suelo, justo cuando la puerta se abría. Perkins le sacó de allí y le condujo a su celda. No había nadie más en el corredor.

Estaba tiritando cuando tomó asiento en el borde de su litera. Todo su cuerpo se sacudía y tardó en darse cuenta de que estaba llorando.

Se tapó la cara y dejó que las lágrimas salieran libres de sus ojos.

Capítulo 13

CASSIE

—John quiere que me case con él —dijo.

Kali estaba a punto de llevarse una cucharada de helado a la boca, pero al escuchar esas palabras en boca de su mejor amiga, dejó la cuchara en el plato y la miró con sorpresa.

—¿Qué le has dicho?

—Que me lo voy a pensar.

Salía con John desde hacía tres años. Era un hombre fantástico, atento, amable y estaba muy enamorado de ella; lo demostraba continuamente, enviándole flores y detallitos a casa. Los dos trabajaban en el mismo sector: ella como modelo, él como fotógrafo, por lo que tenían bastantes cosas en común. Les gustaba pasear, descubrir restaurantes desconocidos o tirarse en el sofá a ver películas. Vivían juntos desde hacía seis meses y llevaban una vida muy tranquila, lejos del estrés del mundo de la moda.

—A mí me gusta John... —dijo Kali, aunque pareció dejar la frase en el aire.

—¿Pero?

—Ningún pero.

Cassie la miró enarcando las cejas. No era típico de su amiga callarse nada.

—Es un buen hombre —continuó—, y estás bien con él.

—Es así —repuso.

Hubo un largo silencio, que ambas aprovecharon para terminarse el postre.

Estaban en un restaurante italiano cerca del apartamento de Cassie y John, en Playa Vista. Kali estaba de visita ese fin de semana y se alojaba con ellos. No era la primera vez que iba a verla en los seis años que llevaba en Los Angeles, pero sí era la primera vez que lo hacía sola.

Rita y ella lo habían dejado.

Habían hablado largo y tendido de los motivos de la separación durante la comida. Seguían queriéndose, le dijo Kali, pero ya no se amaban como antes y tenían metas muy distintas en la vida. Rita se había volcado en su trabajo en un bufete de abogados de Denver y Kali se había quedado en Oklahoma City, trabajando en un salón de belleza. La relación a distancia no funcionó y decidieron separarse de mutuo acuerdo, amistosamente.

Cassie recorrió el rostro de Kali de arriba abajo. Su piel de ébano, que ella siempre había envidiado, resplandecía. Vestía de negro, con un turbante fucsia en la cabeza.

Llamativa. Exótica. Muy ella.

No parecía muy afectada por la separación.

Aun así, la dejó hablar durante toda la comida antes de soltar su propia bomba: la propuesta de matrimonio.

John era un hombre increíble. Tenía treinta y cuatro años y estaba divorciado. Rubio, de pelo ondulado, y ojos claros. Se conocieron durante una sesión de fotos de una marca de champú, poco después de que ella llegara a Los Angeles. Se sentía perdida y sola en esa inmensa ciudad y su timidez provocó que muchos pensaran que era arrogante y se mostrasen fríos. Sin embargo, pese a las campañas de grandes firmas, de las cantidades de dinero que ganaba y lo sofisticado de su aspecto, en su interior, seguía siendo una chica sencilla de Waterford. Y John fue el primero en darse cuenta.

Su primera cita fue en un puesto de perritos calientes, en medio de la calle.

Eso fue lo que más la atrajo de él.

—¿Le vas a decir que sí? —Kali interrumpió el hilo de sus pensamientos.

Tenía tantos puntos a su favor que sería una locura decirle que no.

Solo tenía un punto en contra. Solo uno.

No era la persona correcta.

—No lo sé.

—¿Te digo mi opinión?

Cassie alzó la vista y la clavó en su amiga.

—Sí.

—Me cae muy bien, pero es aburrido. No tiene chispa. Es encantador y te trata bien, perfecto. Pero cuando le miras y le sonríes solo veo afecto, el mismo que cuando miras a Ron, por ejemplo.

—Con Ron no me acuesto —protestó con una sonrisa.

—¿Se te da la vuelta el estómago cada vez que te besa? ¿Tienes ganas de abrazarle y no soltarle jamás? ¿Piensas en él constantemente? ¿Te lleva al cielo cada vez que echáis un polvo?

—¡Qué peliculera eres! —rio.

—Es que tú te mereces un amor de película, Cassie —dijo, alargando las manos y cogiendo las suyas—. No quiero que te conformes con menos. Tienes veinticinco años, pero cuando estás con John, parecéis una pareja de cincuenta.

Cassie guardó silencio y giró la cabeza hacia la ventana. Al otro lado de la calzada, rodeado por palmeras y otros árboles, estaba Concert Park. Algunos niños corrían por el césped. Debían de tener diez u once años y la imagen le recordó mucho a su infancia, correteando por los terrenos del rancho King con sus amigos.

Lo que acababa de decir su amiga, se lo había planteado en alguna que otra ocasión, pero lo había ahuyentado de su cabeza. Era cierto que no sentía mariposítas en el estómago ni una pasión ardiente cuando se acostaba con John, pero era un buen hombre y se sentía segura a su lado.

«¿Con veinticinco años lo que buscas es seguridad? Tú no eres así Cassie. ¿Qué te ha pasado?».

—En serio, Cassie. ¿De verdad estás enamorada de él?

No. No lo estaba.

Y dudaba mucho que volviera a enamorarse de alguien alguna vez en su vida.

—No le quieres como querías a...

La detuvo con un gesto antes de que pudiera continuar. Un pinchazo de dolor se le instaló en el pecho.

Cassie sabía que la mejor manera de matar el recuerdo de un amor era dejar que se fuera extinguiendo lentamente, sin nombrarle, sin llamarle ni escribirle. Sin buscarle. Que muriese en agonía lenta, poco a poco, para que no reviviera.

No quería hablar de él. No quería resucitarle. Le había costado mucho seguir adelante con su vida y no iba a dar ni un paso atrás.

—Tenía dieciséis años. Era un amor adolescente, fogoso y pasional. Nuestras hormonas estaban disparadas. Ahora soy una adulta —contestó con severidad, ansiando cambiar de tema.

—Pfff..., vale, claro. Lo que tú digas —murmuró Kali sarcástica—. Entonces, ¿dónde va a ser la boda? —preguntó con tono provocador.

Boda...

Cassie meneó la cabeza con una risita.

—Eres mala persona.

—No. Lo que pasa es que te conozco demasiado bien.

Cassie se echó hacia atrás en la silla y enderezó la espalda. Luego jugueteó con la servilleta que había dejado sobre la mesa. Sus uñas largas de color granate contrastaban con el blanco del mantel.

—¿De verdad parece que tenemos cincuenta años? —preguntó tras unos segundos.

—Cuarenta y nueve como poco.

Se rio y después dejó escapar un suspiro.

—No me voy a casar con él —admitió.

—Lo sabía. ¿Por qué le has dicho que te lo pensarías?

—Le tengo mucho cariño —confesó—. Es un hombre maravilloso.

—No le quieres.

—No. Y me da rabia porque creo que es una persona a la que sería fácil querer.

Ninguna de las dos dijo nada después de eso.

—¿Vas a dejarle? —La pregunta llegó más tarde, cuando ya habían pagado la cuenta.

—De hecho, estaba pensando en dejarlo todo —confesó.

—¿Qué es todo?

Salieron del restaurante y se encaminaron al coche de Cassie, un Audi TT rojo.

—¿Bajamos a la playa? —propuso.

Kali asintió.

Cuando estaban instaladas en el coche, volvió a insistir.

—¿Qué quieres decir con dejarlo todo?

—A John, Los Angeles, la agencia, mi trabajo... —murmuró.

Notó la mirada sorprendida de Kali sobre ella mientras conducía.

No era una decisión precipitada. Si era sincera consigo misma, lo que más la ataba a esa vida era John, porque tanto la ciudad como el ejercer de modelo ya no eran un aliciente para ella. Su contrato con la agencia terminaba en unos meses y solo tenía dos campañas pendientes para una famosa marca de perfumes.

En cuanto terminara con sus compromisos, quería marcharse a otro lugar más pequeño y montar algún negocio. Tenía dinero de sobra para poder hacerlo. Durante esos años de duro trabajo, había ganado y ahorrado lo suficiente para no necesitar trabajar en mucho tiempo.

Y ya había hablado con alguien con quién quizá pudiera asociarse.

Aparcó en Culver Boulevard, a escasas yardas de la Playa Del Rey. Dejaron sus bolsos y sus chaquetas dentro del coche, y bajaron hasta el arenal caminando. No había gente, solo unos cuantos bañistas tomando el sol cerca de la orilla y dos ciclistas que pedaleaban por el camino de asfalto que partía la playa por la mitad.

Era un martes de noviembre y, aunque no hacía un frío extremo, tampoco era la época más adecuada para darse un baño.

Se quitaron las zapatillas y las dejaron junto a la desierta caseta del socorrista.

—Creo que puede darme un infarto si meto los pies —comentó Kali—, pero voy a hacerlo. No voy a perder la oportunidad de disfrutar de las playas de Los Angeles.

Cassie rio mientras la veía correr hacia la orilla, pero en cuanto hundió los pies en el agua, comenzó a gritar y regresó a toda velocidad.

—¡Está helada!

—Tampoco es para tanto. —Cassie se sentó en la arena con los ojos cerrados y dejó que el sol y el aire le acariciasen la piel.

—¿Me lo vas a contar ya o tengo que estar atragantándome por la ansiedad? —dijo Kali, tirándose a su lado.

Dejó que los granitos de arena se escurrieran entre los dedos de sus pies antes de responder.

—Me he cansado de vivir aquí. Y me he cansado de ser modelo.

—Vaya —comentó Kali y silbó—. ¿Sabes que cualquier mujer en su sano juicio querría lo que tú tienes?

—¿Tú lo quieres?

Su amiga meditó unos momentos y terminó por negar.

—No. Yo no podría vivir en un sitio tan grande y tan lejos de mi famil... —se interrumpió, como si se hubiese dado cuenta de que había hablado de más.

—No te cortes. Te entiendo. Si mi madre siguiera con vida, yo también querría estar cerca de ella.

El dolor se había dulcificado con el paso del tiempo. Ya podía mencionar a Moira sin echarse a llorar. Por el contrario, le gustaba hablar de ella y recordar los buenos tiempos.

—Y si lo dejas todo, ¿qué vas a hacer?

—Montar un negocio.

—¿Un negocio? ¿De qué y dónde?

Se giró para mirar a Kali con los ojos deslumbrantes.

—Mi propia agencia de modelos.

—¿En serio? —preguntó su amiga boquiabierta—. ¿Y... dónde? ¿Cuándo?

—En Tulsa. ¿Recuerdas a Sophia?

—Sí.

—Llevamos unos meses hablando del tema. Ella también quiere dejar K Model Management. Tiene contactos y sabe mucho del negocio, pero no quiere emprender esta aventura sola. Me lo propuso hace un tiempo y creo que ha llegado el momento.

—¡Contrátame!

Cassie rio con ganas.

—No. Paso de contratarte. —Hizo una pausa muy efectiva—. Lo que quiero es que te unas a nosotras como socia.

Kali abrió los ojos desmesuradamente.

—¿Yo? Pero si no tengo ni un centavo...

—Eso ya lo arreglaríamos.

—¿Lo sabe Sophia? ¿Le has dicho que quieres que yo también participe?

—Fue mi primera condición. Necesitamos un departamento de estilismo, y quiero que te encargues tú, y que seas una parte importante de nuestra agencia.

—¿Y aceptó?

—Claro.

—Supongo que yo sería una socia minoritaria, pero eso es mejor que nada, porque es como un sueño —musitó emocionada—. Jamás pensé que pudiera tener algo propio.

—¿Socia minoritaria? No. Seríamos tres socias a partes iguales.

Su amiga se incorporó mientras meneaba la cabeza confundida.

—Llevo seis años trabajando sin parar y ganando mucho dinero, Kali. El único lujo que me he permitido en todo este tiempo ha sido el coche. Vivo de alquiler y no tengo gustos caros. Ni siquiera tengo que comprarme ropa ni maquillaje porque todo me lo regalan las marcas. He ahorrado bastante, ¿sabes?

—¿Eso qué significa?

—Significa que tengo dinero de sobra.

—¿De sobra para qué?

—Para prestártelo y que me lo vayas devolviendo poco a poco, cómodamente y sin intereses. Firmaremos un contrato privado. Ya lo he hablado con mi abogado. Hubiese deseado regalártelo, pero te conozco y sé que no lo aceptarías —concluyó mientras se ponía en pie.

Kali se alejó unos pasos y se giró. Tenía los ojos llenos de lágrimas.

—¿Sabes que te quiero, pelirroja? —exclamó.

A Cassie también se le humedeció la mirada.

—Y yo a ti, imbécil.

Se miraron por espacio de unos segundos, sin preocuparse de su entorno. Finalmente, ambas se adelantaron y terminaron abrazándose entre sollozos ahogados.

Les llevó un rato calmarse. Las lágrimas corrían por sus mejillas y algunas risas escapaban de sus bocas.

—Parecemos bobas —susurró Cassie.

—Me da igual.

Kali se quedó muy callada y torció la boca a un lado, como si algo hubiera acudido a su cabeza de improviso.

—¿Fuiste tú la que compró el terreno que vendieron los King el año pasado?

Cassie se puso roja sin poder evitarlo y tragó saliva antes de asentir.

Sí. Fue ella.

—Cuando mi madre me dijo que habían vendido el terreno a una empresa de California no se me ocurrió pensar en ti, pero todo cuadra —comentó Kali—. MF Inversiones. Moira Fallon.

—Sí —declaró, sin dar más explicaciones.

Al enterarse de que el rancho King necesitaba liquidez y había puesto a la venta una pequeña parte de sus tierras, decidió comprarlas. Sabía que los King jamás hubieran aceptado su ayuda, por eso su abogado creo esa compañía para poder adquirir los terrenos sin que supiesen que ella estaba detrás.

—Deberías decírselo —dijo Kali—. Dejarían de estar preocupados. Piensan que la empresa de California que ha comprado los terrenos quiere construir algún resort vacacional o algo muy loco. Si supiesen que no es así, te estarían eternamente agradecidos.

—¡No! —soltó con sequedad—. No quiero que me estén agradecidos. No lo he hecho por eso. ¿Sabes cuánto ha hecho esa familia por mí? Y yo se lo he pagado con... —se interrumpió y apretó los labios.

Echó a andar hacia la orilla con las manos en los bolsillos.

Siempre pensó que la mayoría de los problemas que enfrentaban los King eran culpa suya. Lo menos que podía hacer era ayudarlos cuanto pudiese.

—Sigues enamorada de Jace. No lo has hecho solo por su familia.

La voz de Kali a su espalda la sobresaltó.

¡Mierda! ¿Por qué tenía que mencionarlo?

Anduvo más deprisa hasta que el agua helada le rozó los dedos de los pies. Y no se detuvo. Siguió andando en paralelo al mar.

—¡Sigues enamorada de Jace! —le gritó Kali.

Se dio la vuelta y vio a su amiga en la distancia, mirándola.

—¡No es verdad! —contestó con las manos a modo de bocina frente a la boca.

—¡Sí lo es!

—¡Para nada! —exclamó.

—¡Mentirosa!

Lo era. Era una mentirosa.

Se dio media vuelta y corrió deprisa, alejándose de Kali, mientras el viento le alborotaba el pelo y los pies se le hundían en la arena mojada de la orilla.

Capítulo 14

JACE

Su hermanita Naomi era una ricura, con la carita del color del café con leche, unos enormes ojos marrones y el pelo rizado como el de su madre. Estaba sentada en el regazo de su padre, frente a una tarta de chocolate con una vela encendida, y tenía una gran sonrisa. Solo dos dientecitos asomaban de su encía superior.

Pegó la foto junto a las demás en la pared y se tumbó en la cama clavando la mirada en el techo. Un año tenía ya la pequeña. ¡Dios! El tiempo pasaba tan rápido que se le escapaba de entre los dedos sin posibilidad de aferrarse a él.

Todavía recordaba como si fuera el día anterior, cuando habló con su padre y este le informó del embarazo de Mary. Estaban anonadados porque no lo esperaban. Siete años de matrimonio y, de repente, esa noticia. Eran muy mayores para empezar a cambiar pañales, le había dicho, y añadió que todo el mundo iba a pensar que eran los abuelos del bebé.

Jace se burló de él, llamándole *abuelito*, pero se alegraba inmensamente por los dos, pues estaban muy ilusionados.

Ahora, mientras contemplaba la foto de Naomi, se sentía raro. Le faltaban pocos meses para cumplir los veintiocho años y tenía una hermanita que era un bebé, a la que no iba a conocer hasta dentro de un par de años, y en Florida, otros dos hermanos —o quizá más— de los que no sabía nada.

Estaba de mal humor.

Esa misma mañana se había reunido con su abogado que le hizo saber que su petición para la libertad condicional había sido rechazada. Iba a tener que cumplir la condena completa, los doce años estipulados. No estaba muy sorprendido porque ya lo sospechaba, a fin de cuentas, no había sido un preso modelo durante los diez años que llevaba encerrado, por el contrario, era un recluso problemático que se había ganado la fama de ser violento y pendenciero. Solo tenía dos cosas a su favor con las que pretendía convencer a la comisión: se había sacado el GED, y había empezado a trabajar en la pequeña granja que abastecía a la prisión.

Pero ni siquiera quisieron escucharle.

El sonido metálico de una llave en la cerradura le hizo levantar la cabeza.

—Tienes visita —le dijo Perkins.

Justo detrás de él, apareció la fea cara de Knight.

—¿Puedo pasar? Traigo regalos.

En la mano llevaba una bolsa de plástico.

Jace se incorporó e hizo un gesto de asentimiento.

Knight entró, no sin antes darle algo a Perkins, que este se apresuró a guardar en el bolsillo de su camisa. Una vez la puerta estuvo cerrada, se encaminó a la mesa y sacó de la bolsa cuatro latas de cerveza, un paquete de cigarrillos y unas revistas.

—No estoy de humor para celebrar —masculló Jace.

—No es para celebrar, cabrón, es para ahogar las penas —dijo, sentándose a su lado en la litera—. Ya me he enterado de que la comisión ha rechazado lo de tu condicional.

Era increíble la cantidad de contactos e informantes que tenía Knight, tanto dentro como fuera de la prisión.

—Seguro que te has enterado tú antes que yo —expuso Jace con sarcasmo.

Recibió una risa socarrona por respuesta.

Durante un rato no hablaron mucho. Abrieron dos cervezas y bebieron y fumaron en silencio.

A lo largo de los años, su relación se había consolidado. Pese a todas sus diferencias, se llevaban bien. Ya no eran mentor y alumno. El tiempo igualó su estatus y los convirtió en amigos. Cuando el tipo que le llevaba las cuentas a Knight en la cárcel falleció de un cáncer de pulmón, Jace se ofreció a sustituirle. Se le daban bien las matemáticas y sabía que podría hacerlo, así que se convirtió en su contable. Ya no era él quien hacía el trabajo sucio; para eso tenía otros chicos más jóvenes y deseosos de mostrar su lealtad haciendo lo que les pidiera.

—¿Es una nueva foto de tu hermana? —preguntó Knight al cabo de un rato, señalando la imagen de la pared.

—Sí.

—Me recuerda a mi hija Jodie a su edad. Creo que hasta se parece un poco a mí.

Jace rio y le dio un golpe en la espalda.

—Ni de coña, con lo feo que eres. La niña se parece a su madre y es una preciosidad

—Sí que lo es —admitió—. ¿Quién iba a pensar que un blancucho como tú iba a tener en su familia a gente de los nuestros?

—Ya ves...

Un par de tragos más interrumpieron la conversación.

—Cuando salga, mi hija tendrá ya veinte años —comentó Knight—. Joder, a lo mejor soy abuelo y ni lo sé.

—¿Dónde están tus hijos ahora?

—Siguen en Minnesota, con la familia de mi ex. Mi hermano habla con ellos de vez en cuando y por eso sé que están bien.

La ex de Knight se había largado con un tipo al poco tiempo de que este entrara en la cárcel y había abandonado a los niños, dejándolos en casa de sus abuelos. No habían vuelto a saber nada de ella desde entonces.

—Míralo por el lado positivo —le dijo Knight, cambiando de tema—. Vas a poder disfrutar dos años más de este hotel que te paga el Estado. Tienes cama y comida gratis. Y puedes pasar tiempo con las vacas, oliendo a estiércol que es lo que te gusta.

Jace sonrió de medio lado.

—Tienes razón. —Se encogió de hombros—. Y afuera no me espera nada ni nadie. Aquí estoy de puta madre. Me dan ganas de hacerle algo jodido a alguien para que me caiga la perpetua.

—No es mala idea —dijo, fingiéndose pensativo—. Si Sawyer todavía estuviera por aquí podrías tatuarle en el culo: ME GUSTA DURO. Por ejemplo.

Jace rio entre dientes. No era la primera vez que bromeaban sobre Sawyer y lo que pasó hacía ya cinco años. La prisión entera bromeaba sobre ello, en realidad.

Cuando le encontraron en la celda, lloraba y pedía a gritos que alguien le borrase las palabras que había escritas sobre su cuerpo. No fue posible y le dejaron unas bonitas cicatrices con las que probablemente tendría que vivir para siempre. Unos meses más tarde, fue trasladado a otra prisión, a un módulo especial, tras intentar quitarse la vida sin éxito.

Solo su grupito de colegas neonazis le echó de menos, aunque tampoco mucho porque tardaron pocas semanas en tener un nuevo líder. El resto de los presos se alegró de que se largara. No había hecho muchos amigos en prisión.

—He traído también unas revistas —comentó Knight—. He intentado conseguir alguna *Hustler* o *Playboy*, para que te casques unas pajas, pero no me llegan hasta dentro de diez días, así que he traído dos *Vogue* antiguas y un catálogo de una marca de lencería.

—Lo último que voy a hacer es cascarme una paja contigo al lado.

—Te las dejo, hombre, para que lo hagas esta noche —rio.

Se encendieron otro cigarro y abrieron las últimas cervezas. Mientras fumaban y bebían tranquilamente, Knight alargó el brazo y cogió una de las revistas. Empezó a pasar hojas silbando con admiración de vez en cuando.

Jace meneó la cabeza sin mucho interés.

—Me voy a llevar algunas páginas —le advirtió Knight—. ¿Te gusta esta? Si no, me la quedo.

Le mostró la foto de una chica mulata con la ropa interior blanca.

—Es tuya.

Knight arrancó la página con una sonrisa gigante.

Cuando mostraba esa expresión parecía casi un niño y costaba imaginarle como la persona despiadada y violenta que Jace sabía que era.

—¿Y esta?

Le mostró una rubia en la playa en bikini.

—Paso.

—¿Y esta morenaza?

—Quédatela.

—Joder, tío. No quieres ninguna. Ni morenas ni rubias ni mulatas... ¿Qué cojones te gusta? A lo mejor las pelirrojas —aventuró sin mirarle—. A ver si encuentro alguna... Una como la actriz esa de la serie *Mad Men*. La secretaria. Esa sí que está buena y tiene unas tetas brutales.

Jace cerró los ojos y se abstrajo en sus propios pensamientos. Lo último que le apetecía era ver fotos de tías exuberantes. Además, hacía tanto tiempo que no bebía alcohol, que las dos cervezas se le habían subido un poco a la cabeza.

Escuchó como Knight cambiaba de revista mientras rezongaba que no encontraba ninguna chica con el pelo rojo.

Tampoco es que a Jace le gustaran las pelirrojas. Solo le gustaba una.

—Vale. Aquí tengo una. Está un poco delgada para mi gusto, pero está buena. Mira.

Estuvo a punto de no hacerlo. Estuvo a punto de no abrir los ojos y rechazar el ofrecimiento.

Pero miró.

Y la vio.

Era ella.

Preciosa.

Llamativa.

Muy diferente.

—Esta sí te pone —se rio Knight, tirándole la revista.—. Anda, toma.

Cogió la revista al vuelo y sus ojos devoraron ansiosos la imagen.

Sintió frío y calor al mismo tiempo.

Era un anuncio para una marca de medias. La modelo ocupaba casi toda la hoja y aparecía sentada en el borde de una cama, vestida con un camisón muy corto de color negro, acariciándose una pierna enfundada en una media negra con encaje en el borde. Miraba a la cámara con sus atrayentes y profundos ojos verdes, como si estuviera seduciendo al lector.

El nombre de la modelo aparecía pequeñito en la parte baja de la página.

Cassandra Fallon.

Fallon, como su madre.

Knight le dijo algo, pero no le prestó atención.

El cambio de Cassie en esos años era extraordinario. Su piel casi no tenía pecas —debían de habérselas cubierto con algún tipo de maquillaje—, y su pelo brillaba más oscuro. El rostro era estilizado, con los pómulos más marcados. Las curvas de su cuerpo eran prominentes sin ser excesivas.

Todo era distinto a lo que él recordaba. Esa mujer sensual y elegante no se parecía en absoluto a la chica de quién se enamoró.

—¿Estás sordo?

Levantó la barbilla, aturdido.

—Te decía que me largo. Que mañana nos vemos y echamos un vistazo al libro de cuentas.

Asintió automáticamente.

—Claro. Gracias...

Knight le miró un instante con el ceño fruncido antes de acercarse a la puerta y dar unos cuantos golpes en la superficie de metal. Poco después, Perkins abrió y abandono la celda.

Una vez se encontró solo, revisó todas las páginas con avidez, las de la otra revista y las del catálogo de ropa interior también, por si encontraba más fotos de ella, pero no había. Comprobó que el *Vogue* tenía fecha de hacía cuatro años.

Con la respiración acelerada, se tumbó en la cama bocabajo y se dedicó a recorrer su silueta con el dedo índice. Acarició su cabello, sus mejillas y todo su cuerpo.

—Cassandra Fallon —musitó.

Sonaba bien. Sonaba a mujer de mundo, a modelo internacional.

No sabía que Cassie había llegado tan lejos como para aparecer en las páginas de la revista de moda más importante del país. Kali le contó que trabajaba en una agencia de modelos, pero no había esperado verla así.

¡Qué preciosa estaba!

Casi sin ser consciente de ello, apoyó la mejilla sobre la revista y cerró los ojos. Era lo más cerca que estaba de Cassie en diez años.

Inesperadamente, tuvo la necesidad de saber cómo estaba, de saber de su vida.

A lo mejor se había casado y tenía niños.

O seguía soltera y vivía una vida de lujos y glamur.

No lo sabía porque había prohibido a todo el mundo que hablara de ella en su presencia y lo habían respetado. Sin embargo, ahora tenía una comezón extraña en el estómago y necesitaba saber más.

Se puso de pie con precipitación y sacó el móvil que le había conseguido Knight de contrabando de debajo del colchón. Tenía saldo de sobra ya que no lo usaba mucho.

Llevaba más de tres años sin hablar con Kali, pero era la única que podía darle información, así que la llamó. Y mientras el teléfono sonaba, se le retorcieron las tripas de la angustia.

—¿Dígame?

Era la misma Kali de siempre, con su voz alegre.

—Hola.

Hubo un largo silencio al otro lado de la línea.

—¿Jace? —Su sorpresa era palpable—. ¿Eres tú de verdad? ¿Desde dónde me llamas? ¿Estás fuera?

—No. Sigo dentro. Es un móvil que he conseguido... —No dijo más.

—¿Ha pasado algo?

—No. Solo quería llamarte para ver cómo estás.

Ella rio con sarcasmo.

—Tres años sin tener contacto y ahora me llamas tan tranquilo y me preguntas que qué tal estoy. Ya, claro. —Hizo una pausa antes de continuar con un suspiro—. Estoy bien.

Se quedó callado porque no quería preguntarle por Cassie, quería saber de ella, pero no quería preguntar...

—He recibido una foto de Naomi en su primer cumpleaños.

—¡Estuvimos con ella y está monísima! —dijo emocionada—. Dice mamá y papá y también dice Kali, bueno, algo semejante —se rio—. Quién nos iba a decir que íbamos a tener una hermanita en común.

—Sí.

—¿Cómo estás tú?

—La comisión de libertad condicional ha rechazado mi petición —contestó con sequedad—. Todavía me quedan otros dos años aquí.

—¡Mierda! —exclamó consternada—. Pensábamos que quizá... Tu padre comentó que era cosa de meses que salieras.

—Pues no. Aparentemente no soy apto porque soy un chico malo.

Kali se mantuvo en silencio unos segundos.

—Oh, Jace... No sabes lo mucho que te echamos todos de menos... Deberías dejarnos ir a verte. Eres un imbécil.

En ese instante, se escuchó una voz de mujer que preguntaba algo por detrás.

Era Cassie.

Jace la hubiese reconocido en cualquier parte. Aferró el móvil y respiró profundamente tratando de mantenerse impertérrito.

—Un momento.

Kali debió de tapar el auricular y hablar con ella, pero volvió poco después.

—Eh, ya.

No iba a preguntar. No podía.

No hizo falta.

—Era Cassie —dijo Kali en voz baja—. Ahora vivimos en Tulsa y trabajamos juntas. Hemos montado una agencia de modelos y nos va bastante bien. Está soltera y no sale con nadie, por si te interesa —añadió.

—No te he preguntado —repuso con hostilidad.

—¿Quieres hablar con ella?

—¡No! —casi gritó.

—¡Qué terco eres!

—Bueno, me alegro de que os vaya bien. Estamos en contacto...

—Jace...

Pulsó el botón de finalizar llamada antes de que Kali pudiese seguir insistiendo. Los latidos de su corazón se habían disparado y repiqueteaban fuertes en su pecho.

Volvió a guardar el móvil bajo el colchón y se llevó las manos a la cabeza, donde su pelo había comenzado a crecer después del último afeitado de hacía una semana.

Empezó a dar paseos cortos por la diminuta celda con la mente llena de pensamientos inconexos y caóticos.

Había cometido un terrible error.

No tenía que haber llamado.

Era un idiota.

Soltó un gruñido gutural y echó una última ojeada a la foto de la revista antes de cerrarla y dejarla con las otras.

Vaya día de mierda.

Capítulo 15

CASSIE

Regresó a su despacho y tomó asiento frente a la mesa. No era una habitación muy grande, pero era muy luminosa y le encantaba. Estaba en la primera planta de un edificio bajito que daba a un parque y la luz entraba a raudales por la ventana, sobre todo por las mañanas. Los atardeceres también eran preciosos.

Kali le había dicho que Tom también estaba libre para el trabajo, así que abrió la ficha del muchacho en el ordenador y la adjuntó a la carpeta que estaba preparando.

Sophia había conseguido una colaboración con una marca de coches muy importante. Necesitaban un chico y una chica para un anuncio que saldría en la televisión nacional. Para una agencia pequeña como la suya, que solo llevaba tres años en activo, era un pelotazo.

No les iba nada mal, pero aquello supondría un gran empujón para el negocio.

Se entretuvo revisando las características que requerían de los modelos y viendo quién podía encajar.

—Los dos morenos y con los ojos oscuros. Ella más alta que él y no muy delgada —leyó en voz alta.

Eso era un poco complicado porque casi todos sus chicos eran bastante altos, exceptuando a dos o tres.

Tenían a Tom y a Justin. Y las chicas podían ser Alina, Noreen y Sarah.

Prepararía el dossier con la información y las fotos y se lo mandaría a Sophia para que lo presentara.

Alzó la cabeza cuando vio entrar a Kali por la puerta. Tenía una expresión rara en el semblante y Cassie la miró con la cabeza ladeada. Algo le sucedía. Podía leer en ella como si fuera un libro abierto.

—¿Pasa algo? —le preguntó—. ¿Con quién hablabas?

Cuando fue a su oficina a preguntarle por Tom, Kali estaba al teléfono.

Su amiga se acercó y tomó asiento en una de las sillas. Luego la miró a los ojos.

—Con Jace.

De todas las personas del mundo con las que podía haber estado hablando Kali, esa era la que menos se habría esperado.

La incredulidad debió de reflejarse en su cara.

—Igual me he quedado yo cuando ha sonado el teléfono.

Notó que sus manos agarraban el borde de la silla con fuerza y que se le estrechaba la garganta. Carraspeó, intentando encontrar su voz.

—¿Está... bien?

—Parece que sí.

—¿Va a salir?

No podía faltar mucho para que le concedieran la libertad condicional.

—No. Dice que le han denegado la solicitud.

Cassie sintió cómo el estómago se le encogía.

—¿Fred lo sabe? —preguntó preocupada—. Estaba muy contento cuando estuvimos en el rancho en el cumpleaños de Naomi. Dijo que contaba los días.

—No sé.

—¿Por qué se la han denegado?

—Ni idea. Solo ha dicho que no es apto porque es un chico malo.

Cassie bajó la cabeza y la hundió en los hombros. ¿Jace, un chico malo? Se negaba a aceptarlo, aunque sabía que las cosas no iban bien. La última vez que Brenda y Fred estuvieron en la cárcel, hacía años, ya le hablaron de lo cambiado que estaba.

No tenían ni idea de lo que Jace hacía en prisión.

—¿Para qué te ha llamado? Creía que no teníais contacto desde hacía tiempo.

—¡Y no lo tenemos! Es la primera vez que me llama en años. Me ha dejado descolocada. Y todavía no sé por qué lo ha hecho, porque no hemos hablado de nada y, de golpe, me ha colgado

—¿En serio?

Kali la miró durante unos segundos en silencio.

—Te ha oído cuando has venido a mi oficina —admitió en un murmullo—. Le he preguntado que si quería hablar contigo y ha dicho que no. Entonces ha cortado la llamada.

Eso le dolió.

Por más que supiera que Jace no quería tener contacto con ella, escucharlo de labios de Kali le hacía daño. Se frotó el pecho con la palma de la mano para deshacer el nudo de malestar que se le acababa de formar tras el esternón.

—Es un cabezón —dijo su amiga, mirándola con simpatía.

—Sí —dijo con sequedad, y forzó una sonrisa.

No quería seguir hablando de Jace.

Ya no formaba parte de su vida.

Él lo había querido así.

—Bueno, mañana es cuando vas a Dallas, ¿no? —Cambió de tema, al tiempo que abría su agenda y echaba un vistazo a las fechas.

Kali tardó en contestar, pero terminó por asentir.

—El avión sale a las diez. Ya tenemos todo preparado.

—El viernes tenemos una chica nueva que viene para hacerse fotos.

—Lo tengo anotado.

Hablaron durante un rato de los planes para las próximas semanas, evitando mencionar la llamada telefónica. Era una situación peculiar, como la metáfora del elefante que se encuentra en medio de una habitación, y del que todo el mundo es consciente, pero fingen que no existe.

Mientras hablaban, entró una llamada de Sophia, y Cassie puso el altavoz.

—Estoy reunida con los responsables de marketing de una marca de productos de belleza.

—¿Qué marca?

—No pienso decirlo, porque como salga bien, os vais a morir —soltó risueña.

—¿Dónde estás?

—Secreto —rio—. Ya no voy a regresar a la oficina, así que apagadme el ordenador, por favor. Y mañana os cuento.

Kali y Cassie se miraron después de que se interrumpiera la comunicación.

—Es la mejor —dijo Kali con admiración.

—Lo es.

Tenían mucha suerte. Sophia era una experta en el negocio. Gracias a sus contactos, lograron que SCK International compitiera con otras agencias que llevaban más tiempo activas. La experiencia de Cassie en el mundo del modelaje y la profesionalidad de Kali resultaban muy positivas para su éxito, pero sin Sophia, no hubiesen llegado a ninguna parte.

—¿Te animas a salir conmigo y con Jessina esta noche? —le preguntó Kali.

—¿De sujeta velas?

—Entre Jessina y yo no hay nada.

Cassie soltó una carcajada pícara.

—De momento.

—Ni siquiera sé si es lesbiana.

—Lo es.

—No lo sabes —protestó Kali con un gesto de la mano, aunque le brillaban los ojos esperanzados.

Jessina era una de las modelos que trabajaban para la agencia. Desde el primer momento, fue obvio para Cassie que se sentía atraída hacia Kali.

Esas miradas de cordero degollado solo podían significar una cosa. Sin embargo, las dos imbéciles no se atrevían a decir nada.

Era gracioso observarlas desde fuera. Ver cómo se comían con los ojos y se sonrojaban.

—Si esta noche no le dices nada, te prometo que la llamo mañana y se lo digo yo —amenazó Cassie.

Kali se puso de pie con brusquedad.

—¡Qué cabrona!

—Señora cabrona, por favor. Un respeto.

Kali le sacó la lengua y se fue.

Cuando se quedó sola su fachada animosa se desmoronó. Exhausta, se levantó y se dirigió al ventanal. Comenzaba a ponerse el sol y los colores del cielo eran una maravilla.

¡Dios! Jace todavía tenía que cumplir otros dos años más de condena.

Su mirada se humedeció.

Capítulo 16

JACE

No iba a echar de menos la cárcel. No era tan gilipollas, aunque admitía que regresar a una vida de libertad le tenía inquieto. Cuando ingresó en la penitenciaría era solo un adolescente ingenuo con miles de sueños por cumplir y esperanza en el corazón; ahora, era un hombre maduro, cínico y desencantado, que había experimentado lo peor que podía pasarle a alguien y había aprendido a sobrevivir a golpes.

¿Qué iba a hacer cuando estuviese fuera?

No se sentía parte de esa sociedad a la que tenía que regresar y no podía volver con su familia porque ya no era uno de ellos.

Quizá pudiese encontrar trabajo en algún rancho como vaquero, se decía. Era lo único que se le daba bien: tratar con animales. Pero ¿quién iba a contratarle con sus antecedentes penales?

Ennis se acercó y le tocó el brazo, arrancándole de sus pensamientos.

—Jace, creo que a una vaca le pasa algo.

Se giró para mirar a su compañero, que tenía cara de preocupación.

—¿Qué pasa?

—Está hinchada y no se levanta.

Dejó la manguera con la que limpiaba el estiércol y la paja del patio, y siguió a Ennis hasta la nave donde se guardaba el ganado que abastecía a la prisión.

En el cubil del fondo, una de las vacas estaba tumbada y parecía el doble de grande que hacía dos días.

—Joder —masculló Jace.

¿Cómo no se habían dado cuenta Abe y Daniels esa mañana? ¿No lo habían visto al ordeñar las vacas?

—¿Va a morirse? —preguntó Ennis, asustado.

Jace le había conseguido ese trabajo hacía unos meses para que pasase poco tiempo con los otros reclusos. Era demasiado inocente y crédulo para su propio bien. Aunque llevaba ya unos años allí, no aprendía y seguía metiéndose en líos. Era muy torpe.

—No se va a morir, pero hay que darse prisa.

Había visto casos como el de esa vaca en el rancho y sabía cómo solucionarlo. Si esperaban a llamar al veterinario, que solía tardar un par de días en llegar, la vaca no sobreviviría.

—Voy a buscar al guardia. Quédate con ella —le dijo a Ennis.

Abandonó el recinto que servía como granja y se dirigió a la parte trasera, donde estaba la garita del guardia. Dio unos golpecitos al cristal de seguridad para que activara el altavoz.

—Jefe, hay una vaca con un problema. Puedo solucionarlo, pero necesito el equipo del veterinario.

El guardia, un mexicano ancho de espalda con los ojos pequeños, alargó la mano hacia el teléfono y habló con alguien. Después se volvió hacia él.

—Ahora viene alguien.

Jace asintió y regresó al establo.

Llevaba poco más de dos años trabajando allí y le gustaba. Era mil veces mejor estar al aire libre, pese a que hiciera frío, lloviese o se asara de calor, que pasarse todo el jodido día encerrado. De algún modo, el estar rodeado de vacas, aunque fueran lecheras, le recordaba a su infancia y adolescencia en el rancho.

Los últimos años se le habían hecho más llevaderos gracias a ese trabajo al que dedicaba la mayor parte de las tardes. La penitenciaría del estado de Oklahoma no era como otras que ofrecían talleres ocupacionales para los presos o puestos de trabajo en las cocinas o la lavandería. Todo estaba externalizado, así que, si uno quería trabajar, solo podía hacerlo en el equipo de limpieza o en la granja.

Knight movió unos cuantos hilos para que terminase allí. No paraba de decirle lo agradecido que estaba de que le llevara las cuentas, ya que desde que Jace lo hacía, ganaba más pasta. Su anterior contable se había estado quedando con un buen pico de su dinero.

—¿Cómo sigue? —le preguntó a Ennis al acceder al interior de la nave.

—No se mueve.

—Vete a limpiar el exterior. Yo me quedo con ella.

El muchacho le obedeció. Tendría su misma edad, pero le costaba procesar órdenes, era lento y sonreía demasiado, incluso cuando no era apropiado. Estaba en prisión por robar un coche y darse a la fuga después de atropellar a un hombre que falleció.

La pobre vaca cada vez respiraba con más dificultad y Jace se agachó a su lado y le acaricio el cuello.

—Vamos, chica, que pronto vas a estar mejor.

Había pasado poco tiempo cuando llegaron dos guardias. Uno era Madison.

—¿Qué pasa?

—Tiene timpanismo. Gas en el rumen —aclaró al ver las caras de incomprensión—. Si no se lo saco, es probable que muera. Necesito el equipo del veterinario.

—¿Y si le llamamos a él?

—No creo que la vaca dure tanto. Es urgente. Si lo hubiésemos pillado antes podría haberle dado aceite con bicarbonato, pero ahora ya es tarde para eso.

Madison le hizo un gesto al otro guardia, que sacó una llave del bolsillo y se dirigió al armario metálico donde se guardaba la medicación y el instrumental para tratar a los animales.

—¿Qué necesitas?

—Un trócar.

El tipo puso cara de imbécil.

—Voy yo —murmuró con impaciencia.

Se acercó y no tardó en localizar lo que buscaba en uno de los estantes. Sacó el artilugio y una botella de alcohol con el que desinfectó la pieza metálica. Regresó junto a la vaca y procedió a perforarle el estómago con un golpe seco, introduciendo la cánula en el agujero para que saliera el gas. Escuchó un silbido y sonrió, más tranquilo.

—Vaya —murmuró Madison—. Eso no lo había visto nunca. ¿Lo habías hecho antes?

—Me he criado en un rancho —dijo.

Se lo había visto hacer a Caleb y a algún vaquero. Él mismo lo había hecho tres o cuatro veces.

Mientras esperaban a que saliera el gas del estómago de la vaca, Madison se sentó en una bala de paja. El otro guardia se apostó junto al portón, dándoles la espalda.

—¿Dónde vas a ir cuando te largues de aquí? —le pregunto.

—Todavía no lo he pensado.

—Pues te vas mañana.

Jace se encogió de hombros mientras sujetaba la cánula.

Knight le había dicho que tenía un buen amigo en Durant, al sur de Oklahoma. Era el dueño de un bar y seguro que podía ofrecerle trabajo. No le importaría que tuviera antecedentes porque él mismo había cumplido condena hacía años y siempre estaba dispuesto a darle una oportunidad a un hermano.

Jace se lo estaba pensando.

No volvieron a hablar y cuando acabó el proceso y la vaca estuvo mejor y pudo ponerse de pie, Jace le curó la herida.

—Llamad al veterinario para que le eche un vistazo —aconsejó—. Yo no puedo hacer más.

Madison y el otro guardia se marcharon tras guardar el instrumental, dejándolos solos de nuevo.

Mientras Ennis terminaba de limpiar, cambio el forraje y puso agua fresca en los abrevaderos. Después, regresaron a su bloque y dos guardias los condujeron a las duchas. A los trabajadores de la granja se les permitía usarlas una vez acabado el turno.

Cuando entró en su celda y la vio vacía de objetos personales, se sintió rarísimo. Esa mañana había quitado todas las fotos de la pared y las había guardado en una bolsa junto con las cartas que había recibido a lo largo de los años y algunas cosas más que deseaba conservar. La bolsa ya no estaba. Debían de habérsela llevado al edificio de administración.

Sobre la litera había un pantalón vaquero, una camisa negra, unas deportivas, calcetines y ropa interior. Era la ropa para el día siguiente. Supuso que se la habría conseguido Knight porque el pantalón era un Levi's y las deportivas, unas Nike.

Se sentó en la cama y cerró los ojos.

Su última noche allí.

Le entraba vértigo de solo pensarlo.

Faltaba poco para la hora de la cena, y decidió aprovechar el tiempo para afeitarse la tupida barba. Pese a que se había dejado crecer el pelo y ya no llevaba la cabeza rapada, tenía aspecto de presidiario. Pensó que con la cara bien rasurada no lo parecería, pero cuando acabó y se miró al espejo, seguía siendo un jodido recluso. Cuando saliera a la calle, todo el mundo sabría que había estado en la cárcel.

Las puertas de las celdas se abrieron para que bajaran al comedor. Se unió a la fila y caminó con lentitud. Hizo cola en el mostrador detrás de

Ennis y le sirvieron algo similar a carne en salsa con puré de patata y una zanahoria raquítica. La comida era escasa y tenía la misma pinta de siempre: asquerosa, pero ya estaba acostumbrado. Además, todavía tenía galletas en su celda. Si no hubiera sido por lo que compraba en el economato de prisión, se hubiese muerto de hambre.

Knight le estaba esperando en su mesa, solo, como siempre. Nadie que no estuviese invitado se acercaba a él. Le hizo una señal y Jace se sentó enfrente.

—Tu última noche. Estarás contento.

—Supongo —dijo mientras engullía la carne que no sabía a nada.

—¿Vienen a buscarte?

Negó con la cabeza. Le había dicho a su padre que salía en unos días para que no fuera hasta allí.

Knight se llenó la boca de puré y se comió su zanahoria que tenía mejor aspecto que la de Jace, antes de volver a hablar.

—He llamado a Lamar y le he dicho que igual te pasas. Sin compromiso. Sabe que vas de mi parte, así que cuenta con él para cualquier cosa.

Lamar era el amigo ese de Durant, el que podía ofrecerle un trabajo en su bar.

—Ah, y me he encargado de que te lleves más pasta —añadió.

Jace clavó la mirada en la de su compañero, que parecía muy satisfecho.

—No voy a coger más dinero tuyo —protestó—. No quiero deberte nada que sé que luego te lo cobras con intereses —bromeó con sequedad.

Knight se rio.

—Demasiado tarde. Con los míseros cincuenta dólares que te van a dar cuando salgas no vas a tener ni para comprarte una jodida hamburguesa.

Llevas el móvil en la mochila con saldo y algunos dólares más. Con eso puedes llegar a Durant o volver a tu rancho, si quieres.

—Eres un capullo.

—Puede, pero es que no quiero volver a verte por aquí —soltó con indiferencia—. ¿Sabes cuántos tipos vuelven nada más salir porque han tenido que robar para poder comer? —Hizo una pausa y suspiró—. Te voy a echar de menos. A ver quién cojones se va a encargar ahora de que no pierda dinero. Se me dan fatal las cuentas.

Jace sonrió de medio lado. Le había cogido mucho cariño —cómo no hacerlo si había sobrevivido todo ese tiempo gracias a él—, pero no le daba ninguna pena. Knight era un jodido usurero y un aprovechado. Le iría muy bien sin él.

—Ya me contarás dónde acabas. Cuando salga, nos tomaremos algo. Tú pagarás, por supuesto.

Jace rebañó el plato de plástico, dando buena cuenta del insípido puré.

—Eso está hecho. Muchas gracias por todo lo que...

—Joder, cállate o me voy a poner a llorar —se burló.

—¿Te puedo pedir un último favor?

—Dispara.

—Échale un ojo a Ennis.

—¡No me jodas! —exclamó—. Pero si es imbécil.

Los ojos de Jace se dirigieron al lugar donde estaba comiendo Ennis. Parecía absorto en su comida e ignoraba las risas de los otros compañeros de la mesa, que le lanzaban indirectas que él no entendía.

—No te digo que te lleve las cuentas, pero no dejes que vuelva a pasarle nada jodido.

Un resoplido fue la respuesta.

—Dejaré que me lave los calzoncillos o algo así.

Jace rio.

Poco después llegó la señal para que abandonaran el comedor y regresaran a sus celdas.

No hubo despedidas.

Knight se limitó a palmearle la espalda, como si fueran a verse al día siguiente, cuando quizá sus caminos no se cruzasen jamás.

Aquella noche, Jace no pegó ojo. Dio veinte mil vueltas en el camastro, intentado coger una postura cómoda para poder quedarse dormido, pero el amanecer le encontró despierto y muy ansioso.

Vinieron a buscarle antes de lo habitual, pero él ya estaba preparado, vestido con su ropa nueva.

Siguió los pasos de los hombres uniformados hasta el edificio de administración donde tuvo que esperar un buen rato a que le preparasen los papeles de salida. Aguantó la impaciencia en silencio, sentado en una incómoda silla de madera, aunque su pierna se movía espasmódicamente. No terminaba de creerse que su etapa como recluso hubiera llegado a su fin. Tenía la sensación de que, de un momento a otro, alguien llamaría diciendo que todo era un error y que Jace Lee King tenía que volver a su celda.

Pero no fue así.

Al cabo de una hora, le dieron unos documentos para que los firmara —algo que hizo sin escuchar las explicaciones de la mujer que se los tendía—, algunos billetes dentro de un sobre —tal y como había dicho Knight, sumaban cincuenta dólares— y su mochila. Un guardia que él no había visto nunca le acompañó hasta la salida. Se le hacía raro andar sin el mono y con esas zapatillas. El tipo que había dentro de la garita por la que solían acceder los visitantes le dijo adiós con la mano.

De pronto, estaba fuera.

Era un hombre libre.

Capítulo 17

CASSIE

Algo más de ciento sesenta millas separaban Tulsa de Durant, dos horas y media en coche. Era sábado por la noche y no había mucho tráfico, pero condujo despacio porque la carretera estaba en mal estado. Iba cargada de dudas y no las tenía todas consigo. Ni siquiera sabía si llegaría a su destino o se daría media vuelta a mitad de camino.

Jace había salido de prisión hacía un mes, a principios de abril, y no había avisado a la familia hasta más tarde, cuando ya estaba instalado en Durant y había comenzado a trabajar. Fred se llevó un gran disgusto y discutió con él por teléfono.

Todo aquello lo sabía Cassie por el propio Fred, que llamó para informarles de que Jace ya estaba fuera.

Todavía recordaba esa llamada casi palabra por palabra.

Una amalgama de sensaciones se había apoderado de su cuerpo: alegría, emoción, zozobra y angustia, pero, sobre todo, enfado. No entendía que Jace no quisiera ver a su familia cuando llevaban doce años esperando su regreso con ansiedad.

Aunque, desde que entró en prisión, no entendía la mayor parte de sus decisiones y reacciones. Jace era un completo extraño para ella.

No le había dicho a nadie que iba a Durant, ni siquiera a Kali.

Fue una decisión impulsiva y sin sentido.

Había terminado de cenar y estaba sola en casa viendo la tele cuando recibió una llamada de Fred.

Hablaron un poco de todo, principalmente de Naomi, que, con tres años, era un pequeño terremoto y la debilidad absoluta de sus padres y de todo el mundo a su alrededor. Casi al final de la conversación, él le comentó que pensaba ir a Durant a ver a Jace en unos días.

Quizá fue el que pronunciara su nombre o que le dijera dónde trabajaba. No lo sabía. Mas, de pronto, la necesidad de verle fue tan abrumadora, que no pensó.

Se vistió con rapidez, cogió las llaves de su coche... y ahí estaba.

En Durant.

Se encontraba en el condado de Bryan y era la capital de la Nación Choctaw, muy conocida por sus famosos casinos y resorts de lujo, que operaban los miembros de la tribu, y que atraían a miles de turistas al año.

Cassie nunca había estado por la zona, pero la oscuridad la convertía en otra ciudad más de Oklahoma: terreno agreste y llano con pocas construcciones en la periferia. Nada destacable.

El local donde trabajaba Jace estaba a tres millas del centro, frente a una pequeña urbanización de casitas bajas. Cassie había llegado sin problemas, gracias a la ayuda del navegador.

La edificación era de color rojo y parecía un simple granero. En el luminoso de la entrada se leía el nombre: Red Barn Saloon, coronado por un jinete que montaba un caballo bronco.

Encajaba con Jace. Al menos, con el antiguo Jace.

No parecía un sitio muy grande, pero debía de estar lleno, por la cantidad de vehículos que había en el amplio parking de gravilla. Ella estacionó en un extremo, lejos de la puerta, pero lo suficientemente cerca para poder ver si alguien entraba o salía.

—Vale, ya estás aquí —dijo en voz alta.

Y no hizo nada más.

El corazón había comenzado a latirle más deprisa y notaba que la humedad cubría su frente.

Tenía que entrar. No había hecho todas esas millas para nada.

Quería verle, aunque fuera de lejos.

Pero no se movió.

Aferró el volante con fuerza mientras pasaban los minutos. Cinco, diez, veinte, treinta...

Las personas entraban y salían y ella alargaba el cuello, ansiosa, cada vez que veía movimiento.

Nunca era él.

Se sentía como una estúpida dentro del coche, sin atreverse a bajar. Un par de chicas que habían llegado hacía poco la miraron con sorpresa, cuchicheando entre ellas.

Seguro que pensaban que estaba loca.

Quizá lo estuviera.

Se sacó el móvil del bolso para disimular y comenzó a revisar las fotografías de la galería. Las pasaba deprisa, sin prestar demasiada atención.

Una voz interna le decía que estaba haciendo el ridículo, que se dejara de gilipolleces y entrase al puñetero local. Entrar no significaba que él la viera. Podía confundirse entre la gente y echarle un vistazo.

—Joder, Cassie... ¿Para eso has venido? ¿Para echarle un vistazo de lejos?

Apoyó la frente contra el volante y suspiró.

No se sentía preparada para hablar con él y menos en un lugar público. Su primer encuentro, si se producía, no podía ser así.

Estaba hecha un lío.

Había decidido marcharse, ya que aquel viaje era un despropósito, cuando la puerta del local se abrió y una chica rubia se dirigió a la esquina donde ella había aparcado. Iba hablando por teléfono y vestía una minifalda vaquera, un top de tirantes y botas de cowboy.

A Cassie le llamó la atención porque le hizo pensar en todas esas chicas que iban a los rodeos cuando Jace era adolescente y querían acercarse a él. ¿Cómo se llamaban? Gatitas de hebilla, recordó.

La joven se dio cuenta de su presencia y se alejó hacia la parte trasera, desapareciendo de su vista.

Miro la hora en el móvil. Pasaban unos minutos de las doce. Si se ponía en camino, llegaría a casa poco antes de las tres de la mañana. Al día siguiente, pese a ser domingo, tenía una cita con el fotógrafo de la agencia muy temprano para hablar de un reportaje nuevo. No iba a poder dormir mucho.

La puerta volvió a abrirse y un hombre salió por ella. Se apoyó en la fachada y le dio una calada a un cigarrillo. El humo le opacó las facciones. Luego le dio un trago a una botella de agua que sostenía en la mano derecha.

Fue ese gesto el que hizo que Cassie se envarase.

Por su aspecto, no le hubiese reconocido jamás. Fue la forma en que se llevó la botella a los labios.

Jace.

La curiosidad ganó a cualquier otro sentimiento y le examinó de arriba abajo con incredulidad. Estaba justo debajo del letrero luminoso, así que podía verle perfectamente.

Era mucho más alto de lo que recordaba. Iba vestido con vaqueros ajustados, botas negras y una camiseta blanca de manga corta que ponía de manifiesto la anchura de su pecho y la musculatura de sus brazos.

Sí que había cambiado.

Tenía el pelo largo, no en exceso, pero lo suficiente para que le tapara las orejas y le cayera sobre los ojos. Una corta barba descuidada le oscurecía la parte baja del rostro.

Volvió a beber agua, echando la cabeza hacia atrás y la luz cayó de lleno sobre su cara.

A Cassie se le encogió el corazón.

Aparentaba más años de los treinta que cumpliría en un mes. Tenía ojeras y las líneas de expresión muy marcadas. Cuando apartó la botella, vio que su boca mostraba un rictus amargo, y sus ojos eran dos pozos negros e inexpresivos. Le rodeaba un aura de absoluta indiferencia y apatía, como si se hubiera dejado el alma en algún sitio y no fuera más que una cáscara vacía.

Cassie se llevó la mano a la boca para contener un sollozo.

¿Qué había esperado? ¿Encontrar al mismo Jace de siempre?

Él le dio una calada a su cigarro y ella se percató de que llevaba un tatuaje oscuro en el antebrazo, pero no pudo distinguir qué era.

Durante una milésima de segundo, se planteó bajarse del coche y acercarse a él.

Pero no pudo porque las piernas no le respondían.

Entonces vio aparecer a la rubia del teléfono que, al descubrir a Jace, se aproximó muy sonriente y le echó los brazos al cuello al tiempo que le daba un beso en el mentón. Él ni siquiera la miró ni correspondió a su muestra de cariño, pero tampoco se apartó. Siguió fumando en silencio mientras ella no paraba de hablar con coquetería, pegada a su pecho.

Cassie analizó la escena con frialdad.

Le daba pena la pobre chica. Era obvio que Jace no estaba interesado, aunque qué sabía ella, ya no podía leer en él como antes. Quizá fueran amantes, pero si era así, no parecía muy enamorado ni atento a lo que ella le contaba.

Vio cómo arrojaba el cigarro al suelo y lo aplastaba con la suela de la bota, y cómo arrojaba la botella a una papelera negra que había a un lado de la puerta, antes de pasarle un brazo a la chica por encima del hombro y conducirla al interior del local.

La tristeza se adueñó de Cassie.

No porque él estuviese con otra mujer, sino porque ese hombre adusto de gesto helado desprendía infelicidad por todos los poros de su cuerpo.

Le ardían los ojos cuando arrancó el coche y se fue de allí.

Capítulo 18

JACE

Llevaba siete meses trabajando en el Red Barn Saloon y su vida comenzaba a asemejarse a la de una persona normal. Cobraba un sueldo, pagaba un alquiler, hacía ejercicio por las mañanas y trabajaba por las tardes. Y sus días libres, que eran los lunes y los martes, solía pasarlos viendo la tele.

Era como un ciudadano más.

Aun así, él seguía mirándose al espejo cada mañana y viendo a un recluso.

Lo primero que hizo cuando llegó a Durant, fue buscar a Lamar Jones, el amigo de Knight, que le recibió como si fuera un viejo amigo. El colosal afroamericano de casi siete pies era un tipo simpático, más próximo a los sesenta que a los cincuenta, que le ofreció un trabajo y un apartamento a los cinco minutos de conocerle.

El piso era de su hermana que se había mudado a Chicago, le explicó. Llevaba un año en venta, pero nadie se había interesado porque el precio era demasiado alto, así que se lo cedió en alquiler a cambio de que lo cuidara y de que, si encontraba un comprador, se marchase.

Jace aceptó.

No le quedaba otra.

Llegó a la ciudad un lunes y el miércoles comenzó a trabajar detrás de la barra del Red Barn Saloon. Resultaba casi grotesco que, con treinta años, fuera la primera vez que pisaba un local donde se servía alcohol.

Lamar le enseñó sus funciones, que no eran complicadas: servir bebidas y limpiar. De la caja registradora se encargaba él. La mayor parte de la gente bebía cerveza, le dijo. No era un público muy exigente que pidiese cócteles o bebidas exóticas. Además, no trabajaría solo, su hijo Leroy, y Sam, un tipo callado que llevaba toda la vida allí, serían sus compañeros.

Jace no entendía que se necesitaran cuatro personas para atender un bar tan pequeño como ese, pero cuando llegó la noche del viernes se tuvo que tragar sus palabras. Los fines de semana, el lugar se llenaba hasta los topes y ni siquiera los cuatro daban abasto.

Cuando llamó a su familia para decirles que ya estaba fuera, su padre se enfadó muchísimo con él. Le echó en cara que los hubiera alejado, que fuese un desagradecido y no mostrara el mínimo apego por nadie. Jace no se lo tuvo en cuenta porque Fred tenía razón.

Era la primera vez que su padre le gritaba y aquello le hizo sentir una pesadez en el estómago a la que no estaba acostumbrado. Sabía que se estaba comportando como un miserable con todos, pero no estaba preparado para verlos y actuar como si esos doce años en prisión no le hubieran cambiado.

No esperaba que solo unas semanas después de esa conversación tan abrupta, Fred, Mary y Naomi se presentasen en Durant.

Se llevó la sorpresa de su vida cuando se encontró a los tres delante de su puerta un lunes a primera hora. Acababa de salir de la ducha cuando escuchó el timbre, y solo tuvo tiempo de ponerse un pantalón de chándal, por lo que todos los tatuajes de su cuerpo quedaban al descubierto: los cuatro puñales, las jodidas siglas que le tatuó Joe en la clavícula una noche de borrachera, y la figura del jinete montando a un toro en el antebrazo, el único que se había hecho fuera de prisión y del que no se avergonzaba.

—M.A.C. —leyó su padre—. ¿Qué significa?

—Nada —respondió seco—. ¿Qué ... hacéis aquí?

—Hemos venido a que conozcas a tu hermana —se adelantó Mary y le plantó un beso en la cara.

Jace parpadeó y bajó la vista hasta la niña que trataba de esconderse detrás de la pierna de su padre.

Era como una miniatura de Kali.

—Pasad —murmuró.

Mientras los tres accedían al piso, fue al dormitorio y se apresuró a ponerse una camiseta. Iba a regresar, pero se topó con su padre que había ido tras él y estaba en el marco de la puerta. Vio cómo Fred miraba la cama sin deshacer y las mantas en el suelo, donde solía dormir. Todavía no había podido acostumbrarse al colchón blando y mullido.

Se puso tenso, esperando algún comentario, pero su padre le sonrió con afecto.

—Sé que no nos esperabas y que te hemos pillado por sorpresa. Lo siento. Y también siento mucho lo que te dije por teléfono.

Jace le contempló en silencio. Su padre siempre le pareció un hombre alto y fuerte, pero ahora se quedaba pequeño a su lado. Algunas canas le adornaban el cabello y las arrugas de su rostro eran más profundas, pero no había envejecido apenas.

—No te preocupes —rechazó con un gesto vago.

—¿Me vas a dar un abrazo?

Se acercó, vacilante. Había esquivado durante tanto tiempo el contacto físico, que se sentía raro y torpe, pero dejó que su padre le estrechase con fuerza entre sus brazos, aunque le costó permanecer quieto sin envararse.

—¡Dios mío! ¡Has crecido mucho y eres todo un hombre! No sabes cuánto te he echado de menos. ¡Qué ganas tenía de abrazarte!

Cuando se separaron, Jace se sentía incómodo y no podía mirarle a los ojos. Fred estaba al borde de las lágrimas.

—Vamos al salón para que conozcas a Naomi —dijo con un carraspeo—. Le hemos hablado mucho de ti y tiene muchas ganas de ver a su hermano mayor.

Jace no le creyó.

Tal y como supuso, la niña se sentó en el regazo de su madre y solo le miraba de vez en cuando con timidez. Llevaba un vestido amarillo y un lazo del mismo color en el pelo trenzado. Era una monada.

Jace preparó café y sacó una botella de zumo de la nevera por si Naomi quería beber algo también.

Fred y Mary llevaron el peso de la conversación y le contaron multitud de historias y anécdotas de su vida en común. Hablaron del rancho, de sus primos, de Brenda y de Caleb.

Jace escuchaba en silencio y se limitaba a responder con monosílabos. Fueron muy prudentes y no mencionaron nada de la prisión. Solo se interesaron por su trabajo y su vida en Durant. La mirada incisiva de su padre le decía que, si Mary y la niña no hubieran estado allí, la conversación hubiese transcurrido de otra manera.

—Naomi, dile a tu hermano cuántos años tienes —instó Mary en un momento dado a la pequeña para que interactuase con él.

Ella alzó tres dedos en el aire y se los mostró.

Jace no supo cómo reaccionar y asintió con la cabeza.

—Dile algo —sugirió Mary, animándole con la mirada.

¿Decirle algo? ¿Qué podía decirle a una niña de tres años?

—Eres... muy guapa —murmuró inseguro—. Te pareces mucho a Kali.

—Kali guapa —repuso ella muy sonriente.

—Anda, mira. ¡Ya sois amigos! —exclamó Fred.

Jace no le sacó de su error.

Se quedaron a comer. Él insistió en invitarlos a una pequeña hamburguesería que estaba cerca de su piso. No podía malgastar el dinero, pero todavía tenía parte de los doscientos dólares que Knight le metió en la mochila.

La temida pregunta llegó cuando estaban terminando las hamburguesas, justo antes del postre.

—¿Cuándo vas a volver al rancho?

Jace miró a su padre a los ojos.

—No lo sé. A lo mejor no vuelvo...

—Al menos vendrás de visita. A ver a la familia...

Se encogió de hombros.

No iba a explicarle los motivos por los que prefería mantenerse alejado. Si su padre no se había dado cuenta nada más verle de lo mucho que había cambiado, era porque el amor le cegaba. Probablemente pensaba que, debajo de toda esa capa de dureza e indiferencia, todavía había algo del viejo Jace.

Pero no había nada más.

Disfrutaban del postre: helado de chocolate, cuando Naomi se bajó del regazo de su madre y se acercó a él con naturalidad.

—Muuuu —dijo con una risita, al tiempo que señalaba el tatuaje de su brazo.

Jace la miró con sorpresa.

—Eh, sí...

Ella alzó los brazos, como si quisiera que la cogiese. Él echó un vistazo a su padre y a Mary, inseguro. Ellos sonreían. Así que, terminó por alzarla en el aire y sentarla en sus piernas. No pesaba nada.

—Chocolate —murmuró la niña, apuntando con el dedo a su helado.

—¡Qué pillina! —rio Fred—. Quiere tu helado. ¡Pero si ya te has comido el tuyo!

Naomi se giró hacia él y compuso una expresión de chantaje emocional,

—*Pofavó*.

Jace, que llevaba años sin sentir nada más que rabia, ira o indiferencia, notó que la ternura le invadía.

—Dáselo, si no lo quieres —le dijo Mary.

Y se lo dio. Le acercó el helado, que ni siquiera había probado, y se ganó una sonrisa, que dejó al descubierto sus pequeños dientecillos.

Después de eso y hasta que se fueron de Durant, unas horas después, tras dar un paseo por uno de los parques, Naomi solo quiso ir de su mano. A veces le soltaba alguna perorata larguísima que él no entendía.

Fue una situación rara. Sentir esa mano chiquitita en la suya era embarazoso y reconfortante al mismo tiempo.

Al despedirse, la pequeña le abrazó y le dio un beso mojado en la mejilla.

—Le gustas —le dijo Mary, abrazándole—. Ven pronto a visitarnos.

Él asintió, sin querer comprometerse.

Fred le agarró la cara entre las manos.

—Cuando quieras venir al rancho, avísame y vengo a buscarte. Hablamos, ¿vale?

—Claro.

Era miércoles por la tarde y estaba trabajando tras la barra del bar, sirviendo unas cervezas, cuando entró un tipo que le recordó vagamente a Fred: alto, fornido y con rasgos similares, lo que trajo a su memoria la visita de su familia.

Habían pasado meses y no había vuelto a verlos. No fue al rancho ni en verano ni en Acción de Gracias, y tampoco pensaba ir en Navidad, que era dentro de dos semanas.

Quería a su familia, pero estaban mejor sin él. Retornar a Waterford solo provocaría que la gente del pueblo volviera a recordar lo sucedido con Myers y condenara a los King de nuevo al ostracismo.

Mejor mantenerse a distancia.

Hablaba con ellos por teléfono una vez a la semana. Dejaba que se explayaran y le contasen su día a día. El tema favorito de Brenda y Caleb era el rancho, por supuesto. El de Mary y Fred, Naomi, que cada día estaba más espabilada y hablaba por los codos. También le llamó Sheila para comunicarle que se casaba en unos meses y que esperaba verle en su boda.

Él tenía poco que contar.

¿Qué iba a decirles? ¿Que ya no dormía en el suelo y que por fin podía soportar un colchón? ¿Que seguía despertándose a las cinco y media, aunque no pusiera el despertador? ¿Que se sentía raro en lugares amplios y con mucha luz? ¿Que todavía odiaba mirarse al espejo? ¿Qué algunas noches se llevaba a casa una botella de tequila y no se acostaba hasta terminarla? ¿Que se había metido en una pelea con un cliente y había estado a punto de reventarle la cabeza? Si Lamar no le hubiese frenado, las cosas hubieran acabado mal para él.

No. No podía contar mucho de su vida.

La puerta del local volvió a abrirse y un chico con una gorra de béisbol y una mochila a la espalda entró y se sentó en el extremo más alejado de la barra. Un rápido vistazo a la parte baja de su cara, la que no cubría la sombra de la visera de la gorra, le confirmó a Jace lo que había pensado en cuanto le vio entrar. No tenía edad para beber.

Se acercó con pasos lentos.

—¿Qué te pongo?

—Eh... Una... Budweiser —tartamudeó con la vista baja.

Jace se alejó hacia la cámara frigorífica. Sacó una Pepsi y regresó. Puso la botella frente al joven y la abrió.

—Esto no es cerveza —protestó.

—Sí, lo es. Es la cerveza que alguien como tú puede conseguir aquí.

Hubo un silencio que duró unos segundos.

—Vale. Me la bebo —claudicó con una mueca.

Iba a alejarse, pero el chico le hizo un gesto.

—Eh, oye, perdona. ¿Tienes... un momento para hablar?

Jace le miró con el ceño fruncido. ¿De qué cojones iba a hablar con ese crío?

El muchacho alzó la barbilla y, por fin, pudo verle la cara en su totalidad. Le resultó familiar, aunque no tenía ni idea de quién podía ser. Era un chaval delgado, blanco de piel, con el pelo castaño y los ojos azules. Aunque vestía de modo informal, la ropa tenía aspecto de ser de calidad.

—¿Te conozco? —le preguntó.

El chico tragó saliva antes de responder.

—Soy... Colin.

¿Colin? ¿Qué Colin?

De la nada, la imagen de un niño regordete corriendo por el borde de una piscina y gritando su nombre acudió a él. Abrió los ojos como platos y examinó al joven de arriba abajo.

Sí. Tenía los ojos de Sam.

—Soy... tu hermano —balbuceó.

—Ya lo sé —masculló con aspereza.

Estaba anonadado. No comprendía qué hacía Colin allí y cómo había averiguado dónde trabajaba. Hizo un rápido cálculo mental y supo que ya tenía dieciocho años; la última vez que le vio no había cumplido los seis. ¿Sabrían sus padres que había ido a visitarle?

—¿Qué haces aquí? —le preguntó.

Colin se puso rojo como un tomate y jugueteó con la botella de Pepsi.

—Quería... verte.

—¿Por qué?

—Eh, somos hermanos... —murmuró.

Jace se pasó una mano por la nuca mientras trataba de tomar una decisión.

—Espera aquí —dijo al fin.

Se aproximó a Lamar que estaba fregando vasos.

—Lamar, ha venido alguien a verme y me voy a tomar un descanso. No tardo.

—Tarda lo que quieras —le dijo, con un encogimiento de hombros—. Como ves, no hay gente.

—Gracias.

Cogió una botella de agua y salió de detrás de la barra. Se dirigió hacia Colin, que le esperaba ansioso.

—Vamos a una mesa —le dijo.

Caminaron hacia una de las mesas del fondo. A esa hora estaban casi todas libres. Tomaron asiento uno frente al otro.

Su hermano, o medio hermano, parecía nervioso y no paraba de lanzarle miradas. Se quitó la gorra y una mata de pelo castaño similar al suyo quedó libre.

—Tú dirás —le instó Jace, después de tomar un trago de agua.

—Me... acuerdo de ti de cuando era pequeño —comenzó—. Venías a Florida en Acción de Gracias o en Navidad. Y luego desapareciste. Y ya no se volvió a hablar de ti en casa. Cuando preguntaba me decían que te habías ido a vivir a otro país con tu padre.

Jace resopló con cinismo. Luego rio con amargura.

—No sabía lo que te había pasado hasta el año pasado —continuó hablando deprisa—. Escuché una conversación que tenían mis padres y me enteré de que... estabas en la cárcel. Le pregunté a mamá por qué no te había ayudado y terminamos discutiendo. A veces, es un poco... terca.

¿Terca? Era una verdadera arpía. De niño siempre la excusó, encontrando mil motivos para comprenderla. Ahora que ya era mayor, la veía como lo que era: una pésima madre. Al menos con él lo fue. No sentía ningún afecto hacia Sam. Ya no.

—Empecé a investigar por mi cuenta y me enteré de que habías salido de prisión. Entonces, contraté a un detective para que te localizara.

Jace se irguió en la silla, sorprendido.

—¿Contrataste a un detective? ¿Cómo? Si mal no recuerdo acabas de cumplir dieciocho años.

—Falsifiqué la firma de mi padre. Y tengo dinero propio en una cuenta de ahorro —murmuró, agachando la cabeza.

—Vaya...

Bebió agua de nuevo y se sacó el paquete de tabaco del bolsillo. Se encendió un cigarrillo y dio una honda calada.

Gracias al cielo, la ley antitabaco que reinaba en Estados Unidos, no se extendía a todos los lugares. En Oklahoma se podía fumar en los bares donde no se sirviese comida y cuyo ingreso principal fuera el alcohol.

—¿Quieres uno? —le ofreció a su hermano.

—Eh, no fumo —musitó—, pero puedo probar...

—No —le cortó—. Lo último que me faltaba es que tus padres piensen que fumas por mi culpa. Supongo que ni siquiera saben que estás aquí.

—No. Creen que estoy con mis amigos, esquiando en Aspen. Fui con ellos hasta Denver, pero nos separamos en el aeropuerto. Ellos siguieron y yo tomé un vuelo a Oklahoma City. Allí alquilé una avioneta hasta el aeropuerto regional de Durant y desde allí he venido haciendo autostop.

Jace no podía creerse lo que estaba escuchando. Ese chico estaba como una cabra. ¿Todas esas molestias para verle? No tenía sentido. Eran dos extraños.

—¿Qué es lo que quieres de mí? —le preguntó al cabo de unos segundos.

—Somos... hermanos.

—Medio hermanos —soltó con severidad—. Y la verdad, yo ni siquiera considero a Sam como mi madre.

Colin bajó la vista a la mesa y asintió.

—No se ha portado bien contigo —musitó con un hilo de voz—. Lo... lamento.

Hablar de Sam le ponía de mal humor, el simple hecho de pensar en ella le enfurecía, pero ese pobre chaval no tenía la culpa de nada.

—¿Por qué has venido? —volvió a intentarlo—. Y deja de decirme que porque somos hermanos.

Colin bebió de su botella, como queriendo ganar tiempo, y le rehuyó la mirada.

—Quiero mostrarte mi apoyo... —murmuró con las mejillas ardiendo.

Jace tardó unos instantes en reaccionar, luego echó la cabeza hacia atrás y soltó una carcajada profunda y potente. Era quizá la primera risa genuina que escapaba de su garganta desde hacía años.

La situación no era cómica en absoluto y no sabía por qué se reía, pero cuanto más miraba la cara de indignación y vergüenza de su hermano, más ganas le entraban de seguir carcajeándose.

Colin se encasquetó la gorra en la cabeza y se levantó de la silla, dispuesto a marcharse.

—¡Espera! —le frenó Jace, con la risa burbujeándole en la boca—. No te vayas y perdóname.

El chico se quedó quieto, con los puños apretados.

Jace no tardó en recuperar la compostura y se sintió un poco culpable. No estaba siendo justo. Colin era sincero con él y había viajado muchísimas millas para llegar hasta allí y decirle que le apoyaba.

—¿Cuántos días te vas a quedar?

—No... lo sé.

—¿Tienes alojamiento?

—No he tenido tiempo de buscar un hotel...

A Jace se le había olvidado ser amable. Le costaba interactuar con la gente, pero tenía claro lo que debía hacer, pese a que no le apeteciera ni un ápice.

—Te quedas en mi piso —dijo escueto—. Espera, que voy a hablar con mi jefe, a ver si puedo salir antes.

La cara de agradecimiento de su hermano le desarmó y la culpa le hormigueó en el estómago. Joder, se había convertido en un puto ogro...

—Lamar, necesito tomarme el resto del día libre. Descuéntamelo del sueldo o vengo a currar otro día.

—No digas tonterías y lárgate. ¿Quién es? —Señaló a Colin con curiosidad.

—Mi hermano —suspiró.

Su jefe le miró con los ojos muy abiertos.

—Joder, vete con él y no vengas mañana, que los jueves tampoco hay gran cosa.

—Gracias —murmuró—. Ya veremos lo que hago. Te llamo.

Fue a buscar el móvil, que había dejado cargando junto a la caja. Al cogerlo, vio que tenía seis llamadas perdidas de su padre. ¡Mierda! Fred no habría insistido tanto si no fuese muy urgente.

Devolvió la llamada mientras le hacía una señal a Colin para que le siguiera.

Acababan de salir a la calle cuando Mary contestó.

—Jace, te he llamado un montón de veces.

—Acabo de verlo. ¿Ha pasado algo?

—Tu padre... ha tenido un accidente.

Se detuvo y Colin chocó con su espalda.

—Está bien —se apresuró a decir ella.

—Joder —masculló, liberando el aire que había retenido en los pulmones—. ¿Cómo ha sido?

—Se ha caído de una escalera y se ha roto una pierna. Le van a operar ahora.

—¿Está consciente? ¿Puedo hablar con él?

—Eh, sí. Te lo voy a pasar ahora, pero quería comentarte algo primero.

Caminó hacia su coche, un viejo Ford Expedition del dos mil tres que había comprado por ochocientos dólares hacía un mes. Abrió la puerta del pasajero para que subiera Colin.

—Tu padre no te va a decir ni una palabra de esto, Jace, pero te necesita. No tiene a nadie que se ocupe del almacén mientras se recupera. Yo trabajo y cuido de Naomi y no puedo hacerme cargo. Solo con mi sueldo no podemos sobrevivir. La parte que le toca a Fred de los ingresos del rancho es ridícula. —Hizo una pausa para continuar con más firmeza—. Tu padre te necesita aquí, Jace. Y sé que se enfadaría si supiese que te estoy diciendo esto, porque no quiere obligarte a nada y es probable que te lo oculte cuando hables con él, pero no puedo verle sufrir y preocupándose por cómo vamos a salir adelante... —Se le quebró la voz y se echó a llorar—. Lo siento...

Jace se detuvo antes de subir al vehículo, abrumado por lo que ella le decía. La escuchaba sollozar y se le encogía el pecho.

—Mary, no llores más —dijo con un carraspeo—. Todo se arreglará. Te lo prometo. Dame dos minutos y ahora mismo te llamo.

Colgó.

Cerró los ojos y alzó la cabeza mientras respiraba profundamente.

—¿Pasa algo? —le preguntó Colin, bajando la ventanilla.

—¡No! —ladró, y golpeó el techo del coche con el puño para dejar escapar su frustración.

¡Mierda! ¡Mierda! ¡Mierda!

Regresar a Waterford.

Era lo último que necesitaba.

Una sensación de angustia se le alojó en la boca del estómago solo de pensarlo.

Se devanó los sesos, intentando encontrar una solución al problema que no le involucrase, pero si Mary estaba tan desesperada era porque no había otra opción. Estaba claro que ni sus tíos ni sus primos podían hacerse cargo del almacén mientras Fred estuviese fuera de combate.

Echó a andar por el parking de gravilla, pateando el suelo con enfado. Había llovido hacía unas horas y se habían formado algunos charcos, pero no le importó demasiado pisarlos y mojarse las botas.

No quería volver.

Tampoco quería dejar tirado a su padre.

Su mirada se dirigió a su coche. Colin estaba encogido en el asiento del pasajero con cara de aturdimiento.

—¡Joder! Hoy es el puto día de las sorpresas... —murmuró resignado mientras se sacaba el móvil del bolsillo para llamar a Mary.

Capítulo 19

JACE

Cinco días más tarde, al amanecer, entraba en Waterford con su viejo Ford Expedition. Las luces del alba despuntaban por el horizonte y no había ni un alma por las calles. Hacía frío y el viento soplaba con fuerza.

El lugar no había cambiado en absoluto y se sintió como si entrase en un túnel del tiempo. Los mismos negocios, el mismo semáforo a la entrada, el parque con la puerta oxidada… Hasta la camioneta del señor Morris seguía aparcada en el mismo lugar, frente a la agencia inmobiliaria de Ottis.

Era como una pesadilla.

Pisó el acelerador para alejarse del pueblo cuanto antes y enfiló la carretera que llevaba al rancho.

Había conducido las cuatro horas que separaban Durant de Waterford en piloto automático, sin permitirse pensar demasiado en las consecuencias que su vuelta podría provocar. Una vez tomada la difícil decisión, y habiéndole comunicado a Fred que regresaba para ayudarle con el almacén, ya no había marcha atrás

Lamar entendió que tuviese que volver a su pueblo cuando le contó lo del accidente de su padre. La familia era lo primero, le dijo. Jace se lo agradeció profundamente y se quedó hasta el domingo para no dejarle tirado un fin de semana.

La estancia de Colin en su apartamento fue breve. Durmió allí, pero al día siguiente emprendió el camino hacia Aspen. Durante las quince horas que estuvieron juntos, hablaron poco, pero lo suficiente para conocerse mejor. Hacía mucho tiempo que Jace no permitía que nadie le llegara al corazón —exceptuando a Naomi—, pero esa noche sintió una pequeña conexión con su hermano, pese a la diferencia de edad. Colin era un chico inteligente, más responsable de lo que correspondía a sus años, un poco tímido y cabezota, y no se parecía en nada a sus elitistas padres.

Le habló de su hermana Stephanie de doce años que era un calco de Sam, tanto físicamente como en carácter. Ella ni siquiera sabía que Jace existía.

Debería haberle dolido, pero no fue así. Conociendo a su madre no había esperado otra cosa.

Después de una larga noche en la que apenas durmieron, Jace le llevó al aeropuerto regional y se despidió de él con unas palmadas en la espalda. Colin le pidió permiso para ir a visitarle a Waterford, y no pudo negarse.

Waterford.

Allí estaba de nuevo.

Se detuvo frente al arco de madera con el nombre del rancho. Las letras negras destacaban sobre el fondo blanco. Alguien debía de haberlo pintado hacía poco porque estaba impoluto.

Tantos y tantos recuerdos acudieron en tropel a su cabeza que le faltó la respiración y se le estrechó la garganta. La sensación era similar a la de la primera vez, cuando era un crío asustado y llegó con Fred, sin saber cómo iba a ser su vida con esos extraños.

—Vamos, Jace —se animó a sí mismo tras carraspear.

Estaba cansado y notaba la pesadez de las cuatro horas de trayecto en el coche en los músculos del cuello y la espalda. Había salido del Red Barn Saloon a las tres de la mañana y solo había parado unos veinte minutos en una estación de servicio para ir al baño y tomarse un café asqueroso de máquina.

Arrancó el vehículo de nuevo y entró en la propiedad por el camino de tierra. Al fondo podía ver la casa que se alzaba contra el cielo anaranjado. No era la misma casa, eso era innegable, pero debido a un efecto óptico se lo pareció y el estómago le dio un vuelco.

Un vaquero le salió al paso y agitó los brazos, dándole el alto. Era un hombre a quien no había visto en su vida. Frenó y bajó la ventanilla.

—Perdone, pero esto es una propiedad privada.

—Lo sé. Vengo a ver a Fred King. Soy… familia.

El tipo le miró unos segundos, dubitativo, pero pareció reconocer el parecido entre él y su padre porque se hizo a un lado y dejó que siguiera.

Un perro que no era Rusty echó a correr junto a su coche, ladrando.

Cuando alcanzó la casa principal y aparcó frente a la puerta, junto a dos camionetas, no pudo evitar hacer comparaciones. Esa casa no era la misma, era más pequeña y carecía de los detalles que las docenas de años había hecho única a la otra.

Cuando bajó del vehículo, el perro le ladró con fuerza, manteniéndose a distancia. Era un mestizo de color arena y pelo largo con las orejas puntiagudas.

—¡Cállate, Molly! —Se escuchó una voz desde dentro de la casa.

Era Brenda.

Solo unos segundos después, su tía abrió la puerta y salió con ímpetu. Al verle ahí parado, se quedó inmóvil, recorriéndole de arriba abajo con los ojos muy abiertos.

Terminó por llevarse una mano a la boca y comenzó a bajar los escalones.

—Jace...

Llevaba unos vaqueros y una chaqueta de lana oscura, la ropa de siempre. No tenía canas ni arrugas aparentes. Era como si el tiempo no hubiera pasado por ella. Estaba igual que la última vez que la vio en la sala de visitas de la prisión, hacía casi diez años.

—Mírate —murmuró con la voz rota cuando llegó frente a él y le cogió la cara con las manos—. ¡Qué cambiado estás!

Le abrazó.

Él aceptó el abrazo un poco envarado. Seguía costándole mostrar afecto y no terminaba de encontrarse a gusto con el contacto físico. Correspondió con unas palmaditas suaves en su espalda.

—Hola, Brenda.

Ella se apartó un paso. Tenía los ojos húmedos.

—Ya verás qué alegría se llevan todos cuando sepan que has vuelto. No te esperábamos hasta la semana que viene. Voy a llamar ahora mismo a Caleb y a los chicos. Pasa y te hago un buen desayuno. —Le cogió el brazo y tiró de él hacia la casa.

—¿Mi padre? —preguntó.

—No creo que tarde mucho en levantarse.

Jace sabía que Fred, Mary y Naomi se habían trasladado a la casa grande, mientras su padre se recuperaba de la lesión. Brenda había preparado un dormitorio en la planta baja para los tres.

—¿Qué te parece la casa? —le preguntó ella guiándole hacia la cocina.

—Diferente.

Echaba de menos la otra, con sus muebles desgastados, los suelos descoloridos y cientos de recuerdos y tonterías colgando de las paredes y en las estanterías. A esa le faltaba carácter.

—Ya sé que no es lo mismo —admitió Brenda—, pero al menos tenemos un techo sobre nuestras cabezas. Poco a poco hemos ido recuperándonos, pero ya no somos el rancho King de antes. Hemos tenido que vender parte de las tierras y todavía estamos pagando deudas. Y, aun así, podemos considerarnos afortunados. Los Cotton y los Davies tuvieron que irse de la zona, arruinados.

—Ya me lo dijo Fred —murmuró.

Brenda le obligó a sentarse a la mesa, que era larga y blanca, y carecía de robustez. Era el típico mueble prefabricado que no encajaba con un rancho. Miró la estancia de reojo. Era más pequeña que la cocina anterior, pero olía muy bien. Brenda debía de haber horneado algo dulce.

Su tía le sirvió café e insistió en hacerle un plato de huevos revueltos con beicon y tostadas.

Jace no protestó. En parte porque tenía hambre, y en parte porque Brenda no le hubiera hecho ningún caso.

Mientras comía, ella envió un mensaje a Caleb y luego se sentó frente a él y le observó con curiosidad, como si verle comer y tomar café fuese algo increíble. Le hizo sentir incómodo, pero no dijo nada.

—No puedo dejar de mirarte, Jace. Has cambiado tanto..., y al mismo tiempo sigues siendo el de antes. Es raro. —Hizo una pausa para continuar en voz baja y cargada de emoción—: Te hemos echado muchísimo de menos. Tenías que haber regresado en cuanto saliste de ese horrible lugar.

Las pisadas de unos pies pequeños en el suelo de madera fueron muy bien recibidas, ya que no deseaba hablar de eso.

—¡Jace!

La pequeña Naomi, al descubrirle allí sentado, corrió y se arrojó a sus brazos, y él estuvo a punto de tirarse el café encima. Llevaba un pijama rosa con corazones rojos.

—¡Mamá! ¡Papá! —gritó emocionada—. ¡Jace está aquí! Pronto es Navidad y mi cumpleaños después. Cumplo cuatro. ¿Me vas a regalar algo? —le preguntó, enterrando la cara en su cuello.

Si alguien podía desarmar del todo a Jace, era esa pequeña. Hundió la nariz en sus rizos y aspiró hondo mientras sentía su nervioso cuerpecito retorciéndose de excitación.

¡Dios! Había crecido y hablaba mucho más que hacía meses.

—Claro —le dijo con una ligera sonrisa.

—¡Bien! Y montas conmigo a caballo. Papá no puede porque está en una silla —continuó al tiempo que se acomodaba en su regazo—. Buenos días, tía —le dijo a Brenda.

—Hola, bichito. ¿Quieres cereales, una tostada con mermelada o galletas de chocolate?

Exacto. A eso olía la cocina: a las galletas de chocolate de Brenda. A Jace se le hizo la boca agua.

—Galletas —respondió Naomi dando palmadas.

En ese momento, hicieron su aparición Mary y Fred. Ella empujaba la aparatosa silla de ruedas en la que él se sentaba con la pierna enyesada hasta el muslo.

—¡Hijo! —exclamó su padre con deleite—. ¡No te esperábamos tan pronto!

Jace se acercó y le dio un corto abrazo. Fred sonreía de oreja a oreja, aunque tenía aspecto de cansado.

Mary le dio un beso en la mejilla mientras intercambiaban una mirada cómplice. Su padre no sabía nada de la conversación que habían tenido hacía días. Creía que, al enterarse de su accidente, se había ofrecido a volver.

—¿Qué tal has dormido? —le preguntó Brenda a su hermano.

—Mal. No sé ni cómo ponerme y no dejo dormir a Mary.

—Duermo bien —le contradijo ella, dándole un ligero beso en la coronilla—. ¿Cuándo has llegado?

—Hace un cuarto de hora, más o menos.

—¿Qué tal el viaje? —le preguntó su padre.

—Bien. Tranquilo.

—Naomi, deja en paz a tu hermano y siéntate en una silla —le pidió Mary a la pequeña.

—No. Quiero estar con Jace.

—No me importa —dijo él.

Mary ayudó a Brenda a preparar los desayunos y, poco después, todos estaban sentados a la mesa. Se respiraba una calma embarazosa. Se notaba que Brenda quería lanzarle pregunta tras pregunta, pero Fred, como si le leyera los pensamientos, comenzó a hablar de su operación y de que le habían dado el alta el día anterior y de la cantidad de pastillas que tenía que tomar.

Solo habían pasado diez minutos cuando se escuchó la puerta de la casa y los pasos pesados de botas sobre el suelo. Caleb, Jim y Alan se presentaron en la cocina, tres vaqueros con sus sombreros y su ropa de faena.

Jace se incorporó con lentitud, expectante.

Si las cosas hubieran sido de otra manera, él habría sido el cuarto.

Caleb había perdido pelo y parecía haber encogido. Tenía el rostro curtido por el sol, como siempre, y su barba estaba salpicada de canas.

—Muchacho, ¡si me sacas una cabeza! —exclamó, y se dirigió a él con emoción en la mirada—. Demonios, estás enorme. Ahora sí que no puedo levantarte del suelo.

Jace meneó la cabeza con una sonrisa algo forzada. Su tío le estrechó entre sus brazos con fuerza. Si se dio cuenta de que su abrazo solo era correspondido tibiamente, no lo mencionó.

Jim fue el siguiente y le abrazó con efusividad, palmeándole la espalda. El gesto de Alan fue más frío y Jace actuó con cautela. No se le había olvidado lo mal que se llevaban cuando eran adolescentes.

Brenda preparó otra cafetera y todos ocuparon las sillas alrededor de la mesa, convirtiendo la improvisada reunión en un encuentro ruidoso.

Jace recordaba los desayunos como ese. Siempre fueron habituales en el rancho King. Por desgracia, ahora no se sentía parte de ellos y se mantenía silencioso, respondiendo con monosílabos cuando alguien le preguntaba algo. Había demasiado alboroto y se sentía aturdido.

Podía sentir los ojos de todos sobre su persona, aunque disimulaban cuando él los miraba.

Naomi daba saltitos en su regazo, devorando galletitas de chocolate. De vez en cuando, alzaba la mano y le ofrecía un mordisco.

Estaban deliciosas.

Mientras tomaba el segundo café, los recorrió a todos con la vista disimuladamente. Era evidente que su padre y Mary estaban enamorados, ella se preocupaba todo el tiempo de que estuviera a gusto y le alcanzaba cualquier cosa que pudiera necesitar. En el proceso, intercambiaban miradas cargadas de afecto. Con Caleb y Brenda sucedía lo mismo, llevaban toda la vida juntos y aunque cada uno estaba en una punta de la mesa, desprendían cariño. Siempre fueron el pegamento que mantuvo a la familia King unida.

Jim tenía un aspecto muy saludable, moreno y con los ojos brillando despreocupados. Se notaba que no hubiese deseado estar en otro sitio que no fuera ese. Había nacido para ser vaquero.

A Alan no sabía muy bien dónde encajarle. Pese a que sonreía, no parecía muy feliz.

—¿Te vas a quedar permanentemente? —preguntó Caleb, sacándole de sus pensamientos.

Se encogió de hombros. No había pensado mucho en el futuro.

—De momento se va a quedar hasta que yo me recupere —dijo Fred—. Luego ya veremos. ¿Te ha puesto pegas tu jefe?

—No. Todo bien. ¿Sigues abriendo a las nueve?

—Sí.

—Voy a llegar tarde. Mejor me doy prisa. Necesitaré las llaves.

—Por un día más no te preocupes. Deberías descansar un poco.

—Descansaré esta noche.

—Te quedas con nosotros, ¿verdad? —se inmiscuyó Brenda—. Te preparo el dormitorio de Sheila. Ella vive ahora con su novio en Hobart.

—O quédate en la cabaña, si lo prefieres —sugirió Mary.

Jace meneó la cabeza. Necesitaba silencio y tranquilidad y no estar con su familia todo el tiempo. Eran muy intensos. Poco a poco, se dijo mentalmente.

—No. ¿Todavía está el estudio encima del almacén?

—¡Pero si está hecho un desastre! —protestó Fred.

—Tiene baño, cocina y un colchón, ¿no?

—Sí, pero...

—Prefiero dormir ahí y no andar conduciendo todo el día.

Sonaba a excusa. Y lo era.

Tanto Brenda como su padre iban a protestar, pero Mary se interpuso.

—Está tarde, cuando salga del trabajo, me acercaré y te ayudaré a adecentarlo un poco —dijo.

—No hace falta.

Ella hizo un gesto de rechazo con la mano para zanjar el tema. Después se puso de pie y se dirigió a Naomi.

—Vamos a llegar tarde a la escuela. Venga, que tienes que vestirte.

La niña le dio un beso a Jace y siguió a su madre fuera de la cocina.

—No para de hablar de ti y de que vas a montar a caballo con ella —dijo Fred con una sonrisita.

—Hablando de caballos, deberías ir al establo a saludar a tu amigo —dijo Caleb.

Jace le miró sin comprender. No sabía a qué se refería.

—Gus —aclaró su tío—. Veinticuatro años tiene y sigue igual de terco que cuando te fuiste. Lo he montado en algunas ocasiones a lo largo de los años para ejercitarlo, pero no quiere llevar a nadie sobre la grupa y me rechaza. Tampoco Jim y Alan consiguieron hacerse con él. Lo utilizamos como semental durante unos años y sus crías nos ayudaron a salir adelante. Ahora lleva una buena vida, pastando cuando le apetece y correteando por el prado. Se lo ha ganado.

¿Gus estaba vivo? Había pasado tanto tiempo que no pensó que eso fuera posible. Las emociones se dispararon en su interior: estupefacción, alegría y un ardor en el pecho al que no supo ponerle nombre.

Se incorporó deprisa.

—Eh, voy a pasarme por el establo antes de ir al pueblo —comentó con voz contenida.

—Las llaves del almacén están colgadas junto a la puerta. Son las del llavero plateado —indicó Fred—. Si tienes alguna duda o pregunta, llámame.

—Ven a cenar esta noche —dijo Brenda.

—No quiero molestar —murmuró con aspereza.

—¿Molestar? Somos tu familia, chico —le regañó ella—. Haz el favor de no decir tonterías. Nunca vas a ser una molestia. Estamos encantados de tenerte con nosotros.

No respondió y se limitó a asentir. Ya se darían cuenta, con el tiempo, de que no era una buena compañía.

—Gracias por el desayuno —dijo.

Se despidió de todos y salió de la cocina.

—Joder, parece otra persona —dijo Alan—. Le ha cambiado hasta la mirada. Da mal rollo.

Alguien le hizo callar, pero Jace ya lo había escuchado.

Si era sincero consigo mismo, no le sorprendía. Ni siquiera le molestó el comentario porque era la pura realidad.

La impaciencia de volver a ver a Gus puso alas a sus pies. El establo era el mismo de siempre, solo que ahora estaba pintado de blanco. El vaquero que le había detenido antes a la entrada estaba limpiando uno de los cubiles.

—¿Gus? —le preguntó.

El hombre señaló al fondo.

Jace atravesó la construcción. Había caballos a derecha e izquierda, algunos le miraron con desidia, otros patearon el suelo nerviosos.

El corazón le latía con fuerza cuando se acercó al último cubil.

La enorme cabeza de Gus asomó por encima de la puerta. Pareció olisquear el aire con curiosidad, y de pronto, sus orejas se relajaron y resopló.

A Jace se le escapó un suspiro.

—He vuelto. ¿Me echabas de menos? —murmuro mientras abría la puerta del cubil y entraba.

La reacción de Gus fue increíble. Se aproximó a él y apoyó la cabeza sobre su hombro.

A Jace se le hizo un nudo en la garganta. No pudo evitarlo. Abrazó al caballo y le acarició detrás de las orejas, donde sabía que le gustaba. Desprendía un olor fuerte que le trajo muchísimos recuerdos.

Los entrenamientos, los campeonatos, los ratos que habían pasado juntos simplemente cabalgando por los terrenos de los King...

Lo había extrañado. Y no había sido consciente hasta ese momento.

Gus relinchó con suavidad. Se apartó un poco y le lamió la mejilla. Luego le sujetó la barbilla con los labios, dándole un beso de caballo.

Jace no solía llorar. Eso se había quedado atrás hacía mucho tiempo, pero el descubrir que Gus le recordaba y le mostraba todo ese afecto le despojó de su coraza de indiferencia y aspereza y le hizo sucumbir a las lágrimas.

Por primera vez, sintió que había vuelto al lugar donde debía estar.

Capítulo 20

CASSIE

Todos los años, desde que montaron el negocio en Tulsa, iban a Waterford a pasar las Navidades con los King, y ese año no iba a ser diferente. Al menos no debía serlo, pero cuando Kali le dijo que Jace había regresado y que también estaría presente, la mente de Cassie se convirtió en un torbellino.

Empezó a imaginar cómo sería recuperar el contacto con él, estar en la misma habitación, poder mirarle a los ojos, conversar juntos...

Se suponía que ya había pasado página. Doce años eran muchos años. Pero desde que fue a Durant y le vio con sus propios ojos aquella noche, no se le iba de la cabeza toda la tristeza y soledad que emanaban de su cuerpo.

Había soñado con él varias veces y, en ocasiones, se descubría pensando en él.

Y ahora iban a coincidir en el rancho.

Estaba mucho más ansiosa de lo que deseaba admitir.

No lo había mencionado, pero Kali lo sabía. Lo sabía porque la conocía muy bien.

—¿Qué va a pasar con Jace? —le preguntó.

Era viernes, veintitrés de diciembre por la mañana, y circulaban por la interestatal cuarenta. Hacía unos minutos que habían pasado la circunvalación de Oklahoma City y solo les quedaban dos horas de viaje. Conducía Cassie su Toyota RAV4 de color plateado que había comprado hacía un par de años.

—No sé a qué te refieres —contestó sin mirar a su amiga.

—No sé —resopló con sarcasmo—. ¿Quizá que te vas a reencontrar con el amor de tu vida al que nunca has podido olvidar y al que llevas sin ver doce años?

Cassie se mordió el labio inferior. Nunca le había contado a Kali su escapada a Durant.

—Admito que va a ser raro —confesó al cabo de unos instantes.

—¿Raro? Va a ser brutal. Y yo voy a estar en primera fila y me pienso poner las gafas de cerca para verlo todo bien —exclamó.

Cassie rio.

—¿Qué tal con Jessina? —Cambió de tema.

—No. No pienso hablar de mi relación, que va muy bien. No desvíes el tema.

—Me interesa de verdad.

—Jessina y yo vivimos juntas, lo hacemos todo juntas, somos felices, tenemos un sexo increíble. Ahora está con su familia en Nueva Jersey y nos veremos en enero de nuevo —recitó con rapidez—. Ya está. Sigamos hablando de Jace.

—¡Qué boba eres! —rio.

—Ayer hablé con mi madre y me contó que no está siendo fácil para él en el pueblo. Hace diez días que llegó y ya le han pinchado las ruedas del coche y alguien pintó la palabra ASESINO en la pared del almacén.

Cassie endureció la mandíbula. La gente era lo peor. ¿Cómo podían comportarse así? El enfado le provocó un amargo sabor a bilis en la garganta.

—Qué mierda de personas.

—Hay mucha gente en el pueblo que era muy joven cuando pasó lo de tu padre y ni se acuerdan de él, así que el almacén no marcha mal.

—Vaya consuelo —dijo sarcástica—. ¿Cómo lo lleva él?

—Ni idea. Dice mi madre que es como un fantasma. No habla con nadie, no se relaciona y solo va al rancho a pasar tiempo con Gus.

Que Gus le supusiera un consuelo a Jace la llenaba de calor. Al menos había encontrado algo que le hacía feliz.

—¿Qué vas a hacer con las tierras de los King que compraste? —le preguntó Kali—. ¿Vas a construir una casita y te vas a ir a vivir allí con Jace?

—¿Por qué das por sentado que Jace y yo vamos a acabar juntos?

—Erais la pareja perfecta y os queríais tanto...

—Tú misma lo estás diciendo. Erais. Queríais —enfatizó—. En pasado. Ha transcurrido mucho tiempo y ya no somos los de antes.

—¿Te imaginas que volvéis a enamoraros?

Cassie no respondió y condujo en silencio, pendiente de la carretera. Claro que se lo había imaginado muchas veces, pero no quería ilusionarse con algo imposible. En su imaginación, aquello ocurría con el Jace del pasado, el chico cariñoso y tierno que la adoraba. Pero ese Jace ya no existía.

La vida había decidido por ellos.

No quiso seguir hablando del tema y alargó la mano para subir la música. En la radio sonaba *Anti-Hero,* una canción del último álbum de Taylor Swift, y las dos terminaron cantándola.

El camino se hizo más corto escuchando canción tras canción y poco antes de las cinco de la tarde, cuando ya anochecía, llegaron a su destino. Iban a alojarse en el apartamento de la madre de Kali. Rufus había vuelto con su mujer hacía un año y nadie lo ocupaba por el momento.

Para llegar al edificio, tenían que atravesar la calle principal y pasar por delante de los almacenes King. Había otro camino más largo, pero la curiosidad de Cassie era grande.

—Ve despacio —le pidió Kali—. A ver si le vemos.

Había un viejo Ford Expedition frente a la entrada, y en la pared de ladrillo, junto a la puerta, todavía se podía leer la palabra ASESINO, muy borrosa. A través del escaparate, se vislumbraba una alta figura detrás del mostrador, pero apenas se podía distinguir. Pese a eso, a Cassie se le aceleró la respiración.

—¿Quieres entrar? —preguntó Kali.

¿Estaba loca?

¡Por supuesto que no!

Aceleró y se alejó a toda prisa de allí,

—Mejor respuesta, imposible —bromeó su amiga—. ¿Pillamos algo en la cafetería de la señora Holden? ¿Pollo y patatas y nos lo comemos en casa?

La idea le pareció estupenda. Mucho mejor que andar por el pueblo y correr el riesgo de cruzarse con Jace. Era una gilipollez porque al día siguiente cenarían todos en el rancho, pero necesitaba algo más de tiempo para prepararse.

Mientras ella esperaba en el vehículo, intentando distraerse con el móvil, Kali fue a buscar la comida. Agradeció que no tardara en regresar.

En cuanto entraron al piso de los Rogers, el olor a ambientador les entró por la nariz.

—Estoy segura de que mamá ha venido a limpiarlo.

—Tu madre es la mejor.

Deshicieron las maletas y se instalaron. Iban a quedarse en Waterford hasta el uno de enero, ya que la agencia cerraba por vacaciones; Sophia también había aprovechado para irse de viaje a Europa con su marido.

Cenaron viendo una película antigua de Cary Grant, que no consiguieron terminar debido al cansancio. Se fueron pronto a la cama, ya que el día siguiente iba a ser largo. Estaba previsto que fueran al rancho pasado el mediodía para empezar con los preparativos de la cena.

Cassie pensó que le costaría dormirse, con tantas emociones en su interior, sin embargo, en cuanto apoyó la cabeza en la almohada, se quedó dormida.

Al despertar, se sintió renovada. Echó un vistazo a la hora y vio que eran las siete de la mañana. Era muy pronto, pero no pudo aguantar en la cama y se levantó. Kali todavía dormía, por lo que se duchó y desayunó tratando de no hacer ruido. Después, se encerró en su cuarto y empezó a sacar ropa del armario y a extenderla sobre la cama.

Quizá no debería importarle tanto su aspecto, jamás lo había hecho cuando estaba con los King, pero ese año todo era diferente.

Así fue como la encontró Kali media hora más tarde, en ropa interior y mirando todas las prendas, indecisa.

—¿Qué te pasa? ¿No sabes qué ponerte? —le preguntó, sentándose en el borde del colchón.

Ya estaba vestida con vaqueros y un jersey rojo de cuello vuelto.

—Sí. Bueno, no.

—¿Esto es por Jace?

—No. Bueno, sí.

—Pareces imbécil.

Cassie rio nerviosa y se sentó a su lado.

—Vale, sí —confesó—. Es la primera vez que voy a ver a Jace en muchos años. Quiero estar preciosa.

—Para eso no tienes que arreglarte mucho, Cassie. Eres preciosa.

—Calla y sé un poco objetiva.

—¡Pero si lo soy! Joder. ¿Has sido modelo internacional y dudas de tu belleza? Eres más boba...

Cassie soltó un exabrupto, frustrada.

—No quiero que Jace vea a Cassandra Fallon. Quiero que vea a Cassie, la chica natural que conoció. Y toda mi ropa es... muy sofisticada. —Ojeó el montón de prendas con desagrado.

—Vamos, que quieres ir vestida de campesina.

—Tía, eres gilipollas —dijo y se tiró sobre la cama mirando al techo.

—Yo soy gilipollas, pero tú eres una ilusa que se engaña a sí misma, o a mí, ya no sé qué pensar —soltó con ironía—. *He pasado página, ya no me interesa. Es imposible que volvamos a enamorarnos. Somos muy diferentes... blablablá...* —lo dijo con voz de falsete.

Cassie giró la cara y la miró. Kali tenía razón.

—¿Me ayudas a buscar qué ponerme? —preguntó con vocecita.

Kali se puso de pie con rapidez y comenzó a coger prendas como un torbellino, desechando algunas con rapidez.

—Estos vaqueros oscuros, la blusa negra, la chaqueta corta de tweed verde y los botines planos de cordones.

Cassie se puso de pie y examinó la ropa.

—¿No es muy elegante?

—Sí, pero así eres tú ahora —expuso, con un encogimiento de hombros—. Todavía estamos a tiempo de ir a comprar algo de segunda mano: una bata y unas chanclas —añadió mientras abandonaba la habitación con una risa.

Casi hubiese preferido la bata, se dijo Cassie unos minutos después, cuando se miró al espejo. Se sentía guapa, pero tan fuera de lugar en un rancho y tan distinta al hombre que vio en Durant, que suspiró. Al menos se había dejado el pelo suelto sobre los hombros y usaba un maquillaje discreto.

Dado que la cena iba a ser copiosa, se limitaron a picotear las sobras de la noche anterior, antes de ponerse los abrigos y encaminarse al coche. Era la una de la tarde cuando partieron.

Fueron recibidas como siempre, con calurosos abrazos y muestras de cariño. No eran las primeras en llegar. Sheila y su novio Elijah acababan de aparcar frente a la entrada, y tres de los hermanos de Kali ya estaban allí con sus mujeres e hijos. Solo faltaba Darryl, el único soltero. Y Jace, que no tardaría, les dijo Brenda.

Cassie respiró con tranquilidad. Todavía tenía tiempo antes de encontrarse con él cara a cara.

La casa era un caos. Había niños corriendo por todas partes, y adultos yendo de habitación en habitación, bebiendo y charlando. Mary, Brenda y Rufus —que era un cocinillas— se habían adueñado de la cocina. Alan, Jim y Samuel estaban viendo un partido de baloncesto en la tele. Fred había aparcado su silla en un lateral para no molestar a nadie y bebía ponche mientras miraba por la ventana. Los demás habían salido para ir a ver a un ternero, nacido el día anterior.

Cassie se sentó al lado de Fred y le sonrió.

—¿Cómo lo llevas?

—Fatal. Aburrido. Me duele el culo de estar sentado —protestó.

—Aprovéchate. Llevas mucho tiempo sin cogerte unas buenas vacaciones. Trabajas demasiado.

—Esto no son vacaciones. Es un suplicio. ¿Tú qué tal estás?

—Muy bien. La agencia marcha. Estamos contentas.

—¿Sigues sin pareja?

Cassie rio. No era la primera vez que se lo preguntaba.

—¿Tienes algún candidato para mí? —bromeó.

—Ya sabes que sí —dijo él, con un suspiro.

Ella guardó silencio. Sabía que la esperanza de Fred era que Jace y ella volviesen a estar juntos.

—¿Cómo... está?

—Jodido. Solo. Triste —musitó—. No habla con nadie. Lleva puesta una coraza y no se la quita nunca. No habla del tiempo que pasó en la cárcel.

Debió de sufrir mucho. No me gusta nada verle así —se le quebró la voz—. A lo mejor, tú puedes...

—No lo sé. —Ella alargó la mano y la posó sobre la de él—. Las cosas son muy diferentes ahora para los dos.

Él asintió con los labios apretados.

—Olvida lo que te he dicho.

El grupo que había ido a ver al ternero regresó y Kali la miró con una expresión muy curiosa en la cara. Le hizo una señal.

Intrigada, se despidió de Fred y fue tras su amiga.

—Jace ha llegado. Está en el establo.

Su corazón se saltó dos latidos, pero no pudo decir nada porque Kali siguió hablando en voz baja.

—Está muy cambiado. Más alto y fuerte. Lleva el pelo largo y una barba descuidada. Casi no le he reconocido. Y no es solo por su aspecto, parece otra persona. Te juro que cuando le he visto, solo quería abrazarle, pero me ha tratado de un modo tan frío y contenido, que no me he atrevido —dijo, con los ojos llenos de lágrimas—. Me hacía tanta ilusión verle...

Cassie la escuchó con el estómago encogido.

—¿Está solo ahora?

—Sí. Se ha quedado con Gus.

—Voy a ir a saludarle —anunció decidida.

Kali asintió con lentitud y le apretó la mano.

Ella se puso su abrigo y abandonó la casa camino de los establos. Al menos jugaba con ventaja respecto a su amiga. Ella ya había visto al nuevo Jace y la sorpresa no sería tan grande.

No había ni un alma en el exterior. Los vaqueros tenían el día libre y toda la familia había entrado a la casa. Molly, la perra mestiza de la familia, empezó a bailotear a su lado, pidiendo caricias. Se agachó y se dejó chupetear la barbilla, pero no tardó en continuar. Estaba impaciente por encontrarse con Jace.

Justo cuando iba a alcanzar el portón del establo, él salió.

Si para ella fue perturbador chocarse con él, para él debió de ser un tsunami de emociones porque no la esperaba. Se quedó quieto, contemplándola con la boca entornada por la sorpresa y los ojos muy abiertos.

—Hola, Jace —le dijo con voz serena, que le costó entonar porque estaba temblando.

Le recorrió de arriba abajo sin disimulo. Vaqueros, botas, camiseta negra y una cazadora vaquera con borreguito. El pelo desaliñado le caía sobre los ojos y tenía la barba descuidada. Su rostro mostraba surcos que no habrían estado ahí si su vida hubiese transcurrido de otra manera.

Quizá no fuera el adolescente guapo de antes, pero sí un hombre muy atractivo.

—Hola, Cassie —dijo con voz ronca, tras carraspear.

Su expresión de asombro había cambiado, tornándose neutral. Incluso su mirada perdió vivacidad.

—Me alegro mucho de verte, Jace. No tienes mal aspecto.

Él alzó una ceja como si quisiera darle a entender que sabía que mentía.

—Tú también tienes buen aspecto —repuso.

—Gracias.

Se miraron a los ojos durante unos segundos. Cassie no tenía ni idea de lo que se le estaría pasando por la cabeza a él, pero ella estaba atacada, con el corazón latiendo a tal velocidad y potencia que pensaba que el pecho se le partiría por la mitad. No obstante, se mantuvo erguida, fingiendo tranquilidad.

—Eh.... —dijo él al cabo de un rato, desviando la vista—. Sé que tenéis una agencia... en Tulsa. ¿Qué tal os va?

—Muy bien. ¿Qué tal tú?

—Bien —contestó escueto.

De nuevo, los invadió el silencio.

—Me alegro de que te hayas reencontrado con Gus.

Él esbozó una sonrisa muy breve. Tan breve, que ella pensó que se la había imaginado.

—Sí. Está un poco mayor, pero ahí sigue.

Cassie se metió las manos en los bolsillos del abrigo y cerró los puños. La distancia entre ellos era gigantesca, y cuanto más tiempo pasaban allí, uno frente al otro, a la intemperie, más crecía y se expandía, separándolos miles de millas.

¡Vaya mierda!

—Eh... ¿Vamos dentro? —propuso.

Él asintió y echó a andar hacia la casa.

Ella caminó a su lado, mirando el suelo.

Molly los siguió corriendo y ladrando.

Capítulo 21

JACE

Cassie se sentaba al otro lado de la mesa, a su derecha, entre Kali y Alan. Parecía una más de la familia; hablaba con todos, sonreía y bromeaba, pertenecía a ese lugar. El que no encajaba era él, con sus silencios y su dificultad para seguir las conversaciones e integrarse.

El encuentro con ella en la puerta del establo fue como un puñetazo en pleno plexo solar. Ella no lo sabía, pero un rayo de sol la iluminaba desde atrás, y toda su figura se asemejaba a una especie de aparición. Estuvo a punto de caerse de culo al verla.

Decir que estaba preciosa era quedarse muy corto.

Estaba espectacular.

Elegante, impecable y perfecta.

Le recordó a la chica de la revista, a la despampanante modelo Cassandra Fallon, con el vistoso abrigo negro, los vaqueros y la blusa de marca.

El pelo le caía sobre los hombros, ligeramente ondulado, y las pecas de su cara no eran tan oscuras como las recordaba. Los ojos le refulgían como esmeraldas.

Gracias al cielo se recuperó rápido de la impresión y fingió serenidad, pero su interior era un caos. ¿Cómo era posible que solo un segundo bastara para despertar en él un vendaval si hacía años que no la veía?

Ella le dijo que tenía buen aspecto. ¿Buen aspecto? ¿Con su ropa más vieja y sin haberse cortado el pelo hacía semanas ni haberse afeitado en días? Pero su mirada era limpia y sincera mientras le recorría de arriba abajo.

Se sintió desnudo y expuesto.

Pensó que estaba preparado para encontrarse con ella.

Pero no lo estaba.

De eso se dio cuenta nada más sentarse a cenar y descubrir que la miraba de soslayo, cada dos por tres, y estaba pendiente de su conversación. Destacaba entre los demás, no por su belleza o elegancia, sino por su risa, su calidez y su naturalidad.

Él habló poco, y se limitó a contestar con cabeceos si alguien le preguntaba algo. Estaba sentado entre su padre y su tía y ambos parecían respetar su mutismo.

Cassie tampoco se dirigió a él, como si supiera que no quería llamar la atención y pasar desapercibido. Se lo agradeció en silencio.

Kali era otra cosa.

—Jace, cuéntanos qué tal en Durant.

—Bien.

—¿Solo eso?

La miró fijamente, tratando de intimidarla, pero ella continuó aguardando una respuesta con terquedad.

—Trabajo en un bar de miércoles a domingo. Vivo de alquiler y no me llevo mal con mi jefe.

Quizá era la frase más larga que había soltado desde que llegó a Waterford, y hubo un silencio generalizado en la mesa, solo los niños con sus risitas lo interrumpían.

—¿No tienes novia? —continuó ella, con pretendida inocencia.

—No.

—¿Te vas a quedar en el rancho cuando tu padre se ponga bien?

—No lo he pensado —repuso, pacientemente.

—¿Vas a volver a participar en algún rodeo?

Jace apretó la mandíbula y bajó la vista a su plato. Removió el puré de patata con el tenedor, mezclándolo con la salsa del pavo.

—Soy demasiado viejo —dijo entre dientes—. Y he pasado muchos años sin poder entrenar.

El silencio se volvió todavía más espeso e incómodo. Hasta los niños parecieron intuir que no debían hablar.

Tenía ganas de pegar un puñetazo a la mesa, levantarse y largarse de allí, pero no quería que pensaran que los doce años en prisión le habían convertido en un animal, aunque así se sentía, como un animal enjaulado deseoso de romper los barrotes y escapar.

—Jace —le llamó Cassie con voz serena—. ¿Me pasas la fuente con los guisantes?

Él alzó la barbilla y sus ojos se clavaron en los de ella. Le miraba sin compasión, contrariamente a lo que hacían algunos otros en la mesa. Solo sonreía como si no hubiera pasado nada.

Le pasó la fuente.

Al hacerlo, la manga de su camisa se subió y parte de su tatuaje quedó al descubierto.

—¡Jace! —gritó Naomi—. Enseña el torito. Ellos no lo han visto.

Los nietos de Mary, John y Susan de seis años y Gloria, de cuatro, empezaron a aplaudir.

Odiaba ser el centro de atención y sabía que todo el mundo le estaba mirando, pero no podía negarse a la petición de su hermanita. ¿Qué culpa tenía ella de que se hubiese convertido en un asocial?

Se levantó la manga y enseñó al toro con el jinete.

—¡Hala! ¡Qué chulo! —exclamó John—. ¿Tienes más?

—Tiene a Gus en el otro brazo —continuó Naomi—. Y otros en el pecho que son peligrosos.

—No digas eso —la reprendió Mary.

—¡Pero es verdad! —protestó la niña—. Lleva cuchillos que son peligrosos.

Jace soltó una maldición ahogada. Era imposible tener intimidad o guardar secretos donde hubiese niños.

—¿Puedo ver a Gus? —preguntó Cassie, volviendo a calmar las aguas.

Él respiró aliviado. Se alzó la manga y mostró el tatuaje de la cabeza del caballo. La tinta todavía estaba fresca, ya que solo hacía una semana que se lo había hecho y todavía no había cicatrizado.

—¡Está perfecto! —susurró Cassie—. Es Gus.

Los niños soltaron exclamaciones y grititos, los adultos también admiraron el trabajo con más moderación.

—Es una pasada —dijo Kali en voz baja.

Nadie volvió a hacerle preguntas durante el resto de la cena. Lo agradeció. De vez en cuando, notaba los ojos de Cassie sobre él, pero se esforzaba por no mirarla, aunque le costaba, pues su magnetismo era inmenso. Si cerraba los ojos y escuchaba su voz, todavía podía ver a la chica pelirroja de pelo alborotado y cara pecosa con vaqueros cortos, camiseta y zapatillas.

Pese a que la cena le pareció interminable, cuando miró la hora en el móvil comprobó que no era tarde. Le hubiera encantado largarse de allí a su pequeño estudio y quedarse a solas, aunque sabía que esa noche no iba a ser posible. Todo el mundo se quedaba a dormir en el rancho, incluso él. Se habían repartido colchones y futones por todas las habitaciones, de la casa grande y de la cabaña. Intentó escabullirse, pero su padre se lo pidió como un favor especial y no pudo negarse.

Mandaron a los niños a la cama con la amenaza de que Santa Claus vigilaba y no les traería regalos. Eso los convenció y se marcharon a toda prisa. Una vez a solas, los adultos se reunieron junto al árbol, bajo el que había unos cuantos paquetes envueltos en papeles de colores. Siguiendo la tradición de los King, los mayores abrían los regalos el veinticuatro por la noche, para que los niños tuvieran más tiempo de disfrutar la mañana del veinticinco y ser los protagonistas.

Jace ocupó una butaca junto a la pared, alejado de los demás. Tenía ganas de fumar un cigarrillo, pero por respeto a su tía, no lo hizo. Cuando toda aquella parafernalia terminara, se escaparía al exterior.

Se repartieron tazas con ponche de huevo, aunque algunos como Caleb, Jim o él mismo prefirieron cerveza.

Había regalos para todos. Los casados solían regalarse entre ellos, pero los solteros no se quedaron sin regalos. De eso se ocuparon Brenda y Mary.

Mientras le daba tragos cortos a su cerveza, su mirada no quería abandonar a Cassie. Desde su posición podía verla de perfil, en uno de los sofás con Kali y Mary. Estaba tan preciosa que quitaba el aliento. No había esperado sentirse tan vulnerable en su presencia, ni tan impresionado. Tenía la cabeza hecha un lío.

Alguien había puesto música navideña y el ambiente era muy animado. Las exclamaciones y los gritos de felicidad empezaron a sucederse según se abrían los paquetes: un pañuelo para el cuello, un collar, un libro de cocina, unos pendientes, unas botas, una agenda de cuero, un vale para un balneario, un sombrero nuevo...

Jace se fijó en Cassie y en su cara al recibir su regalo. Era un set de velas aromáticas. Las sacó y olisqueó una tras otra con expresión de felicidad.

Se le iluminaban los ojos cuando estaba contenta, tal y como había sucedido durante su niñez y adolescencia.

—Este es el tuyo —le dijo Brenda, dándole un paquetito plateado.

Lo tomó con una mano y lo desenvolvió, sin querer llamar la atención, pero notó que todo el mundo le miraba. Abrió la pequeña caja de madera y lo que había en el interior le resultó familiar.

Era la llave de un coche.

Alzó la vista, confuso, y vio que los otros aguardaban expectantes. Volvió a bajarla y cogió la llave.

¡Joder, ya sabía a qué vehículo pertenecía!

A su Chevrolet Silverado 1500.

—Está afuera, detrás de la cabaña. Y está impecable —dijo su padre—. Solo hemos tenido que hacerle unos arreglillos. Ha sido Elijah y nos ha salido bien barato —rio, señalando al novio de Sheila, que era mecánico—. Tiene catorce años, pero es mejor que tu Ford Expedition.

Jace meneó la cabeza con incredulidad. ¿Habían conservado su camioneta durante todos esos años?

Su mirada se cruzó con la de Cassie durante un brevísimo instante.

Ella parecía conmovida, como si recordase las veces que habían viajado juntos en esa camioneta y todo lo que había sucedido en ella.

Él carraspeó y se tragó cualquier sentimentalismo que pudiese asomar a su cara.

—Gracias —dijo con sequedad, mirando a Elijah y forzando una sonrisa.

No tuvo que soportar mucho tiempo la atención de los demás porque el ritual de los regalos continuó y se centraron en otra cosa.

Tenía sentimientos encontrados con lo de la Chevrolet. Se sentía contento de tenerla de nuevo, pero sabía que no iba a ser fácil volver a conducirla. Le iba a trasladar al pasado, sin duda.

Después de que todo el mundo tuviese su regalo, se enzarzaron en una charla sobre el rancho. Caleb se quejaba del pedazo de tierra que tuvieron que vender hacía años. El actual dueño todavía no había dado señales de vida y no sabían qué pasaría con el terreno.

A Jace le fastidió enterarse de que alguien lo había comprado. En sus sueños más locos, siempre imaginó que se construiría allí una cabaña en la que viviría con Cassie. Era su parte preferida del rancho, junto al arroyo.

Ahora ya no había tierras, y la mujer elegante del sofá tampoco era la Cassie con la que le hubiera gustado vivir. Seguro que no había vuelto a calzarse unas botas de cowboy ni se había rebozado en el barro en años.

La conversación derivó hacia la boda de Sheila y Elijah que tendría lugar a finales de marzo en el rancho. Elijah no tenía mucha familia, así que estaba más que dispuesto a celebrarla con los King.

Jace se abstrajo mirando por la ventana. Era noche cerrada, pero el reflejo de las luces de colores que su tío había colgado en el tejado parpadeaba sobre el suelo delante de la casa. Seguía queriendo fumar, pero todavía podía esperar un poco. De fondo podía escuchar a los demás, hablando y riendo. Cada vez que Cassie intervenía en la conversación, a él se le erizaba el cabello de la nuca.

Se llamaba estúpido en silencio mientras trataba de que la cerveza que tenía en la mano le durase hasta el infinito, dando pequeños sorbos.

Mary y Brenda fueron a buscar los regalos de los niños y, con ayuda de Rufus y Kali, los colocaron bajo el árbol. También llenaron los calcetines que colgaban de la repisa de la chimenea de golosinas.

Por fin llegó la despedida. Cassie, Kali, Sheila, Elijah y Darryl iban a la cabaña, los demás se iban a acomodar en los dormitorios de la casa grande. Jace compartía cuarto con Jim y Alan. No era algo que le hiciera mucha gracia, pero no había más opciones.

Poco después, la casa se quedó a oscuras y en silencio. Mientras que Jim se apoderaba de la cama, Jace y Alan se tumbaron en futones en el suelo. Jace aguardó hasta estar seguro de que los hermanos dormían, antes de levantarse y ponerse los vaqueros. Cogió el tabaco y el mechero y, de camino al exterior, pasó por la cocina para sacar una lata de cerveza de la nevera. Se puso su cazadora de borreguito y se calzó unas botas que había junto a la entrada —debían de ser de Caleb—, y abandonó la casa.

El aire frío le golpeó la cara al salir, pero doce años durmiendo en celdas sin calefacción le habían inmunizado a las bajas temperaturas. Las luces seguían encendidas iluminando el suelo de colores. Se sentó en uno de los escalones del porche y Molly se acercó a él para olisquearle, luego, se tumbó a su lado.

Por fin.

Paz.

El silencio y él se habían hecho muy buenos amigos en los últimos años. El ambiente festivo y la gente hablando sin parar le saturaban.

Abrió la lata de cerveza y se encendió un cigarrillo. La primera calada le sentó de maravilla, y la disfrutó con los ojos cerrados.

Aspiró hondo, dejando que los olores del rancho le envolvieran.

Lo primero que llegó a él fue su perfume. Había podido olerlo antes, cuando chocó con ella en la puerta del establo. Se le puso la carne de gallina al sentir que se acercaba. No abrió los ojos. Escuchó el deslizar de sus pies sobre la tierra, y el ligero crujido del escalón de madera cuando ella se sentó a poca distancia de él.

Molly se revolvió, pero no se incorporó. Era evidente que conocía a la recién llegada.

—¿Me das un poco? —preguntó ella en voz baja al cabo de unos segundos.

—¿Cerveza o cigarro?

—Cerveza.

Le tendió la lata.

Seguía con los ojos cerrados, empleando sus otros sentidos: el olfato y el oído.

Como si ella supiese que él necesitaba silencio, no dijo nada. El sonido de la lata sobre la madera le indicó que la había dejado entre los dos. La cogió y le dio un sorbo, intentando no pensar que Cassie acababa de posar los labios donde los estaba posando él.

No hablaron, aunque de vez en cuando se escuchaban sus respiraciones. Compartieron la cerveza mientras él se terminaba el cigarro. Cuando sintió que el calor de la brasa se acercaba peligrosamente a sus dedos, lo apagó y se guardó la colilla en el bolsillo para tirarla después a la basura. Bebió y dejó el último trago para ella.

Se había fumado el cigarro y bebido la cerveza. No pintaba nada ahí. Era hora de volver a la cama, se dijo. Pero no se movió. Ella parecía tan poco dispuesta a marcharse como él porque tampoco hizo amago de levantarse.

No tenía ni idea de cuánto tiempo llevaban ahí fuera, juntos, quizá diez minutos, quizá veinte o media hora. No lo sabía. Solo sabía que no se sentía a disgusto, que compartir el silencio con ella era agradable.

Fue Molly la que rompió la magia, poniéndose de pie y ladrando. Quizá había olido el rastro de algún conejo.

Jace se incorporó. Ella también.

Por primera vez la miró. A la luz de las bombillitas de colores, se parecía un poco más a la Cassie adolescente. No llevaba maquillaje que difuminara sus pecas y tenía el pelo alborotado. Iba envuelta en una manta de colores que le llegaba por los tobillos.

Jace sintió un pequeño pinchazo en el corazón y tragó saliva.

—Vas a coger frío —dijo con tono neutral—. Es mejor que te vayas a la cama.

Sintió la mirada de ella repasando su cuerpo con los ojos entornados mientras asentía.

—Sí —murmuró, y le tendió la lata vacía—. Mañana nos vemos.

Se dio media vuelta y se marchó, perdiéndose en la oscuridad.

—Ve con ella —le dijo a Molly, dándole una palmadita en el lomo.

La perra echó a correr detrás de Cassie.

Jace volvió a la casa, sintiéndose más ligero que hacía tiempo.

Capítulo 22

CASSIE

Después del encuentro con Jace a las dos de la mañana no logró pegar ojo. Se pasó el resto de la noche dando vueltas en la cama, con cuidado para no despertar a Kali, y pensando en él.

Se estaba volviendo loca.

Durante la cena y después, cuando se entregaron los regalos, estuvo muy pendiente de él, de sus gestos, sus palabras, sus ojos carentes de vida. Su apatía.

Le dolía el alma verle así.

Incluso el regalo de la camioneta no consiguió alegrarle. Solo fingió una breve sonrisa y siguió ausente.

¿Qué le había pasado en la cárcel? ¿Qué habían hecho con él? Estaba roto.

El encuentro de la noche anterior fue cosa del destino. Estaba segura. Aquello no podía ser una casualidad.

Con mucha sed, salió a la cocina a beber agua. Al mirar por la ventana, vio la parte trasera de la antigua Chevrolet y salió a echar un vistazo. Estaba tal y como la recordaba. Acarició la carrocería casi con reverencia, con la mente plagada de recuerdos, hasta que se sintió demasiado melancólica y decidió regresar al interior de la cabaña. Había comenzado a subir los peldaños de madera cuando escuchó que alguien salía de la casa grande.

Al ver de quién se trataba, sus pasos la llevaron hasta él.

Estaba nerviosa, pero el rato que compartieron en la escalera del porche fue tan sereno que toda su agitación desapareció. Él no abrió los ojos en ningún momento y ella se aprovechó de la situación para examinarle en profundidad.

Se mostraba calmado mientras fumaba, como si nada pudiese alterarle. Sus manos eran mucho más grandes y fuertes que hacía doce años y tenía las uñas muy cortas. Al estar de perfil, la muesca de su nariz se hacía más visible. Era mucho más fuerte y robusto que en su adolescencia, pero la piel de su rostro parecía tirante sobre los pómulos. Solo llevaba los vaqueros y la cazadora, sin nada debajo. Y pudo ver uno de esos cuchillos que había mencionado Naomi durante la cena.

¿Qué significaría?

Bebieron de la misma lata

Compartieron el mismo espacio.

Hasta que Molly ladró.

Cuando se despidieron, él la miró con indiferencia.

Pero Cassie pudo escuchar su voz ronca mandando a la perra tras ella, como si no quisiera dejarla sola en la oscuridad.

Tenía la intención de hablar con él a lo largo del día, pero no tuvo oportunidad, porque, después de que los niños abriesen los regalos y de participar en la comida navideña, Jace desapareció, y la camioneta también.

Mientras los más pequeños jugaban, algunos mayores decidieron dar un paseo y otros se quedaron en la casa, viendo una película.

Cassie, Alan y Kali salieron a caminar. Quería preguntar por Jace, pero al mismo tiempo no deseaba hacerle ninguna pregunta a su primo. Era obvio que todavía había cierto resquemor entre ellos, como cuando eran críos.

—¿Dónde está Jace? —fue Kali la que preguntó al cabo de un rato.

Cassie la hubiese besado.

—Seguro que ha ido al Rat Trap o al Joe Dans en Altus. Suele moverse por allí cuando sale. Tiene una chica a la que ve de vez en cuando. Nada serio, creo.

Ella asimiló la información con un simple movimiento de cabeza. Si la chica a la que veía en Altus era parecida a la chica de Durant y la trataba del mismo modo desapasionado, solo podía sentir pena por ella y por él. Aunque quizá los dos buscaran lo mismo.

Sintió los ojos de Kali sobre su cara y meneó la cabeza, echando una rápida mirada a Alan. Su amiga pareció entenderla.

Cuando esa noche regresaron al piso de los Rogers, ambas estaban exhaustas. No obstante, Cassie tenía ganas de desahogarse y Kali estaba más que dispuesta a escucharla.

Le habló del encuentro de la madrugada anterior y de lo insólito que fue.

Kali le confesó que se sentía rara con él y que casi no se atrevía a dirigirle la palabra después de la metedura de pata de la cena.

—No sé si alguna vez volveremos a ser amigos o a tener algún tipo de relación —dijo con pesadumbre.

—Me preocupa. Me gustaría ayudarle de algún modo.

—Si alguien puede, esa eres tú. No parabas de mirarle. Y él a ti.

Cassie alzó ambas cejas. Que ella le había mirado todo el tiempo lo sabía. Pero ¿él a ella?

—Créeme. Te miraba cada vez que estabas distraída —insistió Kali—. Sigue enamorado de ti.

—No... lo creo —dijo, aunque un escalofrío le recorrió la espalda—. Me trata con mucha frialdad.

—Supongo que tiene miedo...

—¿Miedo?

—No sé lo que le habrá sucedido en la cárcel, pero seguro que ha sufrido.

Cassie asintió, dándole la razón.

—No sé si será buena idea lo de Fin de Año —comentó Kali, mordisqueándose el labio.

Ron iba a regresar al pueblo un par de días y habían planeado festejar juntos la última noche del año en el bar de Corky. Se suponía que estarían los cuatro, como en los viejos tiempos.

—Puede que ni siquiera asista —planteó Cassie.

—Ron va a hablar con él. A lo mejor le convence.

—Quizá.

—Mañana le llamamos y que nos saque de dudas.

Y eso hicieron al día siguiente, llamar a Ron, que les confirmó que Jace había aceptado a regañadientes. Tuvo que emplear hasta el chantaje emocional para que dijera que sí.

Durante el resto de sus vacaciones, las dos aprovecharon para pasear por sus lugares favoritos del pueblo y reencontrarse con algunos amigos del instituto que todavía vivían en la pequeña localidad.

No volvieron a ver a Jace.

Movida por la ansiedad, el día treinta por la mañana, Cassie decidió ir al almacén. Fingiendo que necesitaba un cepillo para el pelo, se acercó al local. Lo hizo temprano, esperando no encontrar a otros clientes, pero no tuvo suerte. La señora Holden, bastante más encorvada y arrugada que hacía años, estaba ya allí y la reconoció al instante.

—¡Oh, Dios mío! Nuestra pequeña Cassie —exclamó, cogiéndole la cara con una mano y girándosela a un lado y al otro, como si fuera una niña de cinco años.

Por el rabillo del ojo vio que Jace observaba la escena desde detrás del mostrador.

Fue amable porque la señora Holden era mayor, pero le hubiese gustado decirle un par de cosas que parecía haber olvidado, como su forma de tratarla cuando pasó lo de su padre y ella tomó partido por Jace. Le dolió mucho en su momento que la mirase por encima del hombro.

En fin, era agua pasada.

—Ya sé que eres modelo. Cómo me alegro de que te haya ido bien en la vida. Te lo mereces. Qué triste todo lo de tu padre y lo de tu madre. Menos mal que has salido adelante y te has convertido en una buena chica —le dijo sin coger aire para respirar. Su cara se ensombreció—. No como otros —añadió, elevando la voz y mirando a Jace con descaro.

Cassie se quedó petrificada. Iba a responder, pero él se adelantó.

—¿Quiere que le cobre, señora Holden? —preguntó con sequedad.

La mujer se apartó de Cassie, refunfuñando. Dejó un billete de cinco dólares con malos modos sobre el mostrador y esperó el cambio. Luego se dio media vuelta.

—Estás muy guapa, cariño.

Y se fue, lanzando una última mirada despectiva a Jace.

El silencio se apoderó del lugar.

—¿Es siempre así? —preguntó Cassie.

—¿Te refieres a ella o al pueblo entero? —Él se encogió de hombros y entornó los ojos, impasible—. Solo me llaman asesino una vez cada dos días. Y no me han vuelto a pinchar las ruedas del coche. Es bastante soportable. Ah, y después de la visita del jefe de policía nada más llegar para advertirme de que no me metiera en líos, todo ha ido bien.

Se sintió consternada. Con los labios apretados, se dirigió a la estantería donde estaban los productos de higiene y aseo y cogió el primer cepillo que encontró. Regresó con él en una mano y su tarjeta de crédito en la otra.

Él le cogió la tarjeta y la pasó por el datáfono.

—¿Cómo estás? —le preguntó ella, tratando de iniciar una conversación.

—Bien.

Su tono era desabrido, rayando en la mala educación, y la expresión de su cara, de desidia.

—Mañana nos vemos, ¿no? —lo intentó de nuevo.

—Sí.

Las ganas de pegarle un tortazo para que reaccionase le hormiguearon en la mano, pero se limitó a coger la tarjeta que él le tendía.

—¿Bolsa?

—No, gracias.

De pronto, se dio cuenta de que los ojos de él adquirían un brillo especial y su rostro se coloreaba ligeramente. Estaba mirando su colgante.

Sí, era la C que él le regaló en otra vida. Con el tiempo, el cordón se había roto y ella lo había sustituido por una cadenita de plata. Solía usarlo con frecuencia y esa mañana se lo había puesto adrede.

Estaba feliz de haberlo hecho, porque él mostraba algún tipo de reacción, por fin.

Alzó la vista y sus miradas se cruzaron. Había tanto dolor en la de Jace, que se le encogió el abdomen. Las ganas de alargar la mano y alisarle el entrecejo con los dedos o acunarle la mejilla estuvieron a punto de sobrepasarla. Quiso decirle algo, pero no le salieron las palabras.

El momento quedó interrumpido por la entrada de otro cliente.

Jace dio un paso atrás y carraspeó.

—Nos vemos mañana —dijo ella.

Y se fue.

Capítulo 23

JACE

Solo faltaba una hora y media para reunirse con sus amigos cuando su móvil empezó a sonar. Echó un vistazo a la pantalla y vio que se trataba de Colin. Aceptó la llamada.

—¿Hola?

—Hola, Jace. Eh... ¿Tienes planes para esta noche?

Se quedó mudo al no esperar la pregunta.

—He quedado con amigos —dijo al fin.

—Ahhh... ¿Puedo ir yo también?

Jace frunció el ceño.

—¿Dónde estás?

—Estoy a dos horas de camino. Tengo una habitación reservada en un motel a las afueras de Waterford.

No podía ser otro que el Western Inn. Jace nunca había estado en el lugar porque era nuevo, pero era el único motel que había en los alrededores.

—¿Qué haces en Oklahoma? ¿Está todo bien en casa?

El chico guardó silencio unos segundos.

—Quería verte... —contestó con vaguedad.

Jace cerró los ojos. Colin era agradable, de buenos modales y un poco inocente. No le convenía demasiado andar con él.

—¿Te has vuelto a escapar?

—Soy mayor de edad —repuso con rebeldía.

Jace suspiró para sus adentros.

—¿A qué hora llegas?

—Sobre las nueve, creo.

—A partir de las ocho y media vamos a estar en un bar que se llama Corky —dijo con resignación—. Te espero allí.

—Oh, guay —exclamó—. Nos vemos.

Jace cortó la comunicación y tiró el teléfono sobre la cama. La responsabilidad de tener un hermano de dieciocho años en su vida no era algo que desease.

—¡Mierda! —masculló.

Se dirigió a la diminuta ducha y el chorro de agua caliente sobre su cuerpo se llevó su incipiente mal humor.

Esa noche iba a volver a estar con sus amigos en un lugar público y no estaba preparado para socializar. Tenía ganas de ver a Ron, pero ¿de qué iba a hablar con él? No sabía de qué hablar con nadie. Ni con Cassie, que siempre fue su confidente.

Desde que ella había llegado a Waterford, no podía quitársela de la cabeza. Se descubría espiando por la ventana veinte mil veces al día, por si acaso la veía pasar por la calle.

No tuvo suerte hasta el día anterior, cuando ella se presentó en el almacén y fue testigo de cómo le trataban en el pueblo. Mientras la señora Holden le observaba con desprecio, él solo tenía ojos para la pelirroja vestida de modo informal con vaqueros y anorak.

Estaba arrebatadora.

Y llevaba su colgante.

Todavía no podía asimilarlo. O no quería.

¿Cómo era posible que siguiera usándolo?

Cerró los ojos y apoyó la frente en la pared de azulejos.

Se había prometido a sí mismo no hacer nunca lo que estaba a punto de hacer. Jamás se había masturbado pensando en Cassie; siempre le pareció una falta de respeto terrible porque ella era preciosa y perfecta, y él un jodido convicto. En la cárcel, le resultó fácil porque había muchas revistas de mujeres desnudas con las que fantasear. Y cuando salió en libertad, encontró a suficientes chicas que le sirvieron de distracción.

Pero era como intentar poner diques al mar.

Ella ocupaba ya cada segundo de sus días y sus noches.

Se masturbó pensando en su imagen de adolescente, mezclada con la de mujer adulta, y cuando el orgasmo llegó, fue uno muy potente que hizo que le temblaran tanto las piernas que cayó de rodillas en el plato de ducha.

Después de recuperar la respiración y la cordura, se llevó las palmas de las manos a los ojos y apretó con fuerza, lleno de vergüenza y culpa.

No se merecía a Cassie.

Era un miserable.

Enfadado consigo mismo, abandonó el baño, chorreando, sin preocuparse de si mojaba el suelo. Se secó y se puso unos vaqueros y una camiseta.

Sus pasos le condujeron hasta la mesa donde estaba la caja de cartón con su nombre. Hacía unas semanas que la había encontrado, cuando Mary le ayudó a organizar el estudio. No estaba muy seguro de qué habría dentro, pero se había resistido a abrirla porque sabía que su contenido sería un viaje al pasado, al que no quería volver.

Vaciló, acariciando la tapa, pero una voz interna le dijo que era mucho mejor arrancarse la tirita de golpe.

Quitó el precinto con un cuchillo de la cocina.

Lo primero que vio fueron los dorsales con los que había participado en los rodeos. Había bastantes y los fue sacando uno a uno, hasta llegar al número ciento diecinueve. Ese fue el primero de todos, cuando solo era un crío. Lo sostuvo unos segundos en la mano antes de dejarlo sobre la mesa.

Debajo, aparecieron las dos hebillas importantes que conservaba. La de plata, con bordes chapados en oro en la que se podía leer NATIONAL JR RODEO CHAMPION 2007 BULL RIDER. Y la otra, la que ganó en San Angelo cuando consiguió coronarse como campeón absoluto del rodeo.

También encontró la herradura que le regaló Cassie y el colgante con las iniciales JC.

Y fotos.

Fotos de los cuatro amigos en alguna fiesta de cumpleaños en el rancho, fotos de Cassie y él solos cuando ya estaban saliendo, sentados en la caja de su Chevrolet o tomando el sol en los escalones de la cabaña.

Según iba sacando cosas, su garganta se iba estrechando.

Tantos y tantos recuerdos...

Invadido por la melancolía, comenzó a guardarlo todo deprisa, intentando mantener el aplomo. Al cerrar la caja de nuevo, se dio cuenta de que algo sobresalía por uno de los bordes. Era el cordoncito naranja de Cassie, que se ponía en el sombrero para que le diera suerte.

Lo cogió y lo apretó fuertemente en el puño.

Le dolía el pecho.

En ese momento, alguien llamó a la puerta y eso le distrajo. No estaba esperando a nadie, que él recordara.

Se encaminó a la entrada y abrió.

—¡Sorpresa!

Una sonriente Vanessa apareció ante sus ojos.

Vanessa era la chica con la que se acostaba a veces. Era de Altus y habían quedado en cuatro o cinco ocasiones. Era alta y delgada, con el pelo rubio liso y ojos castaños.

—¿Vanessa?

—Hola, vaquero —dijo ella con un ronroneo. Le echó los brazos al cuello y le besó.

Él dio dos pasos hacia atrás, confundido.

—¿Qué haces aquí? —le preguntó cuando consiguió librarse del abrazo.

Ella se abrió el abrigo negro de piel sintética y dio una vuelta sobre sí misma. Llevaba un vestido muy ajustado y corto de color azul eléctrico y unos tacones impresionantes.

—Es Fin de Año —respondió.

—¿Y?

—Quedamos en que viniese, ¿no lo recuerdas?

Joder, joder, joder...

Ahora lo recordaba. La última vez que se vieron, justo antes de Navidad, él le dijo que si no tenía otros planes podía visitarle en Waterford. Había olvidado cancelarlo.

—Lo habías olvidado —soltó ella con un mohín mientras se cruzaba de brazos.

—Sí. Totalmente —admitió. Se llevó una mano a la nuca y se la frotó—. Tengo planes con unos amigos, y viene mi hermano también. Vamos a ir un bar de aquí cerca... Eh, vente con nosotros... —ofreció.

No tenía muchas ganas de que Vanessa se uniera a ellos, porque no la conocía, solo follaban, pero la chica no tenía la culpa de que él fuera un desastre.

—¡Genial! ¿Voy bien vestida así para conocer a tus amigos?

El vestido era muy llamativo, sin duda. Pero estaba tan desconectado de la realidad que no sabía cómo se vestían las chicas para festejar la última noche del año.

—Claro —dijo sin mucho énfasis—. Me pongo unas botas y nos vamos.

Ella se sentó en el borde de la cama.

Él se calzó las botas de cowboy marrones y cogió su sombrero negro, uno nuevo que había comprado al salir de la cárcel. Vestir de otra manera en Oklahoma —y más en un pueblo pequeño— era casi un sacrilegio. Y lo cierto era que se encontraba a gusto. Se puso un grueso anorak y le hizo un gesto.

Juntos, abandonaron el estudio y bajaron las escaleras metálicas. En cuanto pusieron un pie en la calle, Vanessa se colgó de su brazo.

No había mucha gente en el exterior porque hacía frío y los comercios estaban cerrados, pero los pocos con los que se cruzaron los miraron con curiosidad.

—¡Qué cotillas! —murmuró ella—. ¿Eres famoso o algo así?

Él no respondió.

No le había contado nada de su pasado y no pensaba hacerlo.

El letrero de neón azul del bar de Corky se reflejaba sobre los coches que había delante de la puerta. No reconoció ninguno en particular. Supuso que sus amigos habrían ido andando, ya que tanto el piso de los Rogers como la casa de los padres de Ron estaban muy cerca.

Había mucha gente en el local, aunque todavía no estaba lleno del todo. *Chattahoochee* de Alan Jackson sonaba a todo volumen. Habían hecho bien en ir pronto. A partir de las diez acudirían muchas más personas, y después de la medianoche, ya no cabría un alfiler.

La mayoría de los clientes vestían de modo informal, con vaqueros y camisas, pero también había chicas con vestidos de fiesta, así que Vanessa no llamó demasiado la atención por su aspecto, pero al ser su acompañante, fue el blanco de todas las miradas.

Jace buscó la mesa en la que debían de estar sus amigos. La encontró al fondo. Solo Ron estaba allí y agitaba el brazo para llamar su atención. Kali y Cassie no habían llegado todavía.

Después de presentarle a Vanessa, Ron y él se fundieron en un abrazo. Fue breve debido a que Jace se apartó, porque Ron se hubiese quedado pegado a él como una lapa. Su cara de felicidad lo decía todo.

Apenas había cambiado, seguía llevando el mismo peinado y sus orejas sobresalían de su cabeza como siempre. Vestía una camisa azul cielo y unos vaqueros. Estaba delgado como un junco.

—¡Madre mía! —le dijo, apretando sus bíceps cuando Jace se quitó el anorak—. ¿Todo esto qué es? ¿Y los tatuajes? Vaya, este es Gus. Qué tiempos aquellos cuando competías con él...

Una camarera se acercó, dejó la carta sobre la mesa y tomó nota de las bebidas. Pidieron una jarra grande de cerveza, que no tardó en traer, junto con varios vasos.

—¿Competías en rodeos? ¿Eras bueno? —le preguntó Vanessa con los ojos muy abiertos.

—Fue hace muchos años. Ni bueno ni malo —repuso escueto.

Ron le miró con asombro, pero pareció entender que no deseaba hablar del pasado y no dijo ni una palabra.

—¿Sois amigos desde hace tiempo?

—Sí. Desde primaria —contestó Ron—. Hace tiempo que no nos vemos porque yo me fui a Boston a la universidad y no había vuelto al pueblo.

Jace casi no podía creerse que su amigo estuviera frente a él. Habían intercambiado cartas a lo largo de los años mientras estuvo en prisión, y sabía que tenía un trabajo muy importante en una empresa puntera en el sector tecnológico, que se había comprado una casa con piscina, y que se había casado. Por el momento no tenía hijos, pero estaban intentándolo.

—Ah, ahí están las chicas —dijo.

Jace giró la cara hacia la puerta.

Cassie y Kali acababan de acceder al local.

Kali llevaba un vestido naranja de vuelo con botas de cowboy negras y el pelo afro recogido en lo alto de la cabeza. Como siempre, su elección de colores era de lo más llamativa.

Cassie lucía unos pantalones negros, botas camel y una camisa blanca con una corbata de bolo, cuyo cierre era una piedra de ónice engarzada en plata. Llevaba un sombrero del mismo color que las botas.

Jace no estaba seguro, pero creyó distinguir que miraba con fastidio a Vanessa, que estaba casi sentada sobre su regazo. Mas cuando llegó a la mesa, era toda sonrisas.

Quizá se lo había imaginado.

Se presentaron y hubo apretones de manos, besos y abrazos.

Las dos recién llegadas se sentaron junto a Ron.

Kali examinó a Vanessa como si fuera un pequeño insecto molesto, pero pronto guardó las formas y comenzó a hacerle preguntas sobre su trabajo.

Aparentemente, trabajaba en un supermercado como cajera.

Jace no lo sabía. En verdad, solo sabía que le gustaba estar encima durante el sexo.

Los ojos de Cassie se cruzaron con los suyos por una milésima de segundo, pero ambos miraron rápidamente para otro lado, como si tuvieran doce años, pensó Jace con sorna.

Mientras ella hablaba con Ron, él tuvo tiempo de contemplarla. Que estaba guapa era indudable, que rezumaba clase, también.

Miró a Vanessa a través de las pestañas.

Las comparaciones eran odiosas, pero ninguna mujer le llegaba a Cassie a la altura del tacón de un zapato. Nadie. No solo era bella por fuera, también lo era por dentro. Su simple presencia iluminaba cualquier lugar.

Recordó la imagen de sí mismo que había visto esa misma mañana en el espejo y trató de solaparla con la Cassie que tenía enfrente.

No encajaban.

Cuando la camarera volvió, pidieron más vasos, otra jarra de cerveza y la comida: alitas de pollo, hamburguesas y patatas.

En Corky no había mucho dónde elegir.

La conversación entre los otros cuatro fluía. Él se limitaba a escuchar y a asentir o a negar si alguno se dirigía a él. Vanessa parecía congeniar con sus amigos. Se reía y se mostraba feliz.

Pese a estar rodeado por la gente, la música y sus acompañantes, él no podía evitar que su atención estuviera centrada en una única persona; su voz era la que más destacaba, su risa, sus gestos...

Todavía no había llegado la comida, cuando Colin se plantó al lado de la mesa. Tenía las mejillas sonrojadas y la frente sudorosa, como si hubiera corrido para llegar cuanto antes. Llevaba vaqueros, una camisa del mismo material y un chaleco de cuero marrón. Un cinturón con hebilla plateada completaba el conjunto. Todas las prendas parecían recién estrenadas.

—Hola —saludó con timidez.

Jace se desplazó por el sofá para que el muchacho pudiese sentarse junto a él, eso le acercó más a Vanessa, cuya sonrisa se hizo más amplia.

—Es mi hermano, Colin —presentó.

La única persona de la mesa que no se mostró confundida y saludó al chico con efusividad fue Vanessa. Ron, Kali y Cassie miraron a Colin con las bocas abiertas y luego a él, esperando una explicación.

No dio ninguna.

—Recuerdo que Jace hablaba de vosotros cuando era pequeño —dijo Colin—. Y yo siempre le hacía preguntas porque quería conoceros —rio.

—Es una sorpresa que estés aquí —comentó Cassie con afecto—. Os parecéis muchísimo. No sabíamos que estabais en contacto.

—Fui a buscarle a Durant cuando me enteré de que había salido...

Jace le dio un codazo y el chico se interrumpió.

—Pasa de hablar de eso —le dijo en voz muy baja—. Mis amigos lo saben, pero ella no.

Colin reaccionó con un rápido asentimiento.

Vanessa estaba distraída con su comida y no se dio cuenta de nada.

Pidieron más alitas y una hamburguesa con patatas para Colin, que preguntó si podía beber cerveza.

Jace se encogió de hombros. Que hiciera lo que quisiese. No era su padre.

Pronto, la conversación recayó sobre la infancia y adolescencia de los cuatro y fue inevitable hablar de los rodeos. Además, Colin estaba ansioso por conocer cómo había sido la vida de su hermano. Jace no dijo mucho, pero Ron, Kali y Cassie le describieron lo bueno que era compitiendo, con todo lujo de detalles. Vanessa estaba alucinada y no paraba de toquetearle la pierna por debajo de la mesa.

—Pero si eras tan bueno, ¿por qué lo dejaste? —preguntó con mucho interés.

—Se lesionó —intervino Cassie con rapidez—. Y ya no pudo volver a competir.

Jace la escrutó con los ojos entornados y, cuando ella le devolvió la mirada con una sonrisa, notó que el abdomen se le contraía.

—Vaya, qué lástima —dijo la rubia—. Al menos, la lesión no te ha afectado para otras... cosas —se rio demasiado fuerte, sin ser consciente de que nadie reía con ella.

Jace estuvo a punto de soltar una maldición.

Cassie se llevó el vaso de cerveza a los labios y esquivó su mirada.

—¿Os conocéis desde hace mucho? —preguntó Kali, rompiendo el tenso momento.

—No —respondió Jace con sequedad.

—Ha sido corto pero intenso —dijo ella, y volvió a reír.

Le estaba poniendo de los nervios. Follar con Vanessa no estaba mal, pero salir por ahí era diferente. No eran amigos ni tenían nada en común. No tenía que haberle dicho que se pasara por Waterford.

En ese momento, *Cowboy Take Me Away* de The Chicks comenzó a sonar, y Vanessa pegó un bote en el asiento.

—¡Oh, es mi canción favorita! —Obligó a Jace y a Colin a levantarse para poder salir del asiento y tiró de la mano del primero—. Baila conmigo, vaquero —le pidió.

Jace se soltó y meneó la cabeza.

—Yo no bailo.

Ella compuso un mohín de disgusto, pero entonces cogió de la mano a Colin y lo arrastró hasta la pista, en la que algunas personas bailaban. El muchacho fue tras ella, aturdido.

—Es muy... vivaz —dijo Ron.

Jace se encogió de hombros y lanzó una mirada a Cassie, que estaba ocupada sirviéndose más cerveza.

—Necesito ir al baño —dijo Kali

—Te acompaño —comentó Ron.

—Sabes que no me van los tíos, ¿verdad?

El rubio puso los ojos en blanco y le sacó la lengua.

Cassie se levantó para dejar que salieran.

Estaban solos y, durante los primeros segundos, la situación resultó rara.

—Parece simpática —dijo Cassie al fin.

—No lo sé. Apenas la conozco.

—Creía que estabais juntos.

—No. Solo follamos. Nunca había hablado más de dos frases seguidas con ella.

Cassie bebió, sin cambiar la expresión de su cara.

Jace hizo girar el vaso entre las manos.

No sabía por qué había respondido eso, pero no quería que ella pensase que tenía pareja o que le interesaba alguna mujer.

—Entonces, no estás con nadie... —murmuró ella.

Sus ojos refulgían y Jace temió perderse en ellos.

—No —contestó con un carraspeo—. ¿Y tú?

—Tampoco.

Ella levantó su vaso.

—Por la soltería.

—Por la soltería —repuso.

Antes de que pudiera beber, Cassie habló de nuevo.

—Y las malas decisiones.

Él ancló la mirada en la de ella, que parecía estar retándole mientras aguardaba con el vaso en alto.

¿Malas decisiones? No sabía si ella pensaba en lo mismo que él, pero si era así, era una de las peores decisiones del mundo.

¡Dios! Se iba a volver loco.

—Y las malas decisiones —concluyó, en voz muy baja.

Ambos bebieron hasta dejar sus vasos vacíos.

La canción había cambiado y ahora sonaba una diferente, que él no conocía y que el resto de la gente la cantaba a gritos.

Ron regresó con otra jarra de cerveza para sustituir la que estaba casi vacía.

—Esto está empezando a llenarse mucho, casi no me atienden en la barra.

—¿Y Kali? —preguntó Cassie.

—Bailando con un tipo. Creo que le conoce del instituto. Yo ni me acordaba de su cara —rio y tomó asiento—. Venga, ahora que estamos en confianza, ¿cómo ha sido lo de tu hermano? He flipado. ¿También tienes contacto con tu madre?

A Jace le salió una risa áspera.

—No.

Les contó cómo Colin se había presentado de improviso en su apartamento de Durant.

—Parece un buen chico —dijo Cassie.

Él la miró a través de las pestañas.

—Lo es. No debería... tener contacto conmigo.

—¡No digas eso! —exclamó Ron con enfado.

Cassie no dijo nada.

En ese instante, Vanessa y Colin regresaron. El chico estaba acalorado, pero le resplandecían los ojos de diversión.

—¡Qué bien me lo estoy pasando! —canturreó. Cogió su vaso y lo vació de un trago.

—Baila bien tu hermano —dijo Vanessa muy sonriente, al tiempo que se sentaba en el regazo de Jace, le echaba los brazos al cuello y le estampaba un beso en la boca.

No la rechazó, pero tampoco respondió al beso. Sus ojos se encontraron con los de Cassie por encima del hombro de la rubia. Le observaba con intensidad.

¡Mierda!

No tenía ni la menor gana de acostarse con ella.

Ni esa noche ni ninguna más, probablemente.

Kali regresó poco después, con otra jarra de cerveza.

—Solo faltan quince minutos para la media noche, chicos.

Se sentó al lado de Vanessa y señaló la pantalla gigante que había al fondo del local, donde solían retransmitirse competiciones deportivas. Estaba sintonizada la CBS, desde Nashville.

—¿Has visto alguna vez el Nashville Big Bash? —le preguntó Ron a Colin.

Este negó con la cabeza.

—Cuando van a dar las doce, en lugar de caer una bola, como en Times Square, cae una nota musical y hay fuegos artificiales —dijo Kali.

Jace absorbió la información. Hacía doce años que no celebraba el cambio de año. En la cárcel, tanto en Acción de Gracias como en Navidad podían comer algo diferente, pero Fin de Año era un día como los demás y las luces de su bloque se apagaban a las nueve. En una ocasión, Knight había untado a uno de los guardias para organizar una fiestecita en su celda, y vieron la celebración de Times Square en diferido.

El ambiente se iba caldeando según se acercaba la hora. Las voces y las risas se hacían más sonoras. Alguien había apagado la música y había subido el volumen de la tele. Estaba tocando un grupo de música country —era Nashville, a fin de cuentas— y un reloj a la derecha de la pantalla mostraba que solo quedaban tres minutos para las doce.

A sugerencia de Kali, abandonaron la mesa y se dirigieron a la pista, abriéndose paso entre la gente.

Jace empezó a estresarse. Demasiado calor, demasiadas personas y demasiado ruido. Se sentía ansioso y agobiado. Sus ojos buscaron un hueco por el que escaparse, pues necesitaba aire.

—Voy al baño —le dijo a Vanessa atropelladamente.

Sin esperar una respuesta, se escabulló del gentío y abandonó el local. Una bocanada de aire frío le recibió, pero no le molestó en absoluto. Era mil veces mejor sentir el viento gélido sobre la piel que los cuerpos sudorosos empujando por todas partes.

No había nadie fuera. Todo el mundo estaba dentro, disfrutando del espectáculo y esperando el momento de la cuenta atrás.

Cogió aire por la nariz y lo soltó por la boca. Después, se apoyó en la fachada y se sacó un cigarro del bolsillo. Lo encendió y le dio una calada mientras su mirada se posaba en el oscuro cielo nocturno.

La música dentro de Corky bajó de volumen y escuchó cómo la gente empezaba a contar a gritos.

Diez, nueve, ocho, siete, seis, cinco, cuatro, tres, dos, uno...

Y todo estalló.

Hubo explosiones, risas, música y gritos. No solo en el bar, también en algunas casas se podía ver a gente abriendo las ventanas y tirando petardos, deseando a los vecinos un feliz año. Incluso el cielo de Waterford se tiñó de plata. El alcalde debía de haber organizado unos fuegos artificiales en el Ayuntamiento.

Todo a su alrededor era ruido, algarabía y felicidad.

Y él solo quería marcharse a casa.

Desaparecer.

Sentía que ya no pertenecía ni a ese lugar ni a esa vida.

No quería regresar al interior. No quería volver y encontrarse con los demás, felices y llenos de gozo, cuando él estaba tan jodido.

Quería irse de allí.

Habían pasado pocos segundos y estaba sopesando cómo largarse, cuando la puerta del local se abrió y Cassie se plantó a su lado. Llevaba los abrigos y los sombreros de los dos.

La música resonaba potente y hacía retumbar la pared del local.

—Vámonos —dijo ella con firmeza. Y le tendió la mano.

Y él la tomó y se dejó guiar.

Sin pensar.

Capítulo 24

CASSIE

Habían brindado por las malas decisiones y esa que había tomado era sin duda una de las peores, pero no lo soportaba más. No podía pasar más tiempo con Jace pretendiendo que no le importaba y aceptando que solo eran extraños. No podía. Y mucho menos cuando sus miradas no paraban de cruzarse y de decirse mil cosas.

Así que, en cuanto le vio marcharse con esa expresión desesperada en la cara, supo lo que tenía que hacer.

En cuanto los ánimos por la llegada del nuevo año se calmaron, le dijo a Kali al oído que se iba con Jace, que dejaba en sus manos el explicárselo a todo el mundo. Sabía que la ponía en un compromiso, pero para algo estaban las amigas.

Cogió los abrigos y salió del local.

Tal y como sospechaba, Jace estaba al límite.

Se le encogió el pecho al verle así.

Anduvieron sin hablar, uno al lado del otro, bajando por la calle principal del pueblo. Gritos, música y risas, provenientes de las casas, los acompañaron.

Ella le miró de reojo. Cuanto más se alejaban de Corky, más ligero parecía su paso y su gesto se iba calmando.

—¿Por qué no has dicho que no querías estar ahí? —le preguntó.

Él se encogió de hombros.

En ese instante, le empezó a sonar el móvil. Se lo sacó del bolsillo y miró la pantalla con desidia.

Cassie tuvo tiempo de ver que era Vanessa la que llamaba.

—Si quieres quedar con ella, me voy —ofreció. No quería irse, pero iba a respetar la decisión de Jace.

—No —murmuro él en voz baja. Rechazó la llamada y escribió un mensaje con rapidez antes de apagar el aparato.

Continuaron caminando. Aparentemente, lo hacían sin rumbo, pero sus pasos los llevaban hacia el almacén de los King. Él lo hacía con las manos en los bolsillos y la cabeza inclinada, de manera que el ala de su sombrero le ocultaba las facciones.

Al alcanzar la edificación, ella no se detuvo y siguió andando, sin dejarle más opción que seguirla. Rodearon el edificio, silenciosos, y subieron las escaleras metálicas hacia el estudio.

Ella ya había estado allí cuando era una adolescente. Utilizaban el espacio como trastero donde se almacenaban objetos viejos e inútiles.

Cuando él encendió la lamparita de la entrada, recorrió el lugar con la vista. La cama ocupaba el centro de la estancia. También había una mesa y dos sillas, un sillón ajado y, enfrente, una televisión en el suelo. La cocina diminuta de color gris estaba en un lateral y, al lado, había una puerta estrecha que conducía al baño. No había ningún detalle personal, ni cuadros ni fotos ni adornos. Nada.

Todo era aséptico y sin personalidad.

Aquello no era un hogar.

Él se quitó el anorak y lo tiró sobre la mesa con descuido. Hizo lo mismo con el sombrero. Después se quedó quieto en el centro del minúsculo espacio, sin mirarla.

—No tengo nada que ofrecerte —dijo con un suspiro.

La frase quedó flotando en el aire. Los dos sabían que no se refería a ninguna bebida.

Cassie apretó los labios. Ahora que ya estaba ahí, no iba a permitir que él la apartase. Se quitó el abrigo y el sombrero con decisión y los colocó sobre una de las sillas.

—Agua está bien —dijo, y tomó asiento en el borde de la cama.

Él la miró por fin con un gesto a caballo entre la sorpresa y la incertidumbre, pero terminó por dirigirse a la zona de la cocina y sacar dos botellas de agua del refrigerador. Le tendió una y se sentó en el raído sillón.

Bebieron agua en silencio.

—¿Qué hacemos aquí? —preguntó Jace al cabo de un rato.

—Huir —repuso ella.

Él sonrió casi imperceptiblemente.

—Podía haber huido solo.

—Es mejor conmigo.

Él soltó un suave lamento.

—¿Qué es lo que quieres de mí, Cassie?

—Quiero que vuelvas a mi vida —dijo con intensidad—. Quiero que podamos hablar como antes y que recuperemos lo que teníamos. No te estoy pidiendo que seas mi pareja —se apresuró a añadir al ver que él se revolvía inquieto—. Me da igual cómo regreses, como amigo, como parte de mi familia, como lo que sea, Jace..., pero no quiero volver a perderte.

Él tardó en responder mientras hacía girar la botella de agua entre las manos.

—Ese Jace que tú quieres que vuelva, ya no existe.

—Pues déjame conocer al nuevo. Yo tampoco soy la chica de entonces, ¿sabes?

—No es lo mismo.

Ella se incorporó, se acercó y se arrodilló frente a él. Imprimió vehemencia a su mirada y trató de leer dentro de sus oscuros iris. Creyó ver una chispa en ellos. No estaban tan vacíos como aparentaban.

—Dame una oportunidad de volver a conocerte —rogó—. Iremos despacio. Cuéntame lo que quieras, o no me cuentes nada. Si tú no quieres hablar, hablaré yo. Y si no quieres que hable, guardaré silencio. Déjame estar cerca de ti.

La mirada de él destiló puro dolor y a ella se le encogió el pecho de angustia. Solo quería abrazarle y consolarle, pero se conformó con apoyar las manos en sus rodillas, queriendo transmitirle su afecto incondicional. Creyó que había ganado cuando vio que él dejaba la botella en el suelo y se tapaba la cara con las manos.

Pero se equivocaba.

Cuando volvió a mirarla, sus ojos eran más fríos que nunca y una curva de amargura torcía su boca.

—No tiene sentido, Cassie —espetó.

—¿Qué no lo tiene?

—Esto —dijo con brusquedad—. Tú y yo. Una vez fuimos algo, pero ya no somos nada.

Ella tragó saliva, decepcionada.

Era cierto que ese tipo duro y antipático no era el Jace del que se había enamorado, pero sabía que había otro Jace debajo de todo ese dolor y esa furia.

Sentía que merecía la pena luchar por él. No quería rendirse sin haberlo intentado.

Quizá ellos dos ya no pudiesen ser una pareja, pero nada se interponía entre ellos para que pudiesen ser amigos.

Una vocecita dentro de ella le decía todo el tiempo que la palabra amigos se le quedaba corta, mas la acallaba, ya que no sabía si podría sentir amor por esa persona que la miraba con hostilidad.

De pronto, él se puso de pie y ella estuvo a punto de caerse al suelo de espaldas.

—Creo que ha sido un error que vinieras aquí. Estoy cansado. Es mejor que te vayas.

Ella rechinó los dientes y se incorporó.

—No me voy a ir.

—Joder —masculló él—. Cassie, márchate antes de que diga o haga algo de lo que me pueda arrepentir.

Ella le contempló y, al atisbar una ráfaga de deseo en su mirada, un temblor le recorrió el abdomen. Así que ese era el problema..., que quería acostarse con ella.

Si aquella era su debilidad, iba a aprovecharse de ello.

—Dímelo, aunque luego te arrepientas —le provocó en voz baja, lamiéndose el labio inferior—. Vamos, sé valiente.

Él la observó, con los ojos entornados.

—Quiero follarte —murmuró entre dientes.

Al escucharle, su corazón palpitó a una velocidad superior a la normal.

—Hagámoslo. Follemos.

Él la miró con incredulidad, pero ella no le dejó tiempo para pensar o echarse atrás. Se acercó a él y le besó.

Sabía a tabaco y a cerveza y su boca no tenía nada que ver con la boca del Jace adolescente que recordaba. Era ruda y más demandante, y su barba le arañaba la piel. Pero el cuerpo y el corazón de Cassie eran muy conscientes de quién era la persona a la que besaba. Así que cerró los ojos y se dejó llevar por el instinto.

Pese a que él se había visto sorprendido por su ímpetu, no tardó en estrecharla entre sus brazos y devolverle el beso con una ferocidad implacable. Se mostraba ansioso y necesitado, como si llevara cientos de años sin recibir el calor de una mujer.

No hubo palabras, pero tampoco silencio. Los gruñidos y los gemidos llenaron la soledad del pequeño apartamento.

Jace era mucho más grande y fuerte que hacía años. La alzó en el aire con un solo brazo, como si no pesase nada en absoluto, y profundizó el beso, sin delicadeza alguna, hasta que cayeron en la cama y se revolcaron sobre el edredón.

Él se incorporó lo suficiente para arrancarse la camiseta y desabrocharse los vaqueros. Ella no tuvo tiempo de fijarse en los tatuajes que adornaban su pecho porque él volvió a dejarse caer sobre su cuerpo y comenzó a restregar la cara contra su torso, aspirando fuerte. No intentó analizar ese singular comportamiento y, contorsionándose, se desabrochó la corbata, y la camisa, dejando el sujetador blanco al descubierto.

Quizá se lo imaginó, pero le pareció que Jace dejaba escapar un lamento de dolor, y trató de leer en sus facciones, pero la lamparita quedaba a su espalda y solo podía ver su silueta al contraluz.

Sentía que iba a hiperventilar, tal era su estado de excitación. La ansiedad la inundaba, pues hacía tiempo que no se acostaba con nadie y estaba a punto de hacerlo con Jace.

Su Jace.

Él se había quedado inmóvil y muy callado, sentado a horcajadas sobre sus caderas. Le repasó el estómago con las yemas de los dedos, y subió, dejando atrás sus senos para concentrarse en su cuello y su garganta. Cassie se estremeció por la caricia, tan suave como el aleteo de una mariposa.

El dedo índice de Jace llegó hasta su labio inferior y ella sacó la punta de la lengua y lo rozó. Sabía a sal.

De golpe, él dejó de ser tierno y delicado y se puso de pie. De modo feroz, se despojó de toda la ropa que llevaba puesta: las botas, los calcetines, el vaquero y el bóxer y, antes de que ella hubiera podido reaccionar, tiró de su mano y la obligó a incorporarse también para quitarle la camisa y el sujetador. Se arrodilló en el suelo y, mientras la despojaba del calzado, los pantalones y las bragas, le mordisqueó el vientre con avidez.

Ella jadeó avergonzada cuando él hundió la cara entre sus piernas y la olisqueó.

¡Joder!

Todo su cuerpo comenzó a arder de deseo.

Inesperadamente, la empujó contra el colchón y se arrojó encima. La devoró de arriba abajo, sin pronunciar palabra. La besó por todas partes, llenándose de su esencia una y otra vez. Hundía la cara en su cuello, en sus axilas, en el hueco de sus rodillas, en su sexo húmedo y caliente mientras sus manos dibujaban figuras en su pecosa piel.

Ella solo podía derretirse y dejar que la moldeara a su antojo.

Era arcilla y él un maestro alfarero.

Nunca antes había experimentado nada igual.

Su lengua y sus dedos estaban por todas partes al mismo tiempo.

Y era rudo.

Pero Cassie no quería que fuera de otro modo.

Siempre pensó que era una mujer a la que le costaba llegar al clímax. Sus parejas no lo habían tenido fácil para conseguirlo. Ni siquiera cuando se masturbaba solía correrse rápidamente; necesitaba mucha concentración.

Pero Jace solo tuvo que friccionar su clítoris un par de veces y su mundo interior se desmoronó. Su cuerpo se sacudió mientras sentía la sangre como lava corriéndole por las venas. Debió de gemir con fuerza, pero no fue muy consciente de ello, porque estaba lejos de allí. El orgasmo la dejó sin fuerzas, temblorosa y muy satisfecha.

A través de las pestañas, vio que él se inclinaba sobre su abdomen para lamérselo, hizo lo mismo con sus muslos, su monte de Venus, su sexo...

—Jace... —jadeó, al borde de un nuevo orgasmo—. Oh, Jace...

No podía pensar y lo siguiente sucedió muy rápido.

Él sacó un preservativo, rasgó el envoltorio y se lo colocó. Después, de una única embestida, se enterró en su interior, resollando como un animal salvaje.

Cassie estaba extasiada por toda esa fuerza bruta que él desprendía. El orgasmo la había dejado tan dúctil que solo quería que él profundizara más y que empujara con más fuerza, hasta traspasarla.

No tuvo que pedírselo porque Jace parecía poseído. Se movía con violencia, y cuando se alzó sobre los brazos, constató que estaba muy tenso. Sus bíceps habían duplicado su tamaño y las venas de su cuello parecían a punto de estallar.

La sensual imagen provocó que Cassie volviera a correrse.

Se retorció y jadeó mientras trataba de comprender cómo era posible que su cuerpo reaccionase de esa manera tan inusual.

Aquello era una locura.

Él se incorporó, se sentó sobre las rodillas, y la sujetó por las caderas, moviéndose con fiereza.

Cassie se aferró al colchón, sin dejar de mirarle. Era como una fuerza de la naturaleza, como un huracán poderoso que arrasaba todo a su paso.

Estaba a punto de alcanzar su tercer orgasmo, cuando él echó la cabeza hacia atrás y soltó un rugido hondo y profundo, estremeciéndose. Tardó unos segundos en relajarse y bajar la barbilla. Tenía los ojos cerrados y la cara empapada.

Al darse cuenta de que no era sudor lo que cubría sus mejillas, sino lágrimas, Cassie se quedó petrificada.

¿Jace estaba llorando?

Inesperadamente, él se apartó, se bajó de la cama y se dirigió al baño.

—¿Jace? —le llamó, perpleja.

Solo recibió un portazo por respuesta.

Se había encerrado.

Confusa y demasiado afectada por todo lo sucedido, se sentó en la cama y observó la puerta por la que él había desaparecido. Se sentía vacía, como si le hubieran arrancado una parte del cuerpo.

Terminó por llevarse las manos a la cara y sollozar en silencio.

Capítulo 25

JACE

Cuando se miró al espejo vio la cara de un tipo despreciable y odioso. El Jace de la penitenciaría. Ese Jace que no tenía problemas en acuchillar a alguien o en propinar palizas. El Jace despiadado y sin corazón.

Se deshizo del condón y lo arrojó al retrete. Luego se sentó sobre la tapa y hundió la cabeza en los hombros y la cara en las manos.

Estaba tiritando y no era por el frío porque estaba empapado en sudor.

Se había comportado como un animal con ella.

Como un jodido cerdo.

Cassie era la persona más especial del mundo y él acababa de tratarla como si fuese una mierda.

Estaba mal de la cabeza.

Jamás iba a poder perdonarse a sí mismo.

Ella debía de odiarle. Había saltado sobre su cuerpo como una bestia en celo y no se había preocupado de nada más que de ceder a sus instintos más bajos. Ni siquiera sabía si ella había disfrutado, ya que, mientras duró el asalto, él tenía la mente en blanco y una nube opaca le oscurecía la vista.

¿Qué cojones le había pasado? ¿Dónde estaba el tipo indiferente en el que se había convertido después de salir de prisión? Nunca había perdido los papeles de ese modo con otras mujeres. Solía ser frío y desapasionado.

¡Mierda!

Se puso de pie y comenzó a recorrer la diminuta estancia de una pared a otra, dos pasos a la derecha y dos a la izquierda, hasta que comenzó a sentirse como un animal enjaulado.

Volvió a dirigir la vista al espejo. Seguía teniendo las mejillas húmedas y un par de lágrimas furtivas le colgaban de las pestañas. Le dolía el pecho y el estómago.

Le dolía el alma.

Se metió en la ducha y se lavó con rapidez. Luego se lavó los dientes.

No podía quedarse en el baño como un imbécil. Tenía que salir y enfrentarse a ella, aunque quizá se hubiera marchado después de cómo la había tratado. No podría reprochárselo.

¡Maldito cabrón!

Se anudó una toalla a la cadera porque no quería importunarla con su desnudez, y abrió la puerta.

Al verla sentada en la cama con la camiseta que él se había quitado poco antes, se le calentó el pecho.

Ella le miró, con los ojos enrojecidos.

También había llorado.

La sensación de culpa le asfixió. Quería pedirle perdón, pero ¿cómo?

Se acercó y tomó asiento en el borde del colchón, a su lado.

Pasaron unos segundos en completo mutismo. El sonido de un motor acompañado por unas risas en la calle interrumpió el silencio, pero no tardó en desaparecer.

Jace tenía la boca seca. Notaba la lengua pegada al paladar, así que se levantó y cogió la botella de agua que había dejado en el suelo. Dio unos tragos y volvió a sentarse.

—Cassie —dijo en un murmullo—. Lo... lamento. Siento haberte tratado así. No sé qué me ha pasado.

—No tienes que disculparte.

Volvió la cara para mirarla. Estaba muy serena.

—Me he portado como un animal.

—¿Me has escuchado quejarme?

La escrutó, confundido, y se dio cuenta de que ella llevaba el colgante con la C. Ni siquiera se había percatado de ello antes, a pesar de haberla tenido desnuda a solo unas pulgadas de distancia.

Alargó la mano y tocó la letra de plata, que destacaba sobre el tejido negro de su camiseta.

—Has llorado —dijo.

—He llorado porque te he visto llorar.

Resopló por lo bajo mientras cerraba el puño en torno al colgante.

Cassie llorando por él. No se lo merecía.

—¿Quieres hablar conmigo? —le preguntó ella con suavidad—. Sabes que puedes confiar en mí.

—¡No! —exclamó y se echó hacia atrás.

No quería que ella fuera consciente de toda la mierda que llevaba dentro. Si supiera solo una pequeña parte, seguro que no le miraría de la misma manera, con esa increíble calidez.

Cassie era maravillosa y perfecta y él... no lo era.

Se incorporó y se acercó al lugar donde había dejado caer su bóxer. Se deshizo de la toalla y se lo puso. Después, se quedó inmóvil cerca de la puerta del baño, dándole la espalda. Estaba aturdido. Si regresaba a la cama, no sabía si sería capaz de controlarse, porque el deseo le nublaba los sentidos. Durante mucho tiempo se había imaginado una escena similar y la había ahuyentado de sus pensamientos, catalogándola como imposible.

Pero ahora se había convertido en real.

Quizá lo mejor sería decirle que se marchara.

—Me voy a quedar a dormir —anunció ella con determinación, como si pudiera leerle los pensamientos.

Él se giró y la escrutó durante unos segundos. Tenía la mandíbula apretada, el ceño fruncido y se mostraba muy decidida.

Si era sincero consigo mismo, tampoco quería que se fuera. Era agradable por una vez tener compañía y más si era la de Cassie.

—¿Qué significan las siglas de tu clavícula? —preguntó ella repentinamente.

Se llevó una mano al antiguo tatuaje. Luego recorrió los otros con la vista; los oscuros y feos cuchillos de los pectorales.

No quería responder. Toda aquella tinta formaba parte de un pasado que no quería que formara parte ni de su presente ni de su futuro.

—¿Quieres algo más antes de que apague la luz? —Desvió el tema.

Ella no se molestó en responder. Se bajó de la cama y fue al baño. Cuando se encerró dentro, él soltó el aire que había contenido en los pulmones y aflojó los puños. No se había dado cuenta de que los apretaba.

Escuchó el grifo de la ducha y aprovechó su momentánea ausencia para hacer una locura. Cogió su camisa del suelo, hundió la nariz en la tela y aspiró hondo. Olía bien, muy bien. ¡Dios! Parecía un acosador.

En cuanto el agua dejó de correr, entró en razón y se apresuró a recoger la ropa del suelo y ponerla sobre la mesa. Apagó la luz de la entrada y encendió la de la mesilla. Después, se acostó en un extremo de la cama y se tapó con el edredón.

Estaba agotado, pero no sabía si podría dormir.

Demasiadas emociones.

Demasiadas malas decisiones.

Cassie salió del baño mucho antes de que estuviera preparado para enfrentarse a ella. De soslayo, vio que se había recogido el pelo en lo alto de la cabeza y de que se tapaba con una toalla. Cuando la dejó caer y se quedó desnuda, él se giró hacia la mesilla y apagó la luz, con los nervios a flor de piel. Poco después, notó el peso de ella sobre el colchón.

El silencio se adueñó de la estancia.

Cassie se mantenía a distancia, pero Jace podía sentir su calor y su cuerpo se tensionó. Empezó a contar los latidos de su corazón para distraerse mientras escuchaba las respiraciones de ambos.

—Estás despierto —susurró ella.

No era una pregunta.

—Sí.

—Quiero decirte algo.

—Dime.

—En un día regreso a Tulsa y no sé cuándo voy a volver a verte —comenzó—. Solo sé que no quiero que las últimas horas que podemos pasar juntos sean… feas, que tú vayas por tu lado y yo por el mío, y que nuestras últimas palabras estén llenas de culpa, vergüenza o acritud. No te estoy pidiendo que me des nada —se apresuró a añadir—. Solo quiero que me dejes a mí darte algo.

Él arrugó la frente. No la estaba entendiendo.

—¿Qué quieres darme?

Ella se acercó a él y le forzó a girarse, cogiéndole por sorpresa. Comenzó a besarle con una suavidad increíble. Completamente descolocado, se mantuvo quieto, pese a que notaba que su interior ardía y tenía la necesidad de abalanzarse sobre ella.

No lo hizo.

No quería volver a comportarse como un animal.

Respondió al beso porque era muy dulce y gentil, y era imposible resistirse, pero no hizo nada más.

Fue Cassie la que tomó la iniciativa, la que acarició cada pulgada de su piel con delicadeza, como si fuera un objeto valioso. Le recorrió el cuerpo con los labios y la punta de los dedos mientras decía su nombre una y otra vez.

Él se estremeció.

Tanta ternura…

Tenía la garganta estrecha por el llanto contenido, y al mismo tiempo notaba la excitación creciendo en su bajo vientre.

Se agarró al cabecero de madera de la cama con tanta fuerza que se clavó las aristas de los postes en las palmas de las manos. Tenía miedo de volver a descontrolarse.

Cassie le quitó el bóxer y continuó con los roces ligeros, mimándole y agasajándole con tanta sutileza y dedicación que él tuvo que tragarse las lágrimas de emoción.

Ella se apartó solo para ponerle un preservativo. No era difícil encontrarlos, tenía la caja sobre la mesilla. Cuando se sentó sobre él y su miembro la penetró con lentitud, ya no logró aguantar más sin tocarla y la abrazó.

Hicieron el amor.

Se mecieron al son del silencio, con las bocas unidas y las manos enredadas, respirándose y gimiendo casi al unísono.

Sintió que ella se revolvía entre sus brazos y supuso que habría alcanzado el clímax, aunque él no había hecho nada.

Su orgasmo fue más lento, intenso y profundo de lo habitual y agradeció la oscuridad del cuarto porque estaba llorando de nuevo.

Por primera vez en muchos años se sentía amado.

Cassie le besó las húmedas mejillas y él supo que le había descubierto, pero ella no dijo nada, solo le abrazó fuerte.

Y así, envueltos en calor, sudor y respiraciones entrecortadas, se quedaron dormidos.

Capítulo 26

CASSIE

—Os acostasteis.

Era la tercera vez que Kali repetía aquella frase y era la tercera vez que ella no decía nada.

—Te puedo perdonar que te largases y nos dejaras a Ron y a mí con la tipa esa, que se cogió un mosqueo brutal por el mensaje que le mandó Jace, y con su hermano pequeño, que se emborrachó de mala manera. Pero no te voy a perdonar que guardes silencio y no me digas la verdad.

—Sí, nos acostamos —confesó Cassie al fin.

Estaban ambas preparando las maletas porque regresaban a Tulsa al día siguiente. Acababan de regresar del rancho, de la comida familiar que los King organizaban por Año Nuevo, a la que no habían asistido ni Jace ni Colin, aunque no fueron los únicos: Sheila y su novio también fallaron, y Jim ni siquiera había regresado de Oklahoma City, donde pasó la Nochevieja con amigos.

Eran ya las cinco de la tarde y Cassie no sabía nada de Jace desde que despertó en el estudio a eso de las diez de la mañana y vio que estaba sola. Le esperó casi una hora, pero no regresó, y su camioneta tampoco estaba abajo.

Así que se fue.

Tenía su número de teléfono y podía haberle llamado, pero las cosas entre ellos no estaban claras, pese al increíble momento que pasaron juntos antes de quedarse dormidos.

—¿Puedes profundizar algo más en el asunto? —pidió Kali con retintín.

Se sentó en la cama, apartando la maleta.

Sabía que podía confiar en su amiga, pero tenía la sensación de que si le contaba todo estaría traicionando a Jace, por lo que solo le dio una versión abreviada de los acontecimientos.

—Jace no está bien —concluyó, simplificando al límite lo ocurrido.

—Eso es obvio.

—Es más que lo obvio. Mucho más —susurró.

Las distintas imágenes del Jace de la noche anterior pasearon ante sus ojos.

Jace con actitud fiera, como poseído por las circunstancias.

Jace arrepentido y lleno de vergüenza.

Jace indiferente con los ojos vacíos.

Jace llorando emocionado.

Bajó los párpados y cogió aire. No había planeado acostarse con él, pero se alegraba de que hubiera sucedido. Después de mucho tiempo de incertidumbre, ahora sabía que todavía había algo entre ellos.

A lo mejor sus sentimientos no los llevaban a ninguna parte, y su conexión estaba rota para siempre, mas no podían dejar de intentarlo, ¿no?

Ella lo deseaba.

Solo tenía que convencerle a él.

—No te voy a hacer más preguntas porque está claro que no me vas a contar nada —comentó Kali con un encogimiento de hombros—. Solo espero que puedas recuperarle para todos nosotros. Que podamos ser amigos de nuevo. Ojalá consigas que sonría como lo hacía antes... —susurró, esperanzada—. ¿No te vas a despedir? Estará en el Western Inn con Colin —añadió—. Ron y yo le llevamos casi a rastras ayer. Seguro que tiene una resaca del quince. Llámale y si no te coge el teléfono, pásate por allí.

—Sí. Voy a llamarle.

Quería volver a verle antes de marcharse.

Se dirigió al salón donde había dejado el móvil y jugueteó con él unos segundos, indecisa. Terminó cogiendo aire y liberándolo lentamente antes de marcar su número.

—¿Sí?

Su voz ronca y profunda le hizo dar un respingo. Estaba tan convencida de que no iba a responder, que no supo qué decir.

—Eh..., Jace... Soy Cassie.

—Lo sé —repuso escueto.

Carraspeó, tratando de recuperar el aplomo.

—Nos vamos mañana y te llamaba para despedirme.

Hubo un breve silencio al otro lado de la línea.

—Nos vemos en el lago en media hora, ¿te parece bien?

El corazón de Cassie rebotó con tanta fuerza en su pecho que estuvo a punto de salírsele por la garganta.

—Me parece bien —dijo deprisa.

No pudo seguir hablando porque Jace cortó la comunicación.

—¿Qué? —Kali se había acercado a ella sin que se diera cuenta.

—Nos vemos en el lago en media hora.

—Déjame que te maquille y te peine rápido. —Tiró de su brazo—. Para que sepa lo que se pierde si pasa de ti. Y te puedes poner el vestido negro...

—No —la interrumpió, deteniéndola—. Voy a ir tal y como estoy.

—¿Con esa ropa vieja? —se sorprendió la otra.

—Sí. Voy a ir de Cassie, no de Cassandra —decidió—. No quiero ser una modelo con él. Quiero ser yo, la de siempre.

Llevaba vaqueros y un jersey grueso de lana. Se calzó unas botas de invierno de cordones y se puso su anorak verde. No perdió tiempo frente al espejo. Estaba tan ansiosa por llegar a la cita, que abrazó a Kali y salió corriendo del piso.

Condujo deprisa y, cuando alcanzó el lago, todavía faltaban diez minutos para la hora acordada.

Pero Jace ya estaba allí.

Los faros del Toyota iluminaron la oscura silueta, erguida junto a la orilla, de espaldas, y con su sombrero puesto.

Apagó el motor y tragó saliva. Descendió del coche y caminó hacia él. El suelo estaba resbaladizo porque había caído algo de nieve hacía unas horas, aunque no había cuajado.

Se situó a su lado.

Él no hizo ningún gesto de que la hubiera escuchado llegar.

—Has venido pronto —dijo ella.

—Sí.

Sonaba frío, como la brisa que levantaba suaves ondas en la superficie del lago.

—¿Has venido andando? —preguntó sorprendida.

—Sí.

Era desesperante hablar con él en la penumbra. Era difícil distinguir su expresión.

—Estoy congelada. ¿Podemos sentarnos en mi coche y pongo la calefacción?

Antes de que él pudiese decir que no, se dio media vuelta y se encaminó al vehículo. Entró, cerró la puerta y activó el encendido. Con las luces del salpicadero y del navegador podría verle la cara.

Él entró poco después, hosco e indiferente, se quitó el sombrero y lo puso sobre sus rodillas.

Ella se giró para mirarle.

—Jace, creo que nos merecemos ser sinceros el uno con el otro. —Fue directa al grano—. No quiero medias verdades ni que dulcifiquemos lo que tengamos que decirnos. Después de todo lo que nos ha pasado en la vida, lo mínimo que podemos hacer es respetarnos y ser claros.

Él volvió la cabeza hacia ella.

—Está bien.

Transcurrieron unos segundos silenciosos, en los que ella pudo leer en su semblante que estaba a punto de decir algo que no le iba a gustar.

—No me digas que lo que pasó anoche fue un error —se adelantó.

—Has dicho que quieres que sea sincero.

—¿De verdad te arrepientes?

Él se revolvió en el asiento y cogió aire.

—Acostarme contigo anoche fue como el cielo y el infierno, Cassie —admitió en voz queda.

—No sé cómo tomarme eso...

—Me porté como un animal contigo. No sé qué me pasó, pero perdí el control por completo. Ahora soy así: violento y agresivo...

—¡Eso es una gilipollez! —protestó ella—. Tampoco fue para tanto, Jace. No te recrimines. Nunca hubiera consentido que me hicieses daño. Jamás. Tú sabes por lo que he pasado... y sé distinguir muy bien entre la violencia y la pasión. Y lo disfruté. ¡Me corrí dos veces!

La miró con escepticismo, como si no pudiese creerlo.

—Pienso que tienes una imagen distorsionada de ti —continuó ella—. Deberías verte como te ven los demás, como te veo yo. Sé que has cambiado y no eres el Jace de antes, pero tampoco eres ese hombre despiadado y horrible que crees ser.

—No tienes ni idea de lo que he hecho en prisión.

—Me da igual —dijo entre dientes.

Él bàjó la vista y encogió los hombros.

—El problema es que a mí no me da igual, Cassie. Sé que es probable que no me comprendas, pero odio la persona que soy ahora.

Ella sintió que se le encogía el pecho.

—Yo no te odio, Jace. Al contrario. No puedo odiar al hombre que ayer se abrazó a mí llorando y que ha dormido toda la noche sujetándome como si tuviera miedo de perderme —musitó.

Él volvió la cabeza hacia la ventanilla, como si no pudiese soportar que ella le hablara en ese tono.

Cassie alargó la mano y la posó en su brazo, notando que se ponía rígido al contacto.

—Jace, mírame.

Él tardó en hacerlo. Las tenues luces del salpicadero creaban sombras en su rostro, pero era evidente que estaba desolado.

—Sigues siendo una de las personas más importantes de mi vida y no quiero que vuelvas a apartarme de tu lado como hiciste hace doce años. Fue muy doloroso. Sé que todavía no estás preparado para que recuperemos lo que teníamos y quizá nunca lo hagamos. —Hizo una pausa—. Pero no quiero irme mañana y que el contacto se rompa entre nosotros. Quiero que formes parte de mi vida y yo formar parte de la tuya.

Él bajó los párpados.

Cassie aguardaba ansiosa su respuesta. No había dicho todo lo que quería decir porque no deseaba presionarle. Sabía que los dos se movían a diferentes velocidades y Jace necesitaba más tiempo.

—No sé si puedo darte algo de lo que me pides —contestó él al cabo de un rato.

—Dame lo que tengas. No te pido más.

Él se llevó las manos al pelo y se lo echó hacia atrás. Parecía indeciso y confundido.

Los segundos transcurrieron mudos. La luna, en su fase de cuarto creciente, se reflejaba en la superficie del lago, grande y plateada.

Aquella imagen le trajo recuerdos a Cassie. Muchos recuerdos de todo lo que había sucedido allí. Ahuyentó los malos, como el primer beso que intercambió con Travis, y se centró en los buenos, en cómo había bailado para Jace en una noche similar a esa. Y en cómo había hecho el amor por primera vez mientras llovía a mares, bajó la improvisada tienda de campaña.

—Creo que has elegido el sitio perfecto... —dijo en voz alta—. Hemos vivido muchas cosas bonitas aquí.

—Sí —repuso él con voz ronca.

Le dirigió una mirada por el rabillo del ojo. Él también la estaba mirando con anhelo. O eso interpretó ella.

—Te voy a pedir una cosa, Jace —le dijo en un susurro—. Concédemela, por favor... —se interrumpió—. En realidad, son dos cosas.

—Dime.

—No voy a regresar hasta marzo, para la boda de Sheila. Quiero que, hasta entonces, si te llamo, me cojas el teléfono o me devuelvas las llamadas. No me ignores.

Él asintió lentamente.

—Y la segunda cosa que quiero pedirte, es que me beses. —Respiró hondo—. Ahora.

Era indudable que él no lo había esperado, porque reaccionó dando un respingo. La examinó entrecerrando los ojos.

Ella se retorció las manos en el regazo. Sabía que se arriesgaba al pedirle aquello, pero tampoco iba a perder demasiado si él respondía que no. Se llevaría una desilusión, pero sobreviviría.

Pese a que la cara de Jace mostraba reticencia, terminó por acercarse. Sus labios rozaron los de ella. Después, llegó el beso, pausado, lento, casi infantil...

Y se apartó.

Los dos se miraron con fijeza. Sus respiraciones eran entrecortadas. Él apartó la mirada primero, ella lo hizo poco después. Notaba el calor expandiéndose por su vientre y tuvo que controlar el deseo de pedirle más besos, o de lanzarse ella misma para conseguirlos.

—Eh... ¿Te llevo a algún sitio? —preguntó con un carraspeo.

—Llévame al Western Inn. Mi hermano está allí, muriéndose —dijo con ironía.

Aquella forma de hablar le recordó tanto al Jace de antaño que estuvo a punto de suspirar esperanzada.

No intercambiaron ni una sola palabra durante el breve trayecto, el motel estaba a diez minutos del lago.

Tampoco se despidieron.

Jace se limitó a hacerle un gesto con la mano y abandonó el vehículo. Ella le siguió con la vista mientras caminaba dando grandes zancadas hacia una de las puertas de la planta baja. Por mucho que hubiera cambiado en todos esos años, sus andares seguían siendo los mismos: de jinete de rodeo.

La ternura la invadió.

Cuando él desapareció en el interior de la habitación, puso el coche en marcha de nuevo. Se acarició el labio inferior con los dedos de la mano izquierda mientras que manejaba el volante con la derecha.

Quizá él no lo supiese, pero ese beso había sido especial...

Capítulo 27

JACE

Contaba los días para que llegara el fin de semana en el que tendría lugar la boda de su prima. Pese a que su conciencia le decía que era una malísima idea volver a ver a Cassie, porque era muy probable que sucumbiera a sus encantos de nuevo, todo su ser la echaba de menos.

La razón contra el corazón.

Había pasado más de un mes desde que se vieron por última vez, y ella no había tratado de contactar con él. Tendría que estar contento, se decía. Sin embargo, no podía evitar mirar su móvil, como un imbécil, por si acaso no lo había escuchado sonar.

Se preguntaba cómo había podido sobrevivir doce años en prisión sin ella, y tras un único encuentro, se sentía desesperado y no podía borrarla de sus pensamientos. Desde que amanecía hasta que se iba a la cama, danzaba por su cabeza.

La puerta del almacén se abrió y el señor Arlington le saludó y se dirigió al estante de las brocas. Era la tercera vez esa semana que acudía a comprar el mismo artículo. Debía de estar intentando hacer agujeros en titanio.

—Apúntamelo en la cuenta —dijo, mostrándole el paquete, antes de marcharse.

Seguían teniendo esa vieja costumbre en el pueblo. Muchos tenían cuenta abierta y, cuando cobraban a final de mes, pagaban de una vez todo lo que habían comprado.

Jace accedió a la cuenta del cliente y lo anotó.

Su padre había instalado una moderna caja registradora con ordenador. Gracias al cielo, Mary le había explicado el funcionamiento, ya que a veces se sentía como un verdadero bobo con cierto tipo de tecnología. Cuando él entró en la penitenciaría, la mitad de las cosas que ahora utilizaba todo el mundo, no existían. No se consideraba un imbécil, pero algunos programas le volvían loco. Echaba de menos su vieja cuenta de Facebook, pero Colin le dijo que apenas se usaba.

El mundo había cambiado mucho.

Su hermano se empeñaba en hablar con él a través de una aplicación que se llamaba Snapchat, y tenía que escuchar música con Spotify.

También le había explicado cómo funcionaba su nuevo móvil, y le había instalado un montón de aplicaciones, entre ellas una que se llamaba Instagram para compartir fotos. Esa era la que más le gustaba porque descubrió que SCK International, la empresa de Cassie, tenía una cuenta.

Tenía muchos seguidores, lo que evidenciaba su éxito. Tanto ella como sus dos socias acudían a eventos y hablaban de colaboraciones con grandes marcas que hasta él conocía. Cassie no aparecía mucho en las fotos, pero cuando lo hacía, no era ella, era Cassandra Fallon.

Elegante y seria. Muy arreglada.

Agitó la cabeza cuando sus pensamientos se centraron en ella.

¡Dios!

Estaba obsesionado.

La puerta volvió a abrirse. Esa vez era Mary, con dos vasos de cartón con el logotipo de la cafetería de la señora Holden.

—Feliz San Valentín —le dijo, y le tendió uno de ellos. Había dibujado un corazón en la tapa.

—Gracias, Mary.

Ella solía pasarse por el almacén de vez en cuando. Trabajaba en la agencia inmobiliaria del pueblo, al final de la calle principal, y cuando hacía su pausa del almuerzo se acercaba.

—¿Se han vendido muchas? —le preguntó, señalando el expositor de la entrada.

Habían encargado tarjetas para ese día y había sido una gran idea.

—La verdad es que sí, solo quedan las que ves ahí. Entre ayer y hoy se han vendido casi todas.

—Te lo dije —comentó risueña—. Los chicos del instituto que todavía no conducen no tienen otro sitio dónde comprar tarjetas de San Valentín.

Él no dijo nada. Le dio un sorbo al café, fuerte y sin endulzar como a él le gustaba.

La miró de reojo. Estaba exactamente igual que cuando la conoció hacía más de veinte años. Su piel de ébano no mostraba ni una sola arruga y su pelo tampoco tenía canas. Siempre le cayó bien, pero desde que era testigo del amor que se profesaban su padre y ella, la quería mucho.

—Mañana es el gran día —dijo ella.

La miró sin entender hasta que cayó en la cuenta.

Al día siguiente le quitaban la escayola a su padre.

—¿Necesitáis que os lleve al hospital?

—No. Lo tengo todo controlado. Vamos a ir Brenda y yo. Y tu padre se maneja bastante bien con las muletas.

En ese momento, una camioneta frenó delante de la puerta del almacén. Ambos echaron un vistazo al exterior. Era un vehículo de color blanco de una floristería de Hobart.

—Parece que le traen flores a alguien —murmuró ella, volviendo a su café.

Jace asintió distraído.

La puerta del almacén de abrió y un muchacho joven accedió al interior. Llevaba un ramo en la mano. Mary y él se miraron extrañados.

—¿Jace Lee King? —leyó el joven en su tableta.

—Sí, es aquí —repuso Mary con los ojos muy abiertos.

Él se había quedado petrificado, mirando los tulipanes rojos con cara de imbécil.

—Firme aquí, por favor.

Salió de su asombro para dibujar un garabato con el dedo en una pantalla que le mostró el chico, al tiempo que cogía el ramo.

Cuando estuvieron solos de nuevo, Mary y él cruzaron una mirada.

—¿Lleva tarjeta? —le preguntó ella.

—No.

Era un ramo sencillo, solo doce tallos de tulipán, sin más decoración ni artificio, envuelto en papel de celofán transparente. Lo sostuvo en la mano con mucha delicadeza, como si tuviera miedo de aplastarlo. Era la primera vez en su vida que alguien le regalaba flores. Se sentía un poco tonto, de pie, con el ramo en la mano, delante de Mary. Y lo peor de todo era que sus mejillas se habían coloreado.

«¿Cuántos años tienes, Jace?», se recriminó para sus adentros.

Su móvil empezó a sonar.

Instantáneamente supo quién le estaba llamando y por qué.

—Toma. —Le tendió los tulipanes a Mary.

Cogió el teléfono y comprobó que su intuición no le fallaba.

Abandonó el almacén a toda prisa.

—¿Sí? —contestó mientras daba la vuelta a la edificación.

—¿Te han gustado?

La voz de Cassie era juguetona y eso le calentó el pecho.

—Eh... Supongo que sí... —dijo. Estaba nervioso—. Nunca nadie me había regalado flores.

—Si te portas bien, en tu cumpleaños recibirás otro.

Se notaba su buen humor y que tenía ganas de bromear. Él no estaba seguro de poder hacerlo.

—Bien.

—¿Solo bien? Más de un mes sin hablar conmigo y no dices nada. ¿Me has echado de menos?

Él apoyó la espalda contra la pared y cerró los ojos para concentrarse en su voz y olvidar que estaba cerca de los cubos de basura.

—Quizá —contestó. De nuevo notó que la cara le ardía.

—¿No cuentas los días que faltan para verme? Porque yo sí.

Joder, él también.

—No.

Ella rio. Su risa era aterciopelada y tan perfecta que le penetró hasta la médula.

—Qué mal mientes —murmuró risueña—. ¿Todo bien?

—Sí.

Hubo una pausa breve después de su monosílabo.

—Y tú, Cassie, ¿qué tal estás? —continuó ella tras un suspiro, imitando su voz varonil.

—Eh..., suenas feliz —se defendió él—. No hace falta que te pregunte.

—¿Te gusta mi voz? —le provocó en un susurro.

—No he dicho eso... Pero sí, me gusta mucho —confesó en voz baja.

¿Para qué mentir?

—Háblame otra vez así, en susurros —pidió ella.

—¿Por qué?

—Me pone.

Él echo la cabeza hacia atrás y golpeó la pared con la coronilla. Tenía calor y su pantalón parecía demasiado estrecho en la zona de la entrepierna.

—¿Vas a estar el sábado por la noche en casa?

El cambio de tema tan brusco le descolocó.

—Bueno, supongo... que sí.

—Te llamo a las nueve.

No era una pregunta.

—Eh, vale —repuso.

—Hasta el sábado, entonces.

Justo cuando iba a colgar, escuchó que ella le llamaba y se puso el móvil de nuevo en la oreja.

—¿Sí?

—Feliz San Valentín —musitó.

Y la llamada se cortó.

Se llevó una mano a la cara y se la frotó

Joder.

Su voz.

Sus palabras.

¿Cómo iba a poder mantenerse alejado de ella?

Recordó que había dejado a Mary sola en el almacén y regresó a toda prisa.

Ella estaba tras el mostrador, admirando el ramo de tulipanes que había puesto en un jarrón transparente de los que se vendían allí. Lo había llenado de agua.

—Debía de ser una llamada importante —dijo con soniquete.

Él no respondió. Se limitó a darle las gracias por haber cuidado el negocio.

—Tengo que volver al trabajo. Cuando salgamos del hospital mañana, te llamaremos.

Se despidieron y él volvió a quedarse solo.

Su vista se clavó sobre los bonitos tulipanes y acaricio uno de ellos con reverencia.

Cassie le había regalado flores en San Valentín.

Por un instante, se preguntó si no sería más fácil dejarse llevar y tratar de vivir una vida normal... con ella. Quizá pudieran retomar su relación donde la dejaron, doce años atrás. A fin de cuentas, era la única mujer a la que había querido... y seguía queriendo... Era su Cassie...

Cabeceó, disgustado, y se le revolvió el estómago.

¿Qué chica normal iba a desear estar con él, un exconvicto amargado con tantos secretos a la espalda?

No estaba en sus cabales.

Su móvil volvió a sonar, sobresaltándole. Era un número que no conocía y estuvo a punto de rechazar la llamada, mas se arrepintió y la aceptó.

—Buenas tardes, amor mío. Feliz San Valentín.

Anonadado, agarró el aparato con fuerza. Habría reconocido esa voz en cualquier parte.

—¿Knight?

—El mismo. ¿No te alegras de saber de mí?

—Joder, claro. No esperaba tu llamada.

—La vida te da sorpresas —canturreó—. Estoy fuera.

—¿Cómo? —se sorprendió—. Creía que te quedaban dos años.

—Estoy con la condicional, pero me han soltado antes por buen comportamiento —se rio.

Jace también se rio con incredulidad. No tenía ni idea de cómo cojones se las arreglaba Knight para caer siempre de pie, pero lo hacía. ¿Buen comportamiento? Aquello era una broma.

—Lamar me ha dado tu número —continuó—. Estoy con él ahora, en Durant. Te manda recuerdos. Quería ir a verte antes de largarme. Me voy a vivir cerca de mis hijos, a Minneapolis. Solicité el permiso y me lo han concedido, y el lunes tengo que presentarme ante mi nuevo agente de la condicional allí. ¿Qué te parece? ¿Quieres ver mi fea cara de nuevo?

—¡Claro!

—Voy a pasar la noche del sábado en un hotel en Oklahoma City porque el avión sale el domingo a las siete de la mañana. Te invito a cenar y a emborracharnos como cerdos. Pillo una habitación doble y te quedas a dormir.

Eso podría haberle resultado raro a otra persona, dos hombres compartiendo habitación, pero ambos eran reclusos. No era nada inusual.

Jace pensó en la llamada de Cassie el sábado a las nueve, pero quería ver a Knight. Si no hubiera sido por él, no habría sobrevivido en la cárcel.

—De acuerdo.

—¡De puta madre! Te mando la dirección del hotel. Hasta el sábado.

Se despidieron.

Tendría que llamar a Cassie para cancelar lo del sábado, o quizá un mensaje bastara. No tomo ninguna decisión porque dos chicas jovencitas entraron en el almacén en busca de tarjetas de San Valentín.

CASSIE

Cuando el viernes recibió el mensaje de Jace en el que le decía que no iba a estar disponible el sábado porque había quedado con un viejo amigo, sintió curiosidad. ¿Quién sería ese amigo? No podía ser nadie del pueblo. Quizá fuese alguien de Durant o de la prisión.

Le respondió que no se preocupara, que ya hablarían más adelante.

Se sintió un poco desilusionada porque había planeado veinte mil cosas que quería decirle para provocarle y sacarle de su zona de confort.

El día de San Valentín, cuando le llamó, se sentía especialmente juguetona, y había disfrutado mucho poniéndole nervioso. Estaba segura de que la llamada le había afectado porque lo había percibido en su voz.

Volvió a leer el texto que había enviado.

Jace: Lo siento. El sábado no puedo hablar contigo. Voy a estar con un viejo amigo que hace tiempo que no veo.

—Cobarde —murmuró.

Ni siquiera se había atrevido a llamarla.

Pero ella tenía tiempo, mucha paciencia y grandes esperanzas. Jace necesitaba que alguien le sacudiera y le sacara del pozo donde estaba hundido. Y ese alguien iba a ser ella.

Había empezado con los tulipanes.

Y tenía más ideas que pensaba poner en práctica en unos días.

El sábado por la noche, a falta de otros planes, organizó una cena en su casa a la que invitó a Kali y Jessina. Se rieron mucho las tres y pasaron un buen rato compartiendo una botella de vino. Después, la parejita se largó al dormitorio de invitados y ella al suyo. Era cerca de la una de la mañana cuando se acostó.

Estaba cansada, así que se quedó dormida casi de inmediato.

No sabía cuánto tiempo habría pasado, cuando el sonido estridente de su móvil la despertó. Encendió la lámpara de la mesilla un poco atontada, y palpó hasta encontrar el teléfono.

¡Joder, eran las tres y media de la mañana!

Era Jace.

El corazón le latió deprisa por el susto.

¿Y si le había pasado algo?

—¿Sí? —contestó, apresurada, sentándose en la cama.

—A ver, seño... señorita Fallon...

¡Estaba borracho!

—Cassandra... Fallon —repitió, arrastrando las palabras—. ¿Por qué... te maquillas las pecas? Es un... crimen.

Se escuchó una risa floja de fondo.

—Anda, tío, cuelga —dijo una voz.

—Tengo que decírselo —protestó él—. Tiene que dejar de pintarse las pecas —hipó— Son mis... manchas favoritas en el mundo entero.

Cassie se tapó la boca con la mano para no echarse a reír.

—¿Eres tú, Jace? —preguntó al fin.

—¡Claro que soy... soy yo! Nadie más... debería llamarte a... estas horas. Solo... yo.

Pese a que sabía que toda esa palabrería era producto del alcohol, le gustó que le dijera eso.

—¿Necesitas hablar conmigo?

—Claaaaro. Por eso te llamo —repuso con retintín como si llamar a las tres de la mañana fuera normal—. Tengo que decirte unas cosas muuuuuy importantes. Que... eres preciosa, más que preciosa. Eres como una diosa, como... una sirena, como... una princesa, como...

—¡Como una yegua! —gritó el otro.

—Eso, como una yegua.

Cassie se rio entre dientes.

—Pienso en ti todo el rato —continuó—. Tooooodo el rato. No se lo digas a nadie, pero hoy me he corrido en la ducha mientras pensaba en ti. ¡Shhh! Tengo que hablar bajito para que no se entere Knight. Es un puto cotilla.

—¡Pero si estás gritando, capullo! —le regañó el amigo entre risas.

—¡Cállate que me estoy... declarando! —Hizo una pausa—. Cassie, me lo pones muy difícil porque yo quería estar solo y tú me vuelves loco —dijo con tono acusador—. No es justo, ¿sabes? Yo ya te había olvidado. Bueno, eso es mentira, pero me estaba convenciendo a mí mismo... y entonces te veo y estás tan maravillosa como siempre... y hueles tan bien y estás tan guapa... y me miras con esos ojos... que son verdes como... las esmeraldas... Y nos besamos y cuando hicimos el amor... ¡Dios mío! Eres lo mejor que me ha pasado en la vida... —se interrumpió—. ¡Mierda! ¿Cómo voy a olvidarte si estás todo el rato paseándote por mi cabeza? —balbuceó.

—Lo siento.

—¿Ves? ¿Y ahora lo sientes? Yo soy quien tiene que sentirlo... porque soy una mala persona... No soy bueno para ti, pelirroja... —soltó con aspereza—, pero es que te quiero... —gimió.

Ella no tuvo tiempo de replicar nada porque él empezó a cantar una canción antigua de Randy Travis, que su tío Caleb escuchaba con frecuencia, con una entonación horrible.

—*You may think that I'm talkin' foolish. You've heard that I'm wild and I'm free.*[2]

2. Quizá creas que estoy diciendo estupideces. Habrás oído que soy salvaje y libre.

La escena podría haber resultado ridícula si Jace no fuese el protagonista. Era todo tan tierno, que Cassie se emocionó.

—*You may wonder how I can promise you now this love that I feel for you always will beeee* —arrastró la última vocal con un gallo incluido—. *Forever and ever, ameeeeen.*[3]

De pronto, se escuchó un golpe y luego otro y unos murmullos.

—¿Señorita?

Parecía ser el compañero de Jace.

—¿Ha pasado algo? —se preocupó.

—Hacía mucho tiempo que no nos veíamos y hemos salido a celebrar. No está acostumbrado al alcohol fuerte y ha bebido demasiado. Eh... Se ha quedado dormido y se le ha caído el móvil. Siento mucho que la haya molestado a estas horas. Pero se ha puesto muy pesado...

—No es una molestia —dijo.

La voz del desconocido era chirriante y poco melódica. Tenía la sensación de que estaba hablando con alguien curtido y rudo, no sabía por qué. La intriga se apoderó de ella.

—Disculpe, ¿puedo hacerle una pregunta?

—Claro.

—¿De... qué se conocen Jace y usted?

—Bueeeeno... Hemos pasado unos añitos juntos —respondió con vaguedad.

Así que, de la penitenciaría.

—¿Son... amigos?

3. Te preguntarás cómo es posible que pueda prometerte ahora que este amor que siento por ti será para siempre. Para siempre, amén.

El otro rio.

—Se podría decir que sí.

Cassie se echó hacia atrás en la cama y apoyó la espalda en el cabecero.

—¿Alguna vez durante todos... esos años que han estado juntos, él me mencionó?

—Nunca.

—Vaya...

Cerro los ojos con abatimiento.

—Déjeme decirle una cosa —continuó él con un suspiro—. La cárcel es dura. A veces uno no habla de sus seres queridos para protegerlos. Prefiere meterlos en un cajón y cerrarlo para que se mantengan intactos y limpios. Yo apenas hablaba de mis hijos. —Hizo una pausa antes de continuar—: Pero después de esta noche, no me cabe la menor duda de que pensaba en usted todo el tiempo. Hoy no ha parado de mencionarla y de lloriquear porque dice que no es lo suficientemente bueno.

Ella soltó un exabrupto.

—¡Qué terco es!

El otro rio de nuevo, poniendo de manifiesto que también había bebido.

—Mucho. No se rinda, señorita. En el fondo no es tan malo.

—Lo sé. Solo es un cretino.

De repente, se escuchó la voz de Jace, cantando otra vez.

—I come home to you. Cassie, when I come home to you, it's all worth it when that front door opens, and I see perfection.[4]

4. Vuelvo a casa contigo. Cassie, cuando regreso a casa contigo, todo merece la pena cuando la puerta se abre y veo la perfección.

Cassie notó que el corazón se le aceleraba. Era una canción muy romántica de Ian Munsick que había sonado constantemente en la radio hacía unos años. Solo que Jace había cambiado la palabra *nena* por su nombre.

—Así lleva toda la tarde —protestó el amigo—. Una canción romántica tras otra. Me tiene hasta los coj... Eh, perdón. Me tiene harto. Voy a ver si puedo llevarle a la ducha y ponerle debajo del chorro de agua fría.

—Claro —murmuró ella—. Ha sido un placer hablar con usted. Si alguna vez necesita algo en Tulsa, mi número está grabado en el móvil de Jace. Anótelo, señor...

—Knight. Sin señor. Solo Knight. Seguro que este imbécil mañana no recuerda nada. Mejor que no intercambiemos números, señorita, pero dígale que hemos hablado y lo hemos hecho si quiere reírse con su reacción —se burló con una carcajada—. Él no es tan malo, pero yo sí.

Después de ese enigmático comentario, la llamada se cortó.

Cassie dejó el móvil sobre la mesilla, apagó la luz y se tumbó, con la mirada fija en el techo. No sabía si podría conciliar el sueño después de lo ocurrido.

Pero lo hizo.

Se quedó dormida y soñó con Jace.

Estaba en un escenario, cantando *I Am So Lonesome I Could Cry* de Hank Williams, una canción tristísima muy famosa que tenía muchísimos años. La miraba mientras se le caían las lágrimas. Iba vestido con el mono naranja de presidiario, pero llevaba su sombrero de cowboy.

Todo el tiempo decía su nombre.

Capítulo 28

CASSIE

La boda de Sheila había llegado por fin. Y eso significaba volver a reencontrarse con Jace, algo que esperaba con ansiedad. Desde la noche de la borrachera habían hablado dos veces más, pero él seguía tan monosilábico como siempre.

Era desesperante.

Llegó incluso a mandarle una foto de sus pies con diferentes colores de esmalte de uñas, pidiéndole su opinión. Pensó que sería buena idea descolocarle y forzarle a mantener una conversación.

Su respuesta fue simple.

Jace: Rojo.

Nada más.

Al principio, pensó que sería una buena idea mantener el contacto telefónico y convertirse en una constante en su vida, poco a poco, pero no funcionaba. Necesitaba que las cosas avanzaran más rápido. Le echaba muchísimo de menos y quería pasar más tiempo a su lado, así que había decidido quedarse en Waterford un par de semanas, con la excusa de la venta de su casa. Ya había hablado con Mary al respecto, y la agencia inmobiliaria donde trabajaba había comenzado a ofertarla.

Kali, Jessina y ella habían llegado al pueblo la tarde anterior y se alojaban, como de costumbre, en el piso de los Rogers.

Esa mañana, se levantaron muy temprano para que Kali pudiera peinarlas y maquillarlas con meticulosidad y, después de vestirse, se pusieron en camino. El día amaneció frío pero muy soleado. Acababa de comenzar la primavera y se notaba en el ambiente. Oklahoma se llenaba de colores y olores en esa estación del año. Había llovido en abundancia durante el último mes y los campos estaban verdes y desprendían luminosidad. Las florecillas silvestres crecían por doquier, coloreando el paisaje.

Cassie había vivido muchos años fuera, pero cada vez que volvía, se sentía en casa, pese a los malos recuerdos.

—Dice mi madre que han contratado a un organizador de eventos y que han montado una carpa, por si llovía —comentó Kali.

—Pues creo que no va a caer ni una gota —dijo Jessina, desde el asiento de atrás.

El cielo era de un luminoso azul, carente de nubes

—Ya. Por eso la ceremonia va a tener lugar en el exterior y la celebración dentro.

Cassie dejó que las otras dos siguieran hablando de la boda y se perdió en sus pensamientos. No tenía claro si, después de que Kali y su pareja regresaran a Tulsa, quedarse en su propia casa —algo que no le apetecía— o alquilar una habitación en el único motel del pueblo.

O mejor todavía, con Jace.

Quizá él le ofreciera compartir su estudio, se dijo para sus adentros con un imposible optimismo. La idea era tan absurda que se le escapo una risita.

—¿De qué te ríes? —le preguntó Kali.

—Tonterías que me vienen a la cabeza —repuso con vaguedad.

Cuando tomó el desvío del rancho, las tres abrieron los ojos con sorpresa. El camino estaba regado de pétalos blancos, formando una peculiar alfombra, que revoloteaban al paso de los vehículos. Todas las edificaciones, incluyendo el establo y el granero, estaban decoradas con guirnaldas de flores, y la enorme carpa de la que había hablado Kali se erguía al fondo.

—No han escatimado en flores —comentó Jessina.

Un hombre vestido de blanco y negro las dirigió a una zona, habilitada como parking, en la que ya estacionaban varios coches. Y una muchacha con el mismo uniforme las esperaba para conducirlas al lugar de la ceremonia. Para facilitar a las mujeres poder moverse con los zapatos de tacón habían colocado unos caminos de tablas que llevaban de un lugar a otro. La organización era impecable.

—Quizá para nuestra boda deberíamos contratar también a un organizador —bromeó Kali.

Jessina rio.

El sitio elegido para darse el sí quiero estaba justo detrás de la cabaña. Habían despejado el terreno y regado la hierba de pétalos, que conducían hasta una pérgola blanca. Unas cuantas filas de sillas con lazos en los respaldos esperaban a los asistentes.

Había varias personas ya allí, entre ellos, Fred, Mary y Naomi, que en cuanto las vio, corrió hacia ellas, sujetándose la larga falda con cuidado. Se tiró en brazos de su hermana.

—¿Te gusta mi vestido? —exclamó ansiosa.

—Me encanta, pero si me sigues abrazando así se va a arrugar.

Naomi dio un paso atrás y, con mucha más moderación, besó a Cassie y a Jessina.

Estaba monísima con su vestido amarillo de tul y raso que complementaba con una chaquetilla de piel del mismo color.

—La prima Sheila me ha pedido que lleve yo los anillos —dijo con excitación—. Ya he ensayado.

—Seguro que lo haces superbién.

Mary se aproximó. Iba vestida de color coral y estaba guapísima. Las mujeres Rogers eran todas un regalo para los ojos.

—Hola, chicas. Estáis muy lindas las tres.

—Tú sí que estás linda, mamá —la elogió Kali.

—Venid a sentaros con nosotros. Los demás no creo que tarden en llegar. Brenda está por aquí, dando vueltas como pollo sin cabeza porque los organizadores de la boda no le permiten hacer nada. No está acostumbrada a no mandar —rio.

Cassie se mordió la lengua para no preguntar por Jace, y estiró el cuello para ver si podía localizarle. Vio a Jim y a Alan con otros hombres que no conocía y que debían de ser amigos del novio. Divisó también a las damas de honor de Sheila, vestidas de verde y muy sonrientes.

Ni rastro de Jace.

Saludaron a Fred que se incorporó con esfuerzo, apoyándose en un bastón.

—Tienes buen aspecto —le dijo Cassie.

—Estoy fingiendo. La pierna me duele.

—La culpa es suya, porque no ha querido sacar las muletas por presumido, ahora le toca sufrir —dijo Mary meneando la cabeza.

Todos rieron.

Tras intercambiar besos, las tres tomaron asiento en la tercera fila, dejando las dos primeras para la familia directa.

Era la segunda boda a la que asistían en el rancho en poco tiempo. Sin duda, esa era muchísimo más elegante que la de Fred y Mary. Sin embargo, carecía del encanto que tuvo la otra. O eso le parecía a Cassie. Era todo más formal y faltaba la espontanea naturalidad. También la gente vestía de modo más elegante y menos campestre. Ninguno de los hombres llevaba sombrero y mucho menos botas. Todos vestían con trajes oscuros.

Kali y Jessina evaluaban los peinados y el maquillaje de las invitadas —deformación profesional—, y ella estaba pendiente de cada hombre alto al que veía acercarse.

En cuanto le vio salir de la cabaña el corazón comenzó a latirle a mil por hora. Tenía que haber sabido que él no seguiría ninguna convención, y no prescindiría ni de sus botas ni de su sombrero.

Iba vestido por completo de negro, solo la corbata de bolo y la imponente hebilla del cinturón, ambas plateadas, resaltaban en su oscura apariencia. Y ni siquiera se había afeitado, conservaba la barba descuidada que le cubría el mentón.

Estaba impresionante.

En ese momento, Fred le llamó, agitando los brazos y él alzó la mirada.

Sus ojos se encontraron.

Cassie se había arreglado con esmero, pensando en ese momento. No se maquilló las pecas, que destacaban sobre su piel blanca, como siempre. ¿Cómo había dicho él? *Sus manchas favoritas en el mundo entero*. Pues ahí las tenía.

Tampoco había elegido un peinado elaborado. Llevaba el pelo suelto, recogido en un lado con una peineta de plata. Y su vestido era sencillo, de color verde, manga larga y cuello cerrado.

Supo instantáneamente que había acertado cuando vio cómo los ojos de él se abrían con admiración.

Sonrió para sus adentros.

Jace anduvo hasta ellos y estrechó la mano de Jessina, cuando Kali se la presentó. A los demás, los saludó alzándose el sombrero, como si en lugar de encontrarse en el siglo veintiuno hubieran retrocedido unos doscientos años. Eso provocó una risita en Naomi, que hizo una reverencia.

Tras él, llegaron Brenda y Caleb, y hubo más besos y abrazos. Jim y Alan, acompañados por los tíos y primos de Montana, también tomaron asiento.

Poco a poco, todas las sillas se ocuparon, y algunas personas tuvieron que quedarse de pie. El sol apretaba y muchos invitados se despojaron de las chaquetas.

Cassie no podía dejar de mirar a Jace. Se había movido para dejar sitio a una prima y estaba sentado justo delante de ella.

Kali le dio un codazo al darse cuenta de la situación y ella se limitó a asentir, nerviosa.

Le tenía tan cerca que podía oler el aroma que desprendía, a gel de baño, a champú, a desodorante... y a establo. Debía de haber pasado a visitar a Gus porque tenía una brizna de paja en el cuello de la chaqueta. Por debajo de su sombrero asomaban los mechones de su cabello castaño. Las ganas de alargar el brazo y enredar los dedos en ellos le hormigueaban en la mano.

La radiante novia llegó en un Lincoln Dual Cowl descapotable, de los años treinta del siglo veinte. Su vestido era de corte sirena de color blanco con mucho encaje. El novio la esperaba para abrirle la puerta del coche.

Jace se inclinó hacia delante.

Los novios se encaminaron a la pérgola mientras un cuarteto de cuerda, oculto en alguna parte, hacía sonar una conmovedora melodía.

Jace se revolvió en la silla.

El sermón del joven pastor fue ameno y distendido, y Naomi cumplió a la perfección con su obligación de llevar los anillos.

Jace se movió hacia un lado.

La ceremonia estaba resultando espléndida, pero ella estaba demasiado pendiente de él para centrarse en los detalles.

Jace volvió la cara a la izquierda.

Cassie tuvo que cerrar los ojos. Se estaba volviendo loca.

Cuando por fin llegó la conocida frase y los novios se besaron, ella ya no pudo esperar más. Se echó hacia delante y le quitó la brizna de paja de la chaqueta, rozándole el cuello con los dedos.

A él se le erizó el vello de la nuca visiblemente, y se giró con brusquedad, sobresaltado.

—Tenías esto en la chaqueta —susurró ella, mostrándole el trocito de paja seca.

Él la miró a los ojos. Le brillaban los iris como si tuvieran fuego dentro y Cassie se quedó sin respiración.

—Gracias —contestó.

Todo el mundo se había puesto de pie y aplaudía, y ellos hicieron lo mismo.

—Joder, sois muy intensitos —le cuchicheó Kali al oído.

La ignoró y siguió aplaudiendo, como si le fuera la vida en ello.

Cuando fueron a felicitar a los novios y a fotografiarse con ellos, perdió de vista a Jace entre la gente. Dentro de la carpa donde habían montado las mesas de la comida, tampoco le localizó.

La decoración se componía de flores y más flores. Guirnaldas blancas colgaban de las paredes, del techo y de los respaldos de las sillas, y los centros de mesa eran ramilletes del mismo estilo, que esparcían un aroma agradable por el ambiente. Había una larga mesa principal donde se iban a sentar los novios con la familia más cercana, y muchas mesas redondas. A la entrada, un plano indicaba los nombres de los invitados y las mesas asignadas.

Cassie, Kali y Jessina compartían mesa con Alan, Jim y Jace.

—Vamos —la animó Kali—. Vamos a cambiar las tarjetas para que estéis juntos.

No tuvieron que cambiar nada, ya que los carteles con sus nombres estaban juntos.

—¿Casualidad o destino? —preguntó Jessina.

—Mi madre —repuso Kali.

—Es perfecto —suspiró Cassie.

Aprovecharía esas horas a su lado al máximo, aunque hubiese más personas con ellos.

Poco después, entre los otros invitados, hicieron su aparición los primos. Alan y Jim parecían de muy buen humor, riendo y bromeando. Jace estaba serio, como siempre. Se quitó el sombrero, lo colgó en el respaldo de la silla y se despegó el pelo de la frente, sin preocuparse demasiado por su aspecto.

—¿Todo bien? —le preguntó ella en voz baja.

—Sí.

Empezaba a odiar sus monosílabos, aunque sabía cómo sacarle de ellos.

—No bebas mucho, a ver si vas a terminar como la noche que pasaste con Knight.

Él estuvo a punto de tirar las copas que había sobre la mesa al girarse impetuoso y con los ojos desorbitados.

—¿Cómo dices? —espetó en un susurro para que nadie pudiera escucharlos.

—La noche que pasaste con Knight bebiste demasiado —comentó con aparente desinterés.

—¿Cómo sabes quién es Knight y cómo sabes que bebí?

—Me llamaste. A las tres y media de la mañana.

Él se quedó congelado. Era obvio que estaba hurgando en su memoria por si aparecía algún recuerdo.

—No me acuerdo de nada —dijo al fin. Y se llevó una mano a la frente.

—No me extraña. Estabas muy perjudicado.

Kali y Jessina hablaban con Alan y Jim y ninguno estaba pendiente de ellos. Aun así, Cassie acercó su silla a la de Jace para poder tener más intimidad.

—¿Dije algo que te molestara? —preguntó él, avergonzado.

—No. Me cantaste...

—¡Joder! —masculló, y clavó la mirada en la mesa—. Lo siento...

Ella se mordió una sonrisa al ver que sus orejas habían enrojecido.

—No dijiste nada inapropiado. Lo peor fueron los gallos.

Él gimió.

—Lo lamento.

—No te preocupes. Por cierto, tu amigo Knight es encantador. Estuvimos hablando un buen rato cuando te desmayaste.

Se puso tenso como si hubiese tocado una fibra sensible en él.

—¿Qué te contó? —preguntó, inquisitivo, con los ojos entrecerrados.

—Nada especial. Solo que erais amigos y que llevabais tiempo sin veros. Me pareció simpático.

—No es el tipo de persona con quien debas relacionarte —murmuró al cabo de un rato.

—¿Tú sí?

Jace guardó silencio, pero era muy evidente que estaba molesto.

Un camarero pasó por la mesa y llenó sus vasos de agua.

Durante unos instantes, los dos bebieron con avidez, sin intercambiar ni una palabra más.

Cassie podía sentir el calor que desprendía el muslo de él por debajo de la mesa. A decir verdad, toda su presencia la imponía y la atraía como un imán.

—Estás muy guapo —dijo, llamando su atención.

Él la miró sin pestañear.

—Tú también. Me gustan tus pecas al natural.

—Lo sé. ¿Vas a bailar conmigo hoy?

—No.

En ese momento, se escuchó la marcha nupcial, señal de que llegaban los novios, y no pudieron seguir hablando.

Capítulo 29

JACE

Hacía horas que el banquete había terminado, y todo el mundo iba de una mesa a otra para hablar y hacer fotos. También la pista estaba llena de gente. Un grupo de música interpretaba éxitos de todas las épocas, animando a los invitados a bailar.

Jace no había probado ni una gota de alcohol. Quería estar sobrio para tratar con Cassie. Tenía la sensación de que esa noche iba a pasar algo entre ellos y necesitaba disponer de todos sus sentidos.

Enterarse de que la había llamado borracho y de que ella había hablado con Knight le dejó consternado. Tenía ganas de preguntarle más sobre esa noche, que se había esfumado por completo de su cabeza. Con razón, cuando despertó a la mañana siguiente en el hotel, encontró una nota de su amigo que le decía que se verían próximamente, en su boda. Pensó que era una broma de mal gusto. Aparentemente, no.

Knight y Cassie habían hablado y no sabía si eso le gustaba demasiado. Eran dos partes de su vida que quería mantener separadas.

La comida fue un pequeño infierno.

No entendía tanto protocolo —joder, su prima se había criado en el rancho y su novio era mecánico—, pero sobre la mesa había varios tenedores, cuchillos y un utensilio en forma de tenaza que él no había usado nunca en su vida. Alan y Jim también parecían desconcertados y, gracias a eso, no se sintió como un total imbécil. Las chicas, por el contrario, se desenvolvían bien con esa parafernalia. Sabían en qué copa iba el vino y cómo usar las tenazas, que eran para el marisco que se sirvió más adelante.

Jace ignoró los moluscos y se decantó por la carne. Estaba muy buena, pero apenas ocupaba un cuarto del plato, y se quedó con hambre.

Como si Cassie lo hubiera intuido, empujó su plato hacia él.

—No me apetece la carne. He comido mucho marisco y estoy llena.

La observó con escepticismo, pero no se hizo de rogar y devoró el trocito de carne. En realidad, podría haberse comido unas doce raciones más.

Después del postre, una tarta de nata y fresas que estaba demasiado dulce para su gusto, consiguió escapar del ambiente bullicioso. Las risas, las conversaciones y la música eran agobiantes. Y hacía un calor de mil demonios.

Con la excusa de ir al aseo, se fue a los establos en busca de paz y silencio, y se quedó un buen rato con Gus. Le acarició y le prometió sacarle a pasear al día siguiente.

Después, dio una vuelta por la propiedad, gozando del aire fresco en la cara. Se quitó la chaqueta y se arremangó la camisa para sentirlo también en los brazos. No tardaría en ponerse el sol, pero la fiesta parecía que no iba a terminar nunca. Había mucha gente que entraba y salía de la carpa, riendo y hablando alto. Todo el mundo estaba muy animado. A lo lejos vio a un grupo de hombres fumando junto al cercado.

Él había olvidado sus cigarrillos en el coche.

Estuvo tentado de ir a buscarlos y no volver.

—Estás aquí.

La inconfundible voz de Cassie le hizo girarse. La vio a poca distancia.

—¿Ibas a marcharte sin despedirte? —le preguntó, situándose a su lado.

—No... Sí... No sé. Estoy agobiado —admitió.

Ella guardó silencio. La luz crepuscular convertía su rostro en oro y sus ojos en piedras preciosas.

—Te propongo una cosa. Vuelve conmigo —le pidió—. Bailamos una canción y nos largamos.

—Nos largamos, ¿dónde?

Ella se acercó mucho hasta que sus torsos casi se rozaron.

—A la colina —le dijo con voz risueña—. Con tu Chevrolet y unas mantas.

Jace tuvo que tragar saliva. Sus palabras acababan de transportarle a la noche de su primer beso, en la caja de la camioneta.

Podía decir que no, que no era una buena idea, pero estaba cansado de buscar excusas.

—Vamos.

La cogió de la mano y la condujo al interior. Solo se detuvo para dejar la chaqueta en su silla antes de caminar hacia la pista.

Podía sentir las miradas llenas de curiosidad de su padre, de Mary y de sus tíos sobre ellos, pero las ignoró.

El grupo estaba interpretando una canción lenta muy antigua y famosa que había salido en una película. *Unchained Melody* era el título, creía.

Había dicho que no, pero ahí estaba, bailando con ella. Aunque la palabra bailar se quedaba un poco grande, porque se limitaban a mecerse al compás de la música.

Cassie estaba preciosa con sus pecas al natural y el cabello recogido a un lado. Su vestido verde parecía recatado, pero tenía una raja en la espalda desde el cuello a la cintura por donde podía colar la mano si solo la movía unas pulgadas. Lo hizo, y sintió que ella se estremecía.

Su piel era como la seda.

—¿A que no es tan terrible? —le dijo ella.

—¿El qué?

—Bailar conmigo.

Él suspiró. Por supuesto que no era tan terrible. Era una jodida delicia.

—No.

Quería irse ya a la colina. Deseaba abrazarla bajo un cielo cuajado de estrellas, bajo las ramas del roble. ¡Dios! ¡Cómo lo deseaba! Apoyó la barbilla en su hombro y siguió meciéndose, notando su delgado cuerpo pegado al suyo.

En ese momento, su móvil vibró en el bolsillo trasero de sus pantalones.

¡Joder!

Hubiese querido ignorarlo, pero quizá fuera la llamada que estaba esperando.

Se apartó y se lo sacó del pantalón.

Era Silver.

—Tengo que contestar —le explicó a Cassie con rapidez—. No tardaré mucho. ¿Me esperas fuera? Y nos vamos.

Ella asintió.

—Dame buenas noticias —respondió a la llamada.

—Mañana a mediodía. En Purcell. Te paso la ubicación.

—¿Vas a estar tú también?

—No. Solo organizo.

—Nos vemos en algún momento y gracias.

—Ya me contarás.

Cortó la llamada y se guardó el teléfono.

La adrenalina le burbujeó en las venas al pensar en el día siguiente.

¡Por fin!

Echó a andar hacia la mesa para recoger su chaqueta y su sombrero, y luego salió de la carpa dando grandes zancadas, ignorando a la gente que pretendía saludarle o hablar con él.

Cassie le esperaba junto a la salida. Llevaba su bolso y una chaquetilla en la mano.

—Tenemos que pasar por la cabaña a coger mantas —dijo él.

—Vale.

Echaron a andar, uno junto al otro, sin hablar.

Mientras él entraba a la vivienda, ella aguardó en el porche. Se sintió raro mientras revolvía en los altillos de los armarios de una casa que ya no era la suya. Encontró varias mantas y dos sacos de dormir, y lo cogió todo.

Su Chevrolet estaba frente a la puerta. Había ignorado al tipo que quiso que aparcara en otro lugar y había dejado la camioneta donde siempre. Montaron en ella y enfilaron el serpenteante camino de tierra que llevaba a la colina.

Se sentía igual que aquella noche de hacía tantos años, eufórico y ansioso, como si regresara a su adolescencia. Miró a Cassie y vio que sonreía.

Detuvo el vehículo en la parte más alta del montículo, en medio de la nada. Solo la sombra del árbol los acompañaba. Desde allí se podía escuchar de un modo amortiguado la música proveniente de la fiesta.

—Estoy temblando —jadeó ella.

—¿Tienes frío?

—No es de frío.

No pudo preguntar porque ella se bajó del coche con rapidez.

La siguió.

Entre los dos prepararon la caja a la luz de la linterna de su móvil. Pronto, se tumbaron sobre los sacos mientras se cubrían con las mullidas mantas de lana. Habían dejado los zapatos dentro de la camioneta, y él se había despojado también de la chaqueta, la corbata y el cinturón.

Ya era noche cerrada y, en el cielo, convertido en una lámina negra y resplandeciente, solo se veía la luna y unas cuantas estrellas.

—Recuerdo que me dijiste que una de las estrellas se llamaba Cassandra —dijo ella—. Cuando pasamos aquí la primera noche.

Lo recordaba. Lo recordaba todo como si hubiera sucedido el día anterior. Recordaba cómo habían bebido limonada, su beso y su declaración de amor. Y cómo se había quedado dormida en sus brazos.

Giró la cara y apenas pudo distinguir sus facciones, pero creyó atisbar que ella también le miraba. Pasaron un largo rato así, mirándose sin verse, con la única compañía de la música lejana y la oscuridad, hasta que ella se acercó y se acurrucó contra su cuerpo al tiempo que le acariciaba el rostro con la punta de los dedos.

Él se estremeció, dando la bienvenida al ligero roce.

—Cuéntamelo —le pidió ella en voz muy baja.

Soltó el aire que mantenía en los pulmones y endureció la mandíbula.

Eso que Cassie le pedía era demasiado. Se había jurado a sí mismo no hablar nunca de lo mucho que había sufrido en prisión y de lo que se había visto obligado a hacer. Sin embargo, allí debajo de las mantas, en la penumbra, todo parecía posible, hasta abrirse en canal y dejar que ella escuchara sus secretos.

—No sé si puedo —confesó.

Ella se limitó a abrazarle con más fuerza.

Tragó saliva antes de comenzar a hablar.

Como si alguien hubiera abierto las compuertas de una presa y el agua manara a borbotones por ellas, así surgieron las palabras de su garganta, aceleradas y sin pausa.

Le relató todo.

La escena de las duchas. La humillación y la vergüenza. El miedo. Sus estancias en la enfermería. Los trabajos que hacía para Knight. Cómo se convirtió en un matón y la gente comenzó a temerle. La primera vez que apuñaló a alguien. Las ocasiones en las que se peleó o extorsionó a sus compañeros. El significado de los cuchillos que llevaba tatuados en el pecho. Y lo que le hizo a Sawyer después de haber esperado mucho tiempo para vengarse.

Habló y habló. A ratos lo hacía deprisa, y en otras ocasiones las pausas se prolongaban hasta el infinito.

Ella no le interrumpió en ningún momento y eso lo hizo más fácil.

Cuando terminó, estaba sudando y respiraba entrecortadamente. Le dolía el pecho, pero al mismo tiempo sentía una curiosa ligereza por dentro, como si se hubiera quitado un peso de encima.

No tenía ni idea de cómo iba a reaccionar Cassie. La conocía lo suficiente para saber que no se iba a largar asustada, no obstante, tampoco estaba seguro de qué pensaría ahora que sabía toda la verdad.

—Odio no haber podido estar a tu lado, Jace —susurró ella al fin—. Lo odio. Y te odio a ti por apartarme de tu vida. No es justo que hayas tenido que soportarlo todo tú solo. No es justo. ¡Eres un imbécil! —gimió, y le pegó un puñetazo en el estómago.

Jace se encogió.

—¡Yo era tu chica! ¿Cómo pudiste alejarme así? ¡Todo fue por mi culpa! Por defenderme de mi padre...

Jace tragó saliva al darse cuenta de que ella estaba llorando. Él también estaba a punto de hacerlo.

—No hables de culpas —dijo—. Nadie tiene la culpa de lo que sucedió. Fue... un accidente...

—¡Pero solo tú pagaste por ello! Tenías que haber contado conmigo, Jace. Los dos juntos. Éramos un equipo —sollozó y volvió a golpearle, esa vez en el brazo—. Nunca más me apartes de tu lado —le ordenó con una mezcla de enfado y angustia—. ¡Nunca! Si intentas desaparecer de mi vida, te encontraré y te atormentaré. No tienes escapatoria... —jadeó con la voz rota.

La abrazó y enterró la cara en su cabello. Ella seguía llorando y se aferraba a él como si no quisiese soltarle jamás.

—Te juro que si vuelves a desaparecer, te perseguiré hasta el fin del mundo si es necesario —continuó con las amenazas en tono ahogado—. ¡No te vas a librar de mí, Jace Lee King! ¿Lo entiendes?

Él solo pudo inclinar la cabeza y callarla con sus labios.

Solo el roble y el cielo fueron testigos de que estaban sellando una promesa con ese beso.

Capítulo 30

JACE

Estaba amaneciendo y hacía frío, pero las mantas los envolvían con calidez, como si se encontraran en un nido blando y resguardado. Jace había despertado hacía un buen rato, cuando todavía era de noche, pero no le fue posible volver a conciliar el sueño. Tenía las emociones a flor de piel y los pensamientos corrían raudos por su cabeza. En realidad, apenas pudo pegar ojo.

Cassie todavía dormía. La miró sin pestañear, llenándose de su imagen. Su cara pecosa encajaba perfectamente en el hueco de su hombro, y unos mechones de pelo desordenado se enredaban en su cuello. Tenía los ojos un poco hinchados de haber llorado la noche anterior.

Estaba tan preciosa a la luz del alba que quitaba el aliento.

Las palabras que había pronunciado hacía solo unas horas acudieron a él con fuerza.

Te juro que si vuelves a desaparecer, te perseguiré hasta el fin del mundo si es necesario. Nunca más me apartes de tu lado. ¡No te vas a librar de mí, Jace Lee King!

No, no iba a librarse de ella.

No quería hacerlo.

Si de algo le había servido pasar la noche con Cassie, bajo las estrellas, era para tomar una decisión sobre los dos. No tenía ni idea de cómo saldrían las cosas, pero no iba a volver a dejarla sola.

Cassie era su vida.

Siempre lo fue.

Siempre Cassie.

Nunca pudo arrancarla de su corazón.

Sabía que ella se merecía algo mejor, un hombre diferente, pero no podía dejarla marchar.

Bajó la vista hasta el borde de la manta, por donde asomaba uno de sus pies, con las uñas pintadas de rojo. Al recordar la foto que ella le envió pidiéndole consejo sobre el color del esmalte, sonrió.

En ese instante, ella se revolvió.

—¿Estás despierto? —murmuró con voz somnolienta.

—Un poco —repuso.

Ella esbozó una sonrisa con los ojos cerrados.

—¿Un poco? ¿Eso qué significa?

—Que estoy despierto, pero que me gustaría seguir durmiendo —admitió.

Ella elevó los párpados y sus ojos refulgieron de un modo casi imposible. Le contempló durante un largo rato, como si quisiera impregnarse de sus facciones.

—Quiero que hagamos el amor —musitó.

—¿Ahora? —preguntó con sorpresa.

Ella no le respondió, solo salió de debajo de las mantas y se quitó el vestido. No llevaba sujetador, y el frío aire de la mañana endureció sus pezones. Su piel blanca bañada por la escasa luz solar parecía de plata líquida.

Toda la sangre del cuerpo de Jace se dirigió hacia su entrepierna y, en segundos, estaba preparado para todo.

No podía dejar de observarla mientras se quedaba completamente desnuda, con el pelo alborotado y una expresión de anhelo en el rostro. Cuando la vio tiritar fue consciente de que estaba petrificado como un idiota, y tiró de ella para que volviera a tumbarse a su lado. La arropó con las mantas y se deshizo de su ropa con rapidez, para regresar junto a ella.

Se abrazaron desnudos y sus jadeos se mezclaron.

No tardaron en entrar en calor.

No hablaron.

Sobraban las palabras.

Se limitaron a intercambiar caricias y a dejar que sus cuerpos se comunicaran.

Todo fue lento, delicado y tierno.

Hermoso.

Las piernas, los brazos, las manos, las bocas sabían exactamente lo que tenían que hacer.

Sus cuerpos se mecieron al unísono, al igual que la noche anterior cuando bailaron. Sus miradas se anclaron la una en la otra sin separarse ni un instante.

Quizá no fue el mejor orgasmo de sus vidas, pero sin duda fue el más bello, con el sol despuntando en el horizonte, tiñendo el cielo de color naranja, con el sonido de los pájaros revoloteando sobre sus cabezas, con la brisa susurrando en la hierba.

Jace tuvo la extraordinaria sensación de que acababa de arañar el cielo con la punta de los dedos.

Tiempo después, sus respiraciones se calmaron y su ardor se mitigó. Abrazados, contemplaron las nubes y sus manos jugaron a encontrarse.

Él aspiró hondo, llenándose del olor a sexo, a sudor, a campo y a Cassie... Sin duda, su olor favorito en el mundo entero.

—Llevas el colgante que te regalé —murmuró ella.

Sí, lo llevaba. Se lo puso cuando lo encontró en la caja de cartón hacía semanas.

Sintió que los femeninos dedos cogían las letras de plata y las acariciaban. Después se dirigieron a su clavícula y delinearon las siglas de tinta.

—¿Qué significan? —le preguntó.

—Una gilipollez —contestó, desganado—. Algunos tatuajes en prisión son para convencer a otros presos de que eres alguien con quien no deben meterse.

—¿La M corresponde a *mad*[5]? —aventuró.

—No. Corresponde a *mean*[6].

5. Loco o enfadado.

6. Malvado.

—Oh, entonces sería... *Mean and...*

—*Mean and crazy*[7] —confesó—. Como te digo, es una mierda. Me lo cubriré con otro cuando pueda.

—¡No lo hagas!

Él arqueó las cejas con perplejidad.

—Acabo de encontrar otro significado para las siglas —continuó ella con una sonrisa pronunciada.

—¿Cuál?

—*Mad about Cassie.*[8]

La estupefacción le invadió y la miró con los ojos muy abiertos. Ella parecía tan satisfecha que él terminó por echarse a reír. ¡Esa sí que era una buena ocurrencia!

—*Mad about Cassie* —repitió entre carcajada y carcajada.

—¡Dios mío, Jace! ¡Te estás riendo! —exclamó, escrutándole con atención—. Es la primera vez que te veo reír en mucho tiempo.

Era cierto. Notaba la cara tirante porque hacía siglos que no utilizaba los músculos necesarios para una risa tan profunda.

Súbitamente, se dio cuenta de que, por primera vez en años, era feliz.

A Cassie le refulgían los ojos llenos de humedad. Él le pasó el pulgar por encima de los párpados, llevándose las lágrimas de sus pestañas.

—Pelirroja, eres increíble —dijo.

Volvieron a abrazarse.

En ese instante, la alarma de un móvil comenzó a sonar.

—Joder —masculló Jace.

7. Malvado y loco.

8. Loco por Cassie.

Casi lo había olvidado. A las doce tenía que estar en Purcell.

—Tengo que irme —dijo, mientras alargaba el brazo y apagaba el móvil.

—¿Dónde? Es domingo.

Vaciló. No sabía si ella estaría conforme con lo que planeaba hacer.

—A un sitio —repuso vagamente.

—¿Qué sitio?

—A mediodía tengo que estar en Purcell...

Ella se incorporó y le miró con los ojos entornados.

—Está a más de cien millas de aquí... ¿Puedo ir contigo?

Él resopló, indeciso.

—Por favor. Déjame ir contigo —suplicó.

Él se echó hacia delante y se pasó la mano por el pelo. Quizá no fuese una gran idea que ella le acompañara.

Por otro lado, no quería tener secretos con Cassie.

—Está bien —accedió.

Capítulo 31

CASSIE

Jace la dejó en el piso para que pudiera ducharse y cambiarse de ropa. Kali y Jessina dormían como troncos y ni siquiera se despertaron con el ruido que hizo mientras buscaba unos vaqueros y unas botas en su maleta. Quince minutos después, se reunió en la calle con él, que también se había duchado y cambiado de ropa. Fueron a desayunar un café y huevos revueltos con beicon a la cafetería del Western Inn, ya que él no era bien recibido en la de la señora Holden.

Hacía un día espléndido, ideal para un viaje por carretera, y Cassie lo disfrutó. Era como retornar al pasado, los dos en la Chevrolet con la radio puesta en un canal de música y las ventanillas abiertas, despeinándolos. De vez en cuando, le miraba de reojo y comprobaba que se mostraba relajado. Durante el trayecto de dos horas, le preguntó varias veces sobre sus planes, pero él se mostró muy misterioso.

Fue cuando llegaron a las afueras de Purcell cuando no hubo manera de ocultar lo que hacían allí.

Jace detuvo la camioneta en un descampado de tierra frente a una vieja nave gris. Había otros coches allí con remolques para caballos.

—¿Hemos venido a ver un rodeo? —preguntó, con entusiasmo.

Él le sonrió.

Se bajaron del vehículo y Jace sacó una bolsa de cuero del asiento trasero.

Cassie se quedó mirando lo que hacía. En un principio no lo entendió muy bien, pero entonces sonaron todas las alarmas en su cabeza. ¿En el pasado, no solía llevar su equipación en una bolsa semejante?

—¿Vas a... montar? —La voz le salió entrecortada.

—Sí.

—Creía que ya no ibas a competir...

Él la miró muy serio.

—Tengo un amigo que organiza eventos así. No son oficiales y los participantes no son profesionales. Montan solo por... la adrenalina.

A Cassie le dio vueltas la cabeza.

—Si no es oficial, eso significa que no hay médico ni seguro de accidentes...

Él no dijo nada. Se limitó a bajar la vista al suelo.

¡Joder!

—¿De quién es el equipo? —Señaló la bolsa,

—De Caleb.

—¿Él sabe que estás aquí?

—No.

—¿Has entrenado? ¿Estás preparado?

Él guardó silencio.

¡Mierda!

—No lo hagas —le suplicó.

La miró con los ojos entornados.

—Voy a hacerlo.

—¿Y si te pasa algo? —preguntó nerviosa.

—No me va a pasar nada.

—Llevas muchos años sin entrenar, Jace. ¿Cuándo fue la última vez que te subiste a un bronco?

Él giró la cara a un lado, reacio a contestar.

—Voy a montar un toro.

Le miró como si se hubiera vuelto loco. Tenía una expresión decidida en el rostro que le reveló que no se iba a echar atrás. Le conocía bien y era muy terco.

—Por favor, no lo hagas —insistió—. Es peligroso...

Él echó a andar hacia la nave.

—¡Jace! —le llamó con tono imperioso.

Estaba enfadada. Si hubiera sabido lo que planeaba hacer, jamás lo hubiese consentido. Le habría encerrado con llave en su apartamento y no le habría dejado salir de Waterford.

¡Era un inconsciente!

Y ella solo quería gritar y zarandearle para que entrase en razón.

Le vio girarse con mucha lentitud y dar unos pasos en su dirección. Se detuvo a escasas pulgadas, calándose el sombrero hasta las orejas, de modo que solo la parte inferior de su rostro quedó al descubierto. Tenía la mandíbula apretada.

—Cassie, lo voy a hacer con o sin tu aprobación. Lo necesito —añadió con voz ronca y alzó la mano para acariciarle la mejilla—. Sé que a lo mejor no lo entiendes, pero tengo que hacerlo… Es mi manera de regresar… De volver a ser yo.

Ella le apartó el ala del sombrero para poder escrutarle mientras notaba la aspereza de sus dedos en el mentón. Sus oscuros ojos mostraban determinación y supo que jamás podría hacerle cambiar de opinión. Lo peor de todo era que una pequeña parte de ella lo entendía. Entendía que él necesitase hacer eso.

—No sé si voy a poder verlo —murmuró.

—Espérame en el coche.

Meneó la cabeza con violencia.

Después de la confesión de la noche anterior y de escucharle relatar con tono desgarrado lo que le había sucedido en prisión, se prometió a sí misma que jamás le abandonaría, que siempre estaría a su lado.

Siempre.

Pasase lo que pasase.

Él la había traído hasta allí porque confiaba en ella.

No iba a dejarle solo.

—Voy contigo —dijo, y le cogió de la mano.

Él casi le estrujó los dedos al corresponder al apretón.

Juntos, accedieron al recinto. Era grande y estaba bordeado por gradas metálicas. Había varios hombres en la entrada que los saludaron con un gesto.

—Vuelve a mí, sano y salvo, o te mato —le amenazó.

—Prometido —dijo. Y la besó.

Mientras él se acercaba a la mesa metálica para inscribirse, ella fue a las gradas a tomar asiento.

Había poca gente y no se respiraba un ambiente festivo. No había música ni presentador. No había tablero electrónico que anunciara el nombre de los ganadores ni cronómetro que midiera sus marcas. Y, aunque el suelo era de arena batida, en algunas zonas asomaba el asfalto de debajo.

Cassie se dio cuenta de todo eso con aprensión.

No era el lugar en el que se merecía montar Jace. Él, que había sido campeón de rodeo, ahora tenía que conformarse con un sitio tan deprimente como ese.

No era justo.

Vio un par de montas de tipos de cierta edad. Los participantes estaban muy lejos de ser jóvenes jinetes de rodeo y las reses eran descomunales. Debían de pesar cerca de las mil ochocientas libras.

Estaba muerta de miedo.

El móvil le vibró en el bolsillo y lo sacó con rapidez.

Jace: Salgo después del gris. Creo que no te lo he dicho, pero te quiero. Gracias por estar a mi lado.

Se le encogió el pecho al leer el mensaje. No hacía falta que él le dijera que la quería porque ya lo sabía. Le temblaban tanto los dedos que no pudo escribir una respuesta.

El toro gris era un espécimen de fea estampa con ojillos diminutos. En unos segundos había derribado a su jinete, un tipo fornido de piernas cortas que salió corriendo, huyendo de los largos cuernos del animal.

Hubo risas en las gradas.

Era el turno de Jace.

Se estiró hacia delante, pendiente de la puerta del corral porque no quería perderse su salida. Su toro era un animal de color canela que se movía nervioso de un lado a otro. Era grande y parecía muy enérgico.

Jace se subió a la barra y se acomodó sobre el musculoso cuello, al tiempo que se ajustaba el guante. Se caló bien el sombrero y se aferró a la cuerda.

Hasta ese momento, Cassie no era consciente de la diferencia física tan grande que había entre el Jace adolescente y ese Jace. Cuando competía con diecisiete años era delgado, ágil y muy fibroso, ahora era más alto y demasiado musculoso. ¿Su nueva envergadura podía ser una desventaja?

Cassie no era creyente y no solía rezar, pero comenzó a pedir al cielo que no le pasara nada.

«Por favor, por favor, por favor».

Le vio hacer un gesto y el alguacil abrió la puerta.

El toro salió disparado, corcoveando y pegando violentos saltos al tiempo que se retorcía, tratando de librarse de su jinete.

Cassie no tenía ni idea de cuánto tiempo había transcurrido —quizá toda una vida— cuando Jace salió volando por los aires. Como a cámara lenta le vio golpearse contra la tierra rojiza, de espaldas, y luego vio al impresionante animal cayendo sobre él, antes de que los dos vaqueros que estaban en la arena lo distrajeran y se lo llevaran lejos.

Se escucharon exclamaciones y gritos asustados entre el público.

Cassie se puso de pie con el corazón a punto de salírsele por la boca y la vista fija en la escena que tenía lugar a escasa distancia de donde se encontraba.

Jace estaba tendido en el suelo y no se movía.

¡No se movía!

—No... —acertó a murmurar.

Luego saltó por encima de la barrera, gritando su nombre.

Capítulo 32

JACE

Cuando abrió los ojos, las lucecitas blancas danzaban a su alrededor y notó que tenía un zumbido en los oídos. La cabeza le daba vueltas y le dolía todo el cuerpo, como si le hubiera atropellado un autobús. Hacía mucho tiempo que no sentía nada parecido.

—¡Jace!

Era la voz de Cassie y sonaba histérica.

Otro hombre pronunciaba también su nombre con insistencia.

Se esforzó por levantar la cabeza.

—Estoy bien... —murmuró.

—¡Está bien! —grito el tipo.

A esas palabras siguieron aplausos y exclamaciones de alivio.

Finalmente, pudo enfocar y vio a Cassie arrodillada a su lado en el suelo, llorando.

—Estoy bien, pelirroja —le dijo con voz serena.

—Te odio —sollozó, al tiempo que le acariciaba el mentón con suavidad.

—Mentirosa —le dijo con una sonrisa torcida.

Se agarró a los dos tipos que le ofrecían ayuda y se puso de pie, tambaleante. Estaba un poco aturdido, pero sobreviviría. Flexionó las manos y los brazos y se inclinó a un lado y al otro. No se había roto nada. El dedo anular de la mano derecha le dolía, pero ya estaba acostumbrado a que su antigua lesión siempre le molestara cuando hacía esfuerzos.

—Estabas inconsciente —le reprochó ella con todo acusador, limpiándose la cara con furia y revisándole de arriba abajo—. El toro te ha caído encima.

No lo recordaba, pero algo así debía de haber sucedido. No le había atropellado un autobús sino un animal de dos mil libras. Gracias a Dios, no le había pateado. Reprimió una queja de dolor al ponerse en movimiento. Alguien le tendió su sombrero y la cuerda.

—Voy un momento a...

—No —le interrumpió ella—. Vamos los dos. No pienso perderte de vista.

No protestó porque no tenía fuerzas para discutir.

Echaron a andar despacio hacia el portón que llevaba a la parte trasera del corral, donde había dejado sus pertenencias. Algunas personas de las gradas aplaudieron a su paso o le gritaron palabras de ánimo.

Notó que la cara le ardía y se caló el sombrero. Era vergonzoso. Jace Lee King no había aguantado ni dos segundos sobre un toro. Y, para colmo, se había desmayado. Por otro lado, la adrenalina que recorrió sus venas durante la breve monta, y la sensación de estar en un lugar al que verdaderamente pertenecía habían merecido la pena.

Cassie le sujetaba del brazo como si fuera a perder el conocimiento de un momento a otro. La miró de reojo. Ya no lloraba, pero parecía muy preocupada.

—Estoy bien, de verdad —la tranquilizó.

—Eso lo sabremos después de que vayamos al hospital.

—No necesito ir a ningún hospital —protestó.

Habían llegado al banco donde estaba su bolsa. Otros vaqueros se acercaron para preguntarle qué tal estaba y palmearle la espalda. Les dio las gracias y forzó una sonrisa.

Se quitó las chaparreras y las guardó en la bolsa junto a la cuerda y los guantes. Luego sacó la cartera y el móvil y se los metió en el bolsillo. Era consciente de que Cassie observaba todos y cada uno de sus movimientos, así que compuso una mueca neutral, pese al dolor.

Cogió la bolsa y, antes de poder colgársela al hombro, sintió que ella apoyaba la frente entre sus omoplatos y le rodeaba el cuerpo con los brazos.

—Lo que has hecho ha sido una locura, Jace.

Internamente le dio la razón. Nunca había sido tan imprudente. Hacía dos semanas, cuando habló con Jason Silver, su antiguo compañero de rodeos, para que le avisara si había algún evento similar cerca de Waterford, le pareció una buena idea.

Ahora no estaba tan seguro.

Había sido emocionante, eso no lo iba a negar, pero justo en el segundo en que salía volando por los aires, vio la cara de Cassie dentro de su cabeza y se sintió culpable. Acababan de reencontrarse y confesarse todo lo que sentían el uno por el otro. Si le pasaba algo, ella no se lo perdonaría jamás.

Se giró entre sus brazos para poder mirarla.

—Sí. Ha sido una locura.

Ella clavó los ojos en los suyos.

—¿Me prometes que no lo vas a volver a hacer?

Él bajó los párpados para no ver su mirada suplicante

—No puedo prometerte eso —susurró pesaroso—. Pero te prometo que no voy a volver a intentarlo sin haber entrenado antes.

Ella soltó un gemido y apartó la vista. Era obvio que estaba batallando consigo misma. La expresión de su cara la delataba.

—En esta vida solo hay dos cosas que me hacen sentir vivo, Cassie. Una es este mundo... —Hizo un gesto con la barbilla, indicando a su alrededor—. La otra eres tú. Creo que no puedo vivir sin ninguna de las dos.

—¿Estás intentando convencerme con palabras bonitas? Porque no te funciona.

Él rio.

Era tan fácil hacerlo a su lado...

—Me encanta tu risa —comentó ella, y le acaricio el labio inferior con el pulgar antes de suspirar—. Tengo varias condiciones.

—¿Cuáles?

—La primera que conduzco yo.

—Perfecto. Toma las llaves.

Ella le quitó la bolsa de cuero y se la echó al hombro, pese a que él trató de impedirlo. Echaron a andar y abandonaron la nave.

—La segunda condición es que vayamos ahora mismo a un hospital —dijo ella, una vez instalados dentro de la camioneta.

Él resopló.

—Te prometo que estoy bien. Además, no tengo seguro médico.

—¿No sabes que estás con alguien que tiene dinero? —dijo con arrogancia.

—No sabía que fueras rica.

—Mejor. Eso significa que no estás conmigo por mi dinero.

Él volvió a reírse. Era tan adorable...

La conocía lo suficiente para saber que se saldría con la suya, así que no protestó cuando ella introdujo la dirección del centro clínico más cercano en su móvil.

El hospital municipal de Purcell estaba solo a tres millas de distancia y solo tardaron un par de minutos en llegar. Era pequeño y no disponía de servicio de neurología, pero un médico de urgencias los atendió con rapidez.

Hacía un siglo que a Jace no le hacían pruebas, pero en cuanto Cassie dijo que era paciente privado, el hospital se volcó con ellos.

El dinero podía mover montañas, eso estaba claro.

Una enfermera le fue guiando de un sitio a otro mientras él iba protestando y diciendo que se encontraba bien. Le tomaron la tensión, le sacaron sangre —no tenía muy claro para qué—, le hicieron una radiografía del cuello y un TAC craneal.

Todo salió perfecto.

Cuando regresó junto a Cassie con los resultados en la mano, habían pasado varias horas. Ella estaba en la sala de espera, paseando de un lado a otro con nerviosismo.

—¿Y?

—Todo bien.

Suspiró con alivio antes de ir hasta él y abrazarle con ansia.

—Me han hecho de todo. Esto te va a salir por una pasta.

—Me da igual. Tú lo vales.

Cuando la recepcionista le tendió a Cassie la factura, ella trató de que no viera el importe, pero las cifras en negrita no pasaban desapercibidas.

Siete mil trescientos dólares.

A Jace se le revolvió el estómago.

Se mantuvo muy callado de camino a la camioneta. No sabía qué decir. Un «gracias» se quedaba corto. Un «te lo devolveré» le parecía absurdo porque no tenía ni idea de cómo podría devolverle esa fortuna.

Se instalaron en la Chevrolet y ella arrancó, pero no tardó en detenerse frente a un McDonald's que había a un lado de la carretera.

—Me estoy muriendo de hambre —comentó.

A él también le rugían las tripas.

Eran las siete de la tarde y no habían comido nada desde el desayuno, así que compraron unas hamburguesas con patatas y unos refrescos —que Jace insistió en pagar— y se sentaron a dar buena cuenta de la comida dentro del vehículo porque el local estaba lleno de críos ruidosos.

Devoraron las hamburguesas en silencio.

—Jace.

—Dime.

—Es solo dinero.

Él soltó una risa sarcástica.

Solo una persona que tuviera dinero de sobra diría algo así.

—Lo sé. Y no tengo ni idea de cómo voy a poder pagártelo.

—Dóname un riñón o cásate conmigo... o construyeme una casa. Hay múltiples opciones.

La miró y vio que se estaba riendo. Él meneó la cabeza, divertido a su pesar.

—Me pensaré lo del riñón —bromeó.

—¿Recuerdas que te he dicho antes que tenía varias condiciones para que siguieras montando?

—¿Todavía hay más? —resopló, resignado—. Dispara.

—Me gustaría que... entrenaras con Caleb... —Se detuvo, como si no supiera cómo continuar—. Y solo si él considera que estás preparado...

—Ya lo hemos hablado —la interrumpió—. Me dijo que sí. Se resistió un poco al principio porque soy demasiado mayor y hace tiempo que no monto. Pero me entiende. No me quedan muchos años para poder aguantar un rodeo, así que tengo que darme prisa.

Ella asintió mientras se terminaba sus patatas.

—Otra cosa...

—¿Más? —preguntó con sorna.

Cassie apoyó un codo sobre el volante y le miró con los ojos chispeantes.

—Tienes que decirme que me quieres todos los días.

Él sonrió de medio lado.

—Te lo he dicho antes en un mensaje, al que no has contestado, por cierto. Con eso vale por hoy, ¿no? —contestó risueño.

Ella se sacó el móvil del bolsillo y escribió con rapidez. Solo un segundo después, un pitido le avisó de la entrada de un texto.

Cassie: Yo también te quiero.

La miró por espacio de unos segundos. El cielo comenzaba a teñirse de naranja, cobalto y violeta y esas tonalidades se reflejaban en su rostro pecoso, convirtiendo sus ojos en estanques de agua verdosa.

—Yo también tengo condiciones —dijo.

—¿Sí? ¿Cuáles?

—Quiero que bailes para mí.

Ella frunció los labios.

—Hace años que no lo hago.

Sabía que había renunciado a ir a la academia de baile cuando él entró en la cárcel, pero no era consciente de que ni siquiera bailaba para ella misma.

—¿Por qué?

—Dejó de apetecerme.

Se dio cuenta de que no le miraba y tampoco sonaba muy sincera.

Tras terminar su último bocado de hamburguesa, cogió las cajas vacías, se bajó del coche y fue a la papelera más cercana para tirarlas. Después, se sacó el tabaco del bolsillo y se encendió un cigarro. Apoyó la cadera en frontal de la camioneta y dio un par de caladas.

Ella se unió a él. Llevaba una botella de agua en la mano y se la ofreció.

—¿Por qué dejaste de bailar? —le preguntó tras dar un trago.

Ella comenzó a golpear una piedrecilla del suelo con la punta de su bota.

—Si tú no podías montar, yo no iba a bailar —confesó al fin.

La respuesta le pesó en el estómago como si el jodido toro hubiera caído sobre él de nuevo.

—Eso... Eso es una mierda —espetó.

—No iba a dejar que fueras el único que se sacrificase —dijo con tono indiferente.

—Joder, Cassie... —farfulló.

Se alejó, quitándose el sombrero y golpeándose la rodilla con él. Estaba enfadado con ella, con él, con la vida.

—¡Eh! —le llamó—. No voy a correr detrás de ti, vaquero. Vuelve.

Se giró y la vio cruzada de brazos, con la barbilla elevada obstinadamente.

—Prométeme que bailarás para mí —exclamó en voz muy alta.

Ella alzó los ojos al cielo.

Estaban en medio del parking del McDonald's y había gente alrededor, entrando y saliendo del local. Algunos los miraban con curiosidad.

—Ya veremos.

—Prométélo.

Ella se aupó sobre el capó de la camioneta y se sentó.

—Prométeme tú que nos iremos a vivir juntos.

Él se quedó inmóvil. Acababan de decidir que lo suyo tenía un futuro, pero no se había planteado cuál. Ella vivía en Tulsa y allí tenía su negocio. Él, en cuanto su padre se recuperase del todo y volviera a encargarse del almacén, no sabía qué haría con su vida. Quería quedarse en el pueblo, cerca de la familia.

Quizá pudiese trabajar en el rancho.

—Prométeme que me construirás una casa —continuó ella.

Él meneó la cabeza, confuso.

Unos chicos se habían detenido a un lado y los observaban.

—Prométeme que te casarás conmigo.

A él le dio un vuelco el estómago.

—Prométeme que me vas a querer siempre —siguió diciendo.

Echó a andar hacia ella al tiempo que arrojaba la colilla al asfalto. Llegó a su lado con el corazón latiéndole a mil por hora, y se percató de que ella tenía los ojos húmedos. Se situó entre sus piernas y la abrazó.

—Te lo prometo todo.

La besó.

Cassie se aferró a él con fuerza, temblando.

A su espalda escuchó que alguien aplaudía, pero lo ignoró.

—No sé cómo vamos a hacerlo, pelirroja, pero te lo prometo. Me casaré contigo, te construiré una casa y viviremos juntos. Y te diré te quiero todos los días. Y por las noches, bailarás para mí. Y luego haremos el amor hasta el amanecer.

Ella asintió con energía y le acunó la cara entre las manos.

—Conservaré el piso de Tulsa. Pasaré dos o tres días a la semana allí, pero el resto del tiempo estaré contigo en nuestra casa.

Aquello sonaba tan bien que se le estrechó la garganta. Cassie y él viviendo juntos. Era lo que siempre planearon. Sabía que era complicado, pero soñar no costaba nada.

—Podemos empezar a construir la casa cuanto antes. Me gustaría hacerlo en el terreno que hay junto al arroyo.

Él se apartó lo justo para poder anclar los ojos en los suyos.

—No es posible. Mi familia tuvo que venderlo —lamentó con pesar.

Ella rio bajito.

—Lo compré yo.

Se quedó atónito. Incluso dio un paso atrás y estuvo a punto de tropezar con sus propios pies.

—¿Qué dices? —musitó.

—Digo que tu familia siempre ha estado ahí para mí cuando la he necesitado. Siempre —exclamó con firmeza—. Se han portado muy bien conmigo, pero nunca aceptaron mi ayuda, así que cuando me enteré de que tenían que vender ese terreno para hacer frente a sus deudas, lo compré.

La miró con los ojos entornados mientras su cerebro asimilaba la información.

Cassie había comprado las tierras donde él siempre quiso vivir con ella.

—¡Di algo!

No podía. Se había quedado sin palabras.

Solo hacía unos días era el hombre más desgraciado del mundo entero y su vida era un desastre y, en cuestión de unas horas, todo había cambiado.

Iba a volver a montar.

Gus seguía con vida.

Había recuperado a Cassie.

Podían vivir juntos en el lugar que habían soñado.

Era todo una locura maravillosa.

Ella le observaba con la mirada traviesa. Sus labios esbozaban una sonrisa.

Se acercó para abrazarla con el corazón disparado en el pecho. Ella le rodeó el cuello con los brazos y las caderas con las piernas, agarrándose a él como un koala.

—Supongo que ahora tengo que hacer o decir algo muy ingenioso o lleno de significado... —musitó.

—Con pedirme matrimonio, basta —bromeó ella.

Él miró a su alrededor. Estaban en el parking de un McDonald's, al lado de una papelera y algunas personas cuchicheaban sobre ellos a poca distancia.

—Es el peor lugar del mundo. Y no pienso ponerme de rodillas.

Cassie soltó una carcajada.

—Acepto —dijo, antes de que él pudiera decir nada más.

—No te lo he pedido.

—Da igual. Acepto.

Entonces él recordó lo que llevaba en el bolsillo trasero. Lo había cogido esa mañana porque pensó que le traería suerte montando. Depositó a Cassie sobre el capó y sacó el cordoncito naranja. Tomó su mano y se lo enrolló en el dedo anular.

Ella lo miró con la frente arrugada, sin comprender, hasta que su expresión cambió al reconocerlo. Se llevó una mano a la boca muy sorprendida.

—Es mi cordón...

—Es tu anillo de compromiso porque no tengo otra cosa —dijo él.

Se miraron fijamente y ella se echó a reír, aunque una lágrima de emoción se derramó por su mejilla al mismo tiempo.

—Eres más romántico de lo que pareces, Jace Lee King —susurró.

—No puedo evitarlo —dijo con una sonrisa.

Se abrazaron y se besaron.

Los chiquillos que llevaban un buen rato espiándolos, rompieron a aplaudir.

Epílogo

Dos años después

JACE

Esa noche regresaba Cassie a casa, así que se dio prisa en ducharse y quitarse el olor a establo que le impregnaba. El agua caliente cayó sobre su cabeza y su cuerpo, arrastrando el sudor y el cansancio de un largo día de trabajo. Al salir de la ducha, se inspeccionó el hematoma del muslo. Era grande y feo, de color violáceo. Había participado en un rodeo a las afueras de Oklahoma City hacía unos días y el toro no fue muy delicado. Pese a que consiguió aguantar el tipo, al caer, se golpeó con una de las barras del corral.

Gajes del oficio.

Miró la hora en el móvil y vio que todavía tenía tiempo para afeitarse.

Una vez limpio, con la cara bien rasurada y vestido con vaqueros y camiseta, se encaminó a la cocina y sacó la jarra de limonada de la nevera. Se sirvió un vaso y salió de la casa. Se sentó en uno de los escalones del porche y dejó que los últimos rayos de sol de aquella tarde de junio le dieran en la cara.

A lo lejos, podía ver el tejado de la casa grande detrás de un montículo, y a sus oídos llegaba el murmullo del agua del arroyo que estaba cerca de allí. Se respiraba tanta paz y tranquilidad que si cerraba los ojos, se quedaría dormido.

Solo habían pasado unos minutos cuando se descubrió tarareando una vieja canción de los Arctic Monkeys y rio satisfecho. Estaba contento.

Cuando los King se enteraron de que el terreno lo había comprado Cassie, la alegría fue inmensa. Y cuando les dijeron que pensaban construir una casa y vivir allí, la emoción y el júbilo superaron todo lo imaginable.

Contrataron a un constructor de Hobart y, en diez meses, la casa estaba lista para entrar a vivir. A Jace le recordaba mucho a la cabaña por los componentes de madera y la ambientación rústica, aunque los muebles, elegidos por Cassie, eran muy modernos. Tenía tres dormitorios, dos baños, un salón amplio y una cocina, además de un despacho para que Cassie pudiese teletrabajar.

En un principio, él se quejaba constantemente de que casi todos los gastos los cubriese ella, mas terminó por callarse después de una fuerte discusión que tuvieron al poco de empezar con las obras, en la que Cassie le amenazó con largarse para siempre y no regresar si seguía protestando.

Cedió.

Cedió porque no quería verla triste ni enfadada, pero decidió que si no podía aportar dinero, aportaría otras cosas que pudieran hacerla feliz, así que, mientras Cassie pasaba los lunes, martes y miércoles en Tulsa trabajando, él se esforzaba por que la casa estuviera impoluta a su regreso.

La echaba mucho de menos cuando no estaba, y las noches que pasaba solo en la cama, se abrazaba a su almohada como si el trozo de tejido relleno pudiese suplir su presencia. Hablaban mucho por teléfono, pero ambos ansiaban que llegara el miércoles para volver a estar reunidos.

No se habían casado.

Habían hablado un par de veces de ello, pero solo de pasada. Quizá lo hicieran en un futuro breve o lejano, o no lo hiciesen nunca. No les importaba mucho.

Tampoco se habían planteado tener hijos todavía.

Habían pasado tanto tiempo separados que necesitaban centrarse el uno en el otro, sin distracciones. Su amor, que comenzó cuando eran unos críos, había perdurado en el tiempo, pero tenían que aprender a conocerse.

A veces se reían cuando lo comentaban.

¿Cómo era posible amarse primero y conocerse después?

Molly llegó corriendo por el prado que separaba las dos casas y le distrajo momentáneamente. La perra se detuvo frente a él y comenzó a ladrar.

—¿A quién buscas?

Como si le hubiera entendido, volvió a ladrar.

En ese momento, Snape salió de la casa. Era un gato atigrado de color naranja, que llevaba un año viviendo con ellos y se había hecho muy amigo de Molly. Siempre andaban por ahí, haciendo de las suyas.

El gato le miró con sus enormes ojos verdes antes de saltar y acercarse a la perra. Juntos, echaron a correr y desaparecieron detrás de unos árboles.

—Espero que no traigas ningún regalito —murmuró para sí mismo.

La última vez, Snape había llegado con un pájaro muerto y lo había puesto a los pies de Cassie, que maldijo en voz alta el tener un gato tan «generoso» mientras Jace se deshacía del pobre animal y limpiaba la sangre del suelo.

Su móvil comenzó a sonar.

Era su hermano.

—Hola, Colin.

—¿Puedo ir al rancho el mes que viene?

Jace aguantó una risa. Colin se escapaba a Oklahoma cada vez que podía, para estar con los King. Le había dicho cien veces que no preguntara, que si ellos no estaban podía alojarse en la casa grande —Brenda le había cogido mucho cariño al muchacho—, pero él seguía pidiendo permiso.

—Puedes venir siempre que quieras.

—Gracias. Papá y mamá quieren que me vaya con ellos y con Stephanie de vacaciones a Europa, pero yo paso.

Con el tiempo, Sam se había enterado de que sus dos hijos mantenían el contacto. Trató de prohibirle a Colin que volviera a ver a Jace, pero este era bastante testarudo y amenazó con dejar la universidad si no se lo permitían.

—Ah, otra cosa... Steph quiere conocerte.

Jace guardó silencio.

—¿Lo sabe Sam?

—No. Pero podemos hacer una videollamada cuando yo esté allí y así podéis... hablar —dijo, esperanzado.

Jace dejó que su vista vagara por el prado, sin querer comprometerse. No conocía a esa muchacha y no los unía ningún vínculo, solo el de la sangre. No sabía si le apetecía entablar una relación con una adolescente de quince años. Era una extraña.

—Lo hablamos cuando vaya —se apresuró a decir Colin, como si supiera que estaba a punto de negarse—. Estaré allí para el cumpleaños de Cassie. Dale un beso de mi parte. Adiós.

La llamada se cortó.

Jace todavía estaba meneando la cabeza cuando el móvil comenzó a sonar de nuevo.

Era Silver.

—Hola.

—¿Te apetece participar este fin de semana en un rodeo en Granite? El sábado.

—¿Qué diciplina?

—Toro, bronco con y sin. Cinco mil dólares por cada una. Si ganas las tres, quince de los grandes.

Resopló. ¿Ganar? Lo importante era salir vivo.

Se acarició el mentón con lentitud mientras tomaba una decisión.

—Cuenta conmigo para el toro y el bronco sin silla.

—Perfecto. Nos vemos allí. Hay otro en un mes en Colorado...

—No —le interrumpió—. Este es mi último rodeo.

Hubo un silencio al otro lado de la línea.

—¿Te retiras?

—Sí. Voy a cumplir treinta y tres años...

—Hay tipos que siguen compitiendo con cuarenta. Mi hermano lleva ese camino.

—Yo no —repuso con convicción—. Lo he pensado mucho y creo que ya es hora para mí de dar un paso atrás.

—Bueno, como tú quieras, King. Aquí estoy para lo que necesites.

—Gracias, Silver. Nos vemos el sábado.

Cortó la comunicación y se guardó el teléfono en el bolsillo. Le dio otro trago a su limonada.

Habían sido dos años muy intensos, entrenando con Caleb para volver a ponerse en forma. Su cuerpo se había convertido de nuevo en un lienzo de colores con multitud de tonalidades, desde el morado casi negro al amarillo, y había sentido dolor en músculos que ni recordaba que existieran. No obstante, lo había disfrutado mucho.

Pero a veces, uno tenía que aprender a parar a tiempo.

Entre el trabajo rutinario en el rancho y la pequeña escuela de rodeo infantil que acababan de montar su tío y él —y que empezaba a despegar con un éxito moderado—, apenas le quedaba tiempo para nada más. Las pocas horas libres que tenía quería dedicárselas a su familia: a Cassie.

En ese momento, escuchó las ruedas de un vehículo y dirigió la vista al camino. Era el Toyota.

Se puso de pie deprisa y se encaminó al interior de la casa para llenar otro vaso de limonada. Luego salió y fue a su encuentro, con una sonrisa.

CASSIE

Sufría cada vez que le veía participar en algún rodeo, pero se obligaba a sí misma a apoyarle y a estar presente en cada competición. Sabía lo mucho que él lo disfrutaba, así que se tragaba las protestas y los nervios y le animaba como una fan incondicional.

Cuando esa mañana al llegar a Granite él le anunció que había decidido dejarlo y que esa iba a ser la última vez, casi se echó a llorar de alivio.

No pudo evitarlo y le abrazó con fuerza.

—¿Desde cuándo lo sabes?

—Llevo unas semanas dándole vueltas.

—¿Y no me habías dicho nada? —le regañó.

Él sonrió.

—Era mi regalo de cumpleaños.

Cassie frunció los labios. Ella también le estaba ocultando algo que pensaba regalarle esa noche, así que no dijo más y continuó caminando a su lado, dirigiéndose hacia el vallado.

Le había acompañado tantas veces en los últimos dos años, que ya no le impresionaba ver los lugares donde competía. Ese no estaba nada mal en comparación con otros sitios horribles que habían visitado. Estaba al aire libre y había bastante gente.

Saludaron a Silver, pero ella los dejó solos enseguida y fue a las gradas. Se sentó junto a dos mujeres que le sonaban de otras competiciones. Intercambiaron unas frases corteses.

Jace participaba en segundo lugar en la monta de toro. Y no lo hizo nada mal, aunque solo duró cinco segundos sobre el musculoso cuello del animal. Cayó a la arena con elegancia y Cassie soltó el aire que había contenido en los pulmones.

Le vio girarse hacia ella y agitar el sombrero en su dirección. Emocionada, le lanzó un beso.

Estaba impresionante con sus vaqueros desgastados, su camisa verde y las chaparreras de flecos. El verano había puesto color en su cara que le sentaba de maravilla. Tenía un aspecto lozano y saludable.

Era, sin duda, el más guapo de todos los participantes.

Se rio en silencio al darse cuenta de su falta de objetividad.

La competición siguió adelante, pero a ella no le interesaba demasiado. Jugueteó con su móvil y tomó algunas fotos, aprovechando la bonita luz de la tarde. Envió un mail a Sophia y contestó un mensaje de Fred, rechazando su invitación a cenar porque ya tenían planes.

Mientras aguardaba a que empezara la otra disciplina en la que iba a participar Jace, llamó a Kali. Ella y Jessina estaban de luna de miel en Hawái.

—Capulla —respondió la voz de su amiga.

—¿Por qué?

—Es muy temprano.

Cassie se mordió los labios. No había contado con la diferencia de hora.

—Lo siento, pero tenía que hablar con alguien.

Se escuchó un suspiro al otro lado de la línea.

—Vaaale. Habla.

—Jace deja de competir —exclamó.

—¿Sí? Vaya...

—No noto entusiasmo en tu voz —reprochó.

—Joder, me acabo de levantar y tengo una resaca bonita. Me alegro muchísimo, de verdad. ¿Qué hay de lo otro? ¿Va a ser esta noche?

—Sí.

—¿Sospecha algo?

—Nada —rio.

Aunque el cumpleaños de Jace era el lunes, habían acordado celebrarlo esa noche. Él creía que iban a salir a cenar.

Estaba tan equivocado...

—¿Lo estáis pasando bien? ¿Os dais mucho amor?

—Mucho amor y mucho sexo. Sobre todo, mucho sexo —repuso Kali tras un prolongado bostezo.

—No me interesa —resopló—. Anda, te dejo que vuelvas a la cama. Mañana hablamos.

—Dale un beso a Jace.

Se despidieron y la atención de Cassie fue hacia la arena. La monta de bronco sin silla iba a comenzar. Era la disciplina favorita de Jace y, a pesar de su larga ausencia en el mundo del rodeo, había conseguido volver a hacerse un nombre y ganar algo de dinero en las competiciones. Nunca había vuelto a quedar en primera posición, pero quizá ese fuera el día.

Tenía un buen presentimiento.

Qué mejor broche final para la carrera de Jace, que ganar una última hebilla.

Le divisó a lo lejos, en la zona de los corrales. Estaba riéndose de algo que le decía Silver.

Su risa era maravillosa.

Nunca sería el mismo chico risueño y divertido de su adolescencia porque la vida se había encargado de moldearle de otra manera, pero cada día avanzaba un pasito más hacia la felicidad.

Y juntos podían con todo.

A Cassie se le aceleró la respiración, al ver que él se encaramaba a la cerca y tomaba asiento sobre el animal, agarrándose a la soga con la mano derecha. Observó cómo se colocaba el sombrero y acomodaba la postura, inclinándose hacia atrás hasta casi tumbarse.

Luego, le hizo una seña al alguacil con la cabeza.

La puerta metálica se abrió y el caballo pegó un gran salto hacia delante. Era de color castaño con las crines y la cola blancas, y saltaba en el aire con fiereza y energía, tratando de liberarse de su jinete.

No lo consiguió.

Jace permaneció pegado a su lomo como si le hubieran cosido a él.

Fue una verdadera exhibición de maestría y elegancia.

Fue perfecto.

Cuando el animal se calmó lo suficiente, cabalgó dos vueltas alrededor del vallado hasta que se bajó, apoyando el peso en uno de los caballos de los ayudantes.

Cassie se puso de pie y gritó su nombre, aunque la música había subido tanto de volumen que era imposible que él la escuchase.

—Oh, Jace... —murmuró.

Había sido impresionante.

El jurado debió de pensar lo mismo porque al finalizar el evento y proclamar a los ganadores de cada disciplina, Jace consiguió el primer puesto en monta sin silla.

El público aplaudió con ganas.

Cassie pensó que moriría de orgullo al verle acercarse a los organizadores para recoger la hebilla y su cheque.

Se giró hacia ella y, alzando el premio en el aire, la apuntó con el dedo.

Casi se echó a llorar.

Abandono las gradas a toda velocidad para ir a buscarle. En cuanto le vio, en la parte trasera de los corrales, se lanzó a su cuello y le besó con ímpetu.

—Joder, no me ha tirado ni el toro ni el caballo y me vas a tirar tú —protestó él con una risa. La hizo girar en el aire.

—¡Lo sabía! —jadeó ella contra su boca—. Sabía que hoy ibas a ganar.

—Me lo podías haber dicho —rio él y la depositó en el suelo. Le mostró la hebilla, plateada con los bordes de bronce— No está nada mal para un anciano.

Ella le golpeó en el hombro.

—A mí todavía me sirves.

—Menos mal —se burló.

Impaciente, Cassie esperó a que él se despidiera de sus conocidos mientras ella aguantaba las ganas de morderse las uñas. Tenía ganas de llegar a casa y mostrarle su regalo de cumpleaños.

Solo tardaron media hora en hacer el trayecto desde Granite hasta Waterford.

—¿Por qué no vas al establo a echarle un ojo a Gus? —le propuso en cuanto aparcaron y se bajaron del coche.

Él la miró de reojo.

—Vaaale. Te quieres librar de mí porque has preparado alguna sorpresa...

—Vete a ver a Gus —le dijo, empujándole para que se largara.

Él soltó una carcajada.

—¿Cuánto tiempo tengo que pasar con Gus?

—Puedes volver en veinte minutos.

Le vio alejarse dando grandes zancadas y canturreando una canción.

Ella aprovechó para subir los escalones del porche a toda velocidad y casi tropezó con Snape que tomaba el sol delante de la puerta.

—Ay, perdona —se disculpó con el pobre animal, dándole una palmadita entre las orejas.

Estaba tan ansiosa que solo tardó un cuarto de hora en estar lista. Lo había dejado todo organizado antes de marcharse, por lo que solo tuvo que cambiarse de ropa y recogerse el pelo. Se miró en el espejo del dormitorio y asintió con satisfacción.

Después, se apostó en la entrada y espió por la cristalera. Cuando vio que Jace caminaba hacia la casa, echó a correr al salón y bajó todas las persianas, dejando la estancia a oscuras.

Aguardó con el corazón latiéndole a mil por hora.

Poco después, escuchó la puerta abriéndose y cerrándose.

—¿Puedo encender la luz o esto forma parte de la sorpresa? —preguntó él desde el corredor.

—¡No la enciendas! Tienes que venir al salón y sentarte en el sofá.

—Vale, pero si me caigo y me rompo la crisma es tu culpa —amenazó con tono burlón.

—Ni un toro te puede romper la crisma.

Vio su silueta que rodeaba el sofá a tientas para tomar asiento.

—¿Preparado?

—Nunca he estado más preparado. ¿Estás desnuda?

Ella rio.

—Tus ganas, vaquero.

Cogió aire y pulsó el botón del *play* en su móvil. Mientras la melodía que tan bien conocía comenzaba a sonar, encendió las luces del centro del salón y las reguló. Había retirado la mesa y los sillones para tener suficiente espacio para bailar.

La cara de Jace era una mezcla de sorpresa y deleite.

—Dios, Cassie, estás increíble... —murmuró con admiración.

Ella le sonrió. Había comprado un traje de baile negro y plateado y los zapatos duros de danza irlandesa por internet. No era la primera vez que bailaba para él desde que se fueron a vivir juntos, pero sí era la primera que lo hacía ataviada apropiadamente.

La canción estaba creada para que la ejecutaran varios bailarines —era la pieza final de *Lord of the Dance*—, pero era la favorita de su madre, y Cassie la eligió por eso. No bailaba solo para él, también bailaba para Moira. Y lo hizo poniendo el alma y el corazón en ello. Saltó, cruzó los pies en el aire, giró e hizo el típico zapateado a toda velocidad, una y otra vez.

Jace la contemplaba como si acabara de descubrir un tesoro, y eso la emocionó.

El ritmo de la pieza se aceleró hasta llegar a un punto casi insostenible, y ella comenzó a notar el esfuerzo, pero sabía que el número estaba a unos segundos de terminar y aguantó, saltando aún más alto.

La música cesó.

Y ella bajó los párpados, jadeando.

«Gracias, mamá».

Tras un largo silencio, él habló por fin.

—El mejor regalo de cumpleaños que me han hecho nunca.

Ella elevó la barbilla y le miró. Era obvio que estaba conmovido.

Jace se puso de pie y se acercó. La alzó en el aire y la besó con ganas mientras ella se aferraba a su cuello.

—Jamás había visto nada tan precioso, Cassie —gimió contra su boca—. Has bailado otras veces para mí, pero esto es... No tengo palabras. Tu madre estaría tan orgullosa de ti.

—Quiero creer que sí.

—Por supuesto —dijo él muy convencido—. ¿Cómo lo has hecho?

—He estado practicando.

La miró con los ojos muy abiertos.

—¿En serio?

—Sí. En una escuela de danza, en Hobart. Me han alquilado una de sus salas un par de días a la semana.

—Luego me dices a mí que guardo secretos —refunfuñó.

—¿No ha merecido la pena? —ronroneó.

—Vaya que sí.

Se dejó caer en el sofá con ella sobre el regazo y hundió la cara en su cuello.

—Estoy sudada —protestó.

—Me encanta tu sudor.

—Y a mí tu romanticismo —dijo con ironía—. Ah, y tengo otra noticia más.

—¿Estás embarazada? —preguntó él esbozando una sonrisa.

—No —rio—. Mientras no deje los anticonceptivos, creo que no va a ser posible. Es otra cosa.

—Dispara, pelirroja.

—La directora de la escuela de baile me ha propuesto que imparta clases de danza irlandesa a niñas que estén interesadas. Sabe que no tengo mucho tiempo debido a mi trabajo, y es consciente de mi falta de titulación, pero me ha visto bailar y considera que tengo el nivel suficiente. —Hizo una pausa y luego anunció en voz baja—: Voy a dar clase los jueves por la tarde. Ya tengo dos alumnas...

Le había costado guardar el secreto, que conocía desde hacía una semana. Quiso contárselo a Jace inmediatamente porque estaba eufórica, pero prefirió esperar. No era exactamente lo que planearon cuando eran unos críos, pero se acercaba bastante a su sueño.

Él apoyó la frente contra la suya.

—Cómo me alegro, Cassie —susurró—. ¡Dios! Casi no puedo creerlo. Es como lo imaginamos. Tú y yo viviendo en el rancho, yo trabajando aquí y tú dando clases de baile.

Ella cerró los ojos y asintió.

—¿Sabes que te amo? —preguntó él.

Lo sabía. No solo se lo decía a menudo, se lo demostraba constantemente.

—Y yo a ti.

No lo habían tenido nada fácil en sus vidas, pero habían conseguido ganarse la felicidad. Una felicidad que los esquivó durante mucho tiempo y que ahora llenaba sus días y hacía que los momentos terribles del pasado se diluyeran hasta casi desaparecer.

Lo habían logrado.

De pronto, una bola de pelo saltó sobre el sofá, sobresaltándolos.

Snape los miró y maulló lastimeramente antes de intentar meterse entre ellos.

Los dos rieron.

Forever Cassie

Forever Jace

Disponibles en Amazon en digital y en papel.

También puedes pedírselos a la autora en info@laurasanzautora. com y te los enviará dedicados.

Hazte con los tuyos.

Lista de canciones de la bilogía

Lord of the Dance – Michael Flatley's *Lord of the Dance*

Our Wedding Day – Anne Buckley, *Lord of the Dance*

Baby One More Time – Britney Spears

Oops!... I Did It Again – Britney Spears

Rhinestone Cowboy – Glen Campbell

The View From The Afternoon – Arctic Monkeys

The Gambler – Kenny Rogers

Friends in Low Places – Garth Brooks

Resistance – Muse

Inside Your Heaven – Carrie Underwood

Cowboy Take Me Away – The Chicks

Forever and Ever, Amen – Randy Travis

Come Home to You – Ian Munsick

I Am So Lonesome I Could Cry – Hank Williams

Unchained Melody – The Righteous Brothers

Anti-Hero – Taylor Swift

Chattahoochee – Alan Jackson

Lord of the Dance with Taps – Michael Flatley's *Lord of the Dance*

Agradecimientos

Forever Cassie y Forever Jace, en un principio, eran una única novela que escribí hace tiempo y envié a una editorial. Les gustó mucho la historia y amaron los personajes. No tardaron en ofrecerme un buen contrato y un anticipo jugoso. Todo parecía perfecto.

Sin embargo, un día antes de firmar el contrato, me enviaron un correo electrónico para pedirme que recortase la historia a la mitad, ya que los libros con tantas páginas se vendían peor. Me pidieron que eliminara personajes y capítulos enteros. Que me centrase solo en la historia de amor y que me olvidara de las tramas secundarias, que eso vendía menos.

Quizá otra persona hubiera dicho que sí, pero yo no pude aceptar sus condiciones. No pude mutilar la historia de Jace y Cassie y dije que no. A fin de cuentas, no me costó demasiado rechazarlos, son ya diez años publicando por mi cuenta y estoy feliz con los resultados.

Y aquí está completa, dividida en dos partes, porque es una historia larga, que transcurre a lo largo de dos décadas. Juzgadla vosotros.

Ahora sí, los agradecimientos:

Hay algunas personas que me acompañan siempre, de un modo u otro y que se han convertido en imprescindibles para mí, para que pueda seguir escribiendo. Y quiero darles las gracias.

El primero de todos es mi marido, Paco. Le estoy muy agradecida por todo. No solo se lee mis novelas y es sumamente estricto, también me facilita la vida para que pueda seguir dedicándome a lo que más me gusta. Es un amor.

Mi hermana Fely, que es la primera en leerse cualquier cosa que escribo y es cero objetiva, pero me sube el ego. También mi sobrina, Angy, que tiene vista de lince y ve errores que nadie más es capaz de ver. Es más bonica.

Una mención especial se merecen las chicas del grupo BL: Enara, Nisa, Roser y Hendelie, que simplemente están ahí cuando me agobio, cuando me ataca el síndrome del impostor o cuando estoy harta de la vida. Puedo desahogarme con ellas y encontrar de nuevo mi motivación.

Lo mismo puedo decir de Kate Danon y Josephine Lys. Hemos formado una red de apoyo entre las tres y tenemos proyectos futuros juntas que nos hacen mucha ilusión.

Gracias a mis lectoras cero: Mayte, que me acompaña desde el principio y gracias a ella mis textos son mejores, más pulidos y bonitos. Y a Patri, cuyo entusiasmo, cada vez que le paso una novela, me hace sentirme como si fuera la misma Jane Austen.

Y en esta ocasión quiero darle las gracias también a Dan Vásquez, que es el artista maravilloso que ha ilustrado a mis personajes. Me ha costado encontrarle, pero como podéis ver, ha merecido la pena porque es un maestro. Espero poder seguir trabajando con él.

También quiero dar las gracias a todas esas personas bonitas que me leen y disfrutan con mis historias porque sin ellas nada de esto sería posible. Es un sueño que estén ahí, conmigo. Gracias a los que estáis ahí desde el principio y a los que vais llegando. Gracias de corazón.

Y, sin más, me despido de todos vosotros y os deseo una vida llena de lecturas y aventuras por vivir.

Mil besos y mil gracias.

Esto no es un adiós, es un hasta la próxima historia.

Sobre mí

Nací en Guadalajara (España) en 1974 un 23 de enero. Soy Acuario aunque no creo mucho en los horóscopos.

En esa pequeña ciudad de Castilla La Mancha pasé toda mi infancia y adolescencia, siempre rodeada de libros. Mi afición por la lectura y la escritura me viene desde que era muy pequeña. Con ocho años participé en el Premio Garbancito de Poesía infantil que organizaba Gloria Fuertes y quedé entre los ganadores.

No solo me apasiona la literatura, también los idiomas. Fue esa pasión por aprender nuevas lenguas la que me llevó a instalarme en Alemania, donde estudié Traducción. Allí estuve seis años, y durante ese periodo de tiempo se despertó en mí la fiebre por la literatura romántica y me convertí en una lectora voraz del género, pero no empecé a escribir hasta muchos años después.

Tras mi regreso a España en 1999, me instalé en la costa, donde me quedé más de una década, antes de regresar junto a mi familia. Actualmente vivo en Madrid junto a mis gatos, mi marido y un montón de libros.

Mi pasión por todo lo que tenga que ver con los idiomas, incluida mi lengua materna, me ha llevado a cursar el Grado de Estudios Ingleses en la UNED (Universidad Española de Educación a Distancia). Además, me he formado como correctora profesional en la UDIMA (Universidad a Distancia de Madrid).

Soy una apasionada de la literatura romántica del siglo XIX, del cine clásico en blanco y negro, de las series coreanas, de los mangas BL y de las novelas y películas LGBTI.

Mi primer libro, que autoedité, La chica del pelo azul, vio la luz en el año 2016. Tuvo más éxito del que esperaba y me permitió dejarlo todo para poder dedicarme solo a la escritura. Desde entonces, no he dejado de escribir. Hasta la fecha, he publicado más de veinte novelas de diferentes subgéneros dentro de la romántica e incluso un libro infantil.

En el año 2017 recibí el Premio del Rincón Romántico a mejor autora nacional.

Mi novela La historia de Cas recibió ese mismo año el Premio RNR a mejor Romance Actual Nacional y el Rosa Romantica's a mejor *ebook*.

En el año 2019, mi novela Le llamaban Bronco, fue galardonada con el Premio RNR a mejor Romance Histórico Nacional.

En el año 2023 mi novela De la A a la Z fue publicada por un sello de la prestigiosa Editorial Planeta.

Todos mis libros tienen #happyending garantizado y están disponibles en Amazon, en digital, en papel, algunos en Audiolibro y en la biblioteca de préstamos *Kindleunlimited*.

Podéis contactar conmigo en: laurasanzautora@gmail.com.

Y si queréis saber más sobre próximos lanzamientos, visitad la web: www.laurasanzautora.com y suscribíos a la *newsletter*.

Todas mis novelas

INDEPENDIENTES

La chica del pelo azul

Harry Wolf

My shining Star

Miracle (relato de My shining Star)

Tan fuerte, Marianne

De la A a la Z

A Super Gay Christmas Holidays

Como gatos al sol

Las 4Powers resuelven un misterio (novela para niños de 8 a 12 años)

La casa del murmullo del agua

SERIE LANDVIK

La historia de Cas

La lucha de Jan

La culpa de Till

La irrelevancia de llamarse Poncho (Spin off)

SERIE WILD WEST

Le llamaban Bronco

Su nombre era Rico Salas

SERIE HERMANOS ALBA

Inolvidable

Inalcanzable

Inevitable

Inconquistable

Incontrolable (Precuela)

www.ingramcontent.com/pod-product-compliance
Lightning Source LLC
LaVergne TN
LVHW020653110826
845149LV00012B/1981

* 9 7 8 8 4 0 9 8 3 3 3 6 8 *